WILFRIED HEINRICH

NACKT-GESPRÄCHE

ENTBLÖSSENDE DEBATTEN IM SAUNASCHWEISS

novum pro

Bibliografische Information der Deutschen Nationalbibliothek:

Die Deutsche Nationalbibliothek verzeichnet diese Publikation in der Deutschen Nationalbibliografie. Detaillierte bibliografische Daten sind im Internet über http://www.d-nb.de abrufbar.

Alle Rechte der Verbreitung, auch durch Film, Funk und Fernsehen, fotomechanische Wiedergabe, Tonträger, elektronische Datenträger und auszugsweisen Nachdruck, sind vorbehalten.

© 2021 novum Verlag

ISBN 978-3-99107-930-9
Lektorat: Mag. Eva Zahnt
Umschlagfotos: Nina Sitkevich, Evgenii Naumov,
Rolly Angga Wijaya | Dreamstime.com
Umschlaggestaltung, Layout & Satz: novum Verlag

Gedruckt in der Europäischen Union auf umweltfreundlichem, chlor- und säurefrei gebleichtem Papier.

www.novumverlag.com

Inhalt

Vorgespräch: Geschichten hinter Schweißperlen

Der deutsche Sauna-Knigge meint: In öffentlichen Saunen hat es gefälligst still zu sein. Atemlos ruhig, kein Pieps im schummerigen Licht, damit sich der nackte Mensch auf die Rinnsale des Schweißes konzentrieren und gleichzeitig sein Hirn konzentriert durchputzen kann.

Die Sauna meines Sportstudios hat zwar die typisch gleiche Optik, Bänke und Wandverkleidung ganz unspektakulär in durchgeschwitztem Holz, eine ständig von Fingerabdrücken übersäte Glastür, automatischer Aufguss, alternde Fliesen, metallische Wandhaken als einziges Interieur, die aufgesplitterte Lampenverkleidung fällt auf. Aber sie bietet kein Stillleben, keine Verbotsblicke fürs Reden, genau das Gegenteil, da sitzt eine vertraut redende Community drin. Menschen, die sich vielfach trotzdem nur namenlos kennen, aber regelmäßig an den Sportgeräten erleben. Das reicht für eine fast schon mehr gedankliche als körperliche Entblößung. Mit grandiosen Überraschungen, merkwürdigen Bekenntnissen und irritierenden Einblicken in verzwickte Lebenswelten, Inspirationen, gewöhnungsbedürftigen Sichtweisen.

Man erzählt mit souveränem Gesicht, was anderen oder woanders höchstpeinlich wäre. Rot schämende Gesichter passen tatsächlich nicht zu nackten Körpern, aber das kann nicht die wirkliche Erklärung für die unerschrockene Intimität in dieser Sauna sein. Wenn Persönliches preisgeben wird, gegensätzliche Ideen aufeinander prallen, greller Witznonsens hochkocht, traurige Momente das Lachen verätzen. Die Sauna erlebt sich als selbstorganisierte Theaterbühne, auf der im einen Moment ein verqueres Musical gespielt und kurz darauf sinnfreier Karneval inszeniert wird, dazwischen ein Schauspiel mit tiefgründigen Betroffenheitsszenen oder bloß ein verbales Armdrücken. Alles völlig ohne Plan, die Geschichten suchen sich ihren eigenen Weg und entwickeln sich gerade dadurch anders als üblich.

Zumal sich in diesem bunten Kommunikationstreiben jeder wohlfühlen kann. Niemand wirkt auffällig, selbst wenn sehr spezielle Wesensmerkmale pur zur Entfaltung gebracht werden. Etwa die Frau mit der großflächigen Tätowierung über dem Busen. Draußen Briefträgerin, hier drin erlebt man sie gelichtet, ihr Verhalten von den üblichen Alltagskonventionen freigelegt. Die meisten kennen sie, ihr akustisches Markenzeichen ist eine gejohlte, heitere Stimme, oft in einer Endlosschleife, kaum Sätze ohne vereinnahmende Lachsirenen. Bis sich niemand mehr wehrt, Widerstand gegen ihre offensive Art duldet sie nicht. Bevorzugt groovt sie durch die Gespräche anderer Leute und kommentiert ungefragt Äußerungen. Sie hat jederzeit die ganze Palette an möglichen Meinungen parat, von anstößig bis tief reflektiert, irgendeine passende Bemerkung findet sich immer auf dem Wühltisch ihrer Gedanken. Immer in lächelnde Laune verpackt, selbst ihre Schweißperlen machen Dauerparty.

„Patina nennt sich jetzt dein Glanz von irgendwann mal.“

Bevorzugt boshafte Töne, niemand kann ausweichen, und das meist in der ihr eigenen Botox-Sprache, also alles sehr gestrafft.

„Achte du bei deinen Bakterien auch gefälligst auf den Artenschutz!“

Genauso der Mann, dem diese Bemerkung einmal galt, er hat mit seinen nebensächlichen Auffälligkeiten nichts Aufregendes. Sie zählt ihn zu den belanglosen, aber umso enthemmteren Mitlachern, die nur ihre Poren und nicht sich selbst öffnen wollen. Seine Lachereien dürfen sich hier frei entfalten, weil sie mit dem monatlichen Studiobeitrag bezahlt sind, für seine Kommunikation mit Kollegen in der Kantine gilt das nicht.

Als anderes beliebig ausgewähltes Beispiel lässt sich die Mitsaunerin nennen, die manche unter uns als eine Muse der Sauna bezeichnen. Zuständig für seelisches Kuscheln, mit vielen auf den Holzbänken verbandelt, ein großes Gespür für Verletzlichkeiten und abseitige Mentalitäten. Gerne schweißige Freundschaftsumarmungen, sie hilft mit ihrem Geburtstagsgedächtnis aus, streichelt fröhlich oder tröstend durch nasse Gesichter. Eine Frau mit goldenem Mund, ihre Anwesenheit löst sanftere Wortwechsel aus, lautere Stimmen bleiben dann die Ausnahme. Sie richtet immer so lange ihre Aufmerksamkeit auf jemanden, bis sich jemand einmischt, der auf andere Schönheiten des echten Lebens pocht, und dann tritt sie auch entspannt beiseite.

Tatsächlich, es gehört zur unausgesprochenen Regel, dass hier jeder seine ganz persönliche Duftnote abgeben darf. Das gilt auch für den häufig anwesenden Mann in den Fünfzigern, lustige Halbglatzenfrisur mit Spaß an akademischer Sprache. Genetisch hätte es wohl auch bei viel Bemühen in jüngeren Jahren nie zu einem Beachboy gereicht. Zu seinen Lieblingen gehören jene Charaktere, die mit ihren besonders ausgeprägten Eigenarten fast automatisch für Spektakel sorgen. Prallen sie zusammen, zieht er seinen launigen Spaß.

„Wenn selbstverliebte Sixpacks auf fleischgewordene Abrissbirnen treffen."

Ausgerechnet sowas passierte natürlich nicht, genauso wie die Charakteristik, die von Menschen im Vordergrund steht. Sondern es sind die Geschichten, die aus den Konfrontationen dieser Menschen und ihrer Themen entstehen. Unterhaltsame wie spaßvolle und berührende Momente. Unbedingt erzählenswert, ich habe einige von ihnen protokolliert, damit sie nicht mit unserem Schweiß im Abfluss versiegen.

Herausgekommen ist ein Band mit *Nacktgesprächen*, Streifzüge durch Lebensüberraschungen von Menschen und ihren in der

Sauna freigelegten Auffälligkeiten. Das gilt etwa für den Wildschweinjäger mit ökosexueller Beziehung zu einer Veganerin, das Vergewaltigungsopfer und seine aggressive Offenheit, die versteckten Hilferufe eines Rentners und seine altersverzweifelten Dating-Ambitionen. Ebenso der Migrant, der mir die Augen öffnete, wie viel Vorurteile manche meiner Alltagsmeinungen offenbaren.

Ganz anders bei dem nackten Politikerpenis, der in mir abstruse Gedanken entfachte, oder die Frau, die den großen Trend nach narzisstischer Individualität als moderne Droge geißelt. Sie das Gegenteil eines Diktaturliebäuglers, der in akademischen Theorievokabeln absolutistischen Staatssystemen das Wort spricht, aber letztlich nur sein grundgesetzlich verbrieftes Recht auf Dummheit geltend machen konnte.

Von solchen Gedanken ist ein anderer ergrauter Mann weit entfernt, er ließ uns stattdessen seinen traurigen Kampf gegen die Zeit miterleben. Der Versuch, seiner krebskranken Schwester noch schnell den Wunsch zu erfüllen, sich einmal wenigstens für ein paar Minuten als Model zu fühlen, misslang. Einer meiner Herzhelden in den *Nacktgesprächen*.

Proteine auf der Flucht

Dicere argentum, silere aurum est. Ohne Latinum, deshalb lieber auf Niederländisch? Spreken is zilver, zwijgen is goud. Es ist das Sprichwort von Silber und Gold, das dazu auffordert, den Mund manchmal besser auf stumm zu stellen, gilt fast überall auf der Welt. Die Finnen, Perser und Türken kennen es, genauso die Japaner und Araber oder Kroaten.

Nur haben ihn seine testosteronschwangeren Hirnzellen schlecht beraten. Sie haben ihn reden lassen statt zum nächsten Kraftgerät weiterzuschicken.

„Ganz viel Eiweiß, das knallt richtig rein, ein Omelette mit zehn Eiern direkt nach dem Training. Glaub mir, brauchst du jeden Tag, weiß jeder.“

Dieser artikulatorische Dummfall ist erst mal der Schlusspunkt eines längeren Statements des muskelstarken Kerls. Eigentlich sehr schicke Proportionen, von den Schultern runter bis zu den Waden. Was trotzdem gegen optische Sympathiepunkte spricht, ist seine eigenwillige Körperbemalung. Entweder die ganz spezielle Kreation eines unverstandenen Künstlers oder durch die Hand eines Tattoo-Legasthenikers entstanden.

Sein Statement richtet sich an seinen Kumpel rechts neben ihm, kantige Figur eines Billy-Regals, Kontrastprogramm zu der Bizeps-Maschine. Dabei wollte er gar nicht so genau wissen, warum manche ständig diese Eiweißmengen benötigen, ganz unabhängig davon, dass ihm das Krafttraining völlig artfremd erscheint. Trotzdem hatte er brav zugehört und dabei immerhin interessante Sachen erfahren. Dass Muskeln zu einem Großteil aus Eiweiß bestehen und dass Protein-Shakes nichts für seinen Bizeps-Kumpel sind, sie könnten immerhin aus schlechtem Eiweiß bestehen.

„Jedes Kilo von deinem Körpergewicht braucht jeden Tag zwei Gramm Protein, echt jeden Tag von Montag bis Freitag und auch am Wochenende“, klärt der auf. Das summiert sich bei ihm nach seiner klugen Rechnung auf ungefähr zweihundert Gramm. Er würde sich meistens noch einen Nachschlag gönnen.

„Viel hilft viel und wenn zu viel, dann strullst du’s wieder aus.“

Der Muckiträger strotzt vor Selbstüberzeugung, und er sonnt sich darin, dass er nach seinem mathematischen Exkurs in einige wissbegierige Blicke schauen darf. Läuft bei ihm.

„Die Proteine killen dein Fett und machen das zu mega Kraftfleisch,“ sagt er und bringt seinen Oberkörper durch eine seitliche Drehung in eine Präsentationsposition.

„Kollege, guck mich an! In ein paar Wochen hab ich über neun Kilo mehr Muskeln gekriegt.“

Wie viele Wochen es tatsächlich waren, lässt er offen und überhaupt: Wurden Muskeln früher nicht in Krafteinheiten statt anhand der Gewichtszunahme gemessen? Habe ich etwas falsch verstanden?

Egal, seine Erfolgsbotschaft geht aus einem breit lächelnden Mund heraus, auf seinen Lippen funkeln Glückshormone.

„Richtig Tonnen stemmen und danach einen geilen Eierkuchen. Du darfst nur nicht lange warten, weil beim Powern die Muskeln geil auf Proteine werden. Du musst dir die Eierkuchen ganz direkt nach dem Training machen, innerhalb einer Stunde reinstopfen.“ Willkommen im Bizeps-Seminar.

Einigen Gesichtern sehe ich ihre ungläubigen Gedanken an, selbst seinem Kumpel erscheinen diese Mengen Proteine suspekt.

„Kriegt dein Magen dann keinen Koller bei so viel Eiweiß?“ Gutes Hochdeutsch aus einem mitteleuropäischen Wohlstandsgesicht, fetter Basston im Wortklang.

„Nix, null Nebenwirkungen, wirklich. Ist gesund. Du musst nur viel trinken, die Nieren brauchen das.“ Sicher, und Petersilie verzwergt durch Helene Fischer-Beschallung auf eine kaum sichtbare Höhe?

Sein anschmeichelnder Blick tastet sich nach rechts und links durch die Gesichter der anderen. Er wünscht Beifall dafür, dass er uns diese Erkenntnis mitgeteilt hat. Sie bleiben aber still.

Bis auf Rüdiger. Er bekommt von mir diesen Namen, weil nach meinen Gedankenbildern Männer in seiner Erscheinung typischerweise Rüdiger heißen. Untersetzt, quadratisch, den Kalorien sehr zugetan, Glatze bis zu den Knöcheln herunter. Ein Geschenk für lästerhafte Augen.

„Täusche dich mal nicht! Sehr wohl rebelliert dein Körper, wenn du ihn ständig mit zu großen Mengen Eiweiß versorgst.“

Warum mischt er sich jetzt ein? Ist es überhaupt angebracht, mit einer derart unterlegenen Muskelperformance den Besserwisser spielen zu wollen? Natürlich, warum nicht? Wo es FKK gibt, sieht je nach ästhetischem Anspruch auch mindestens die Hälfte der Nackten genetisch zweifelhaft aus, meinungslos müssen sie trotzdem nicht sein. Erst recht wie in Rüdigers Fall, wenn optische Schlechtnoten durch etwas intellektuellen Habitus verbessert werden können. Was nicht jeder anerkennt.

„Vergiss es Kollege, lass es. Ich merke nichts, absolut nichts.“

Die Gegenwehr des Kraftstrotzers wirkt vor allem trotzig. Seine Tonlage ringt um Selbstbewusstsein, seine Stimme verliert an Kontrolle, auch die Gesichtszüge beginnen einen unruhigen

Tanz. Er spürt, dass seine Selbstverteidigung nicht ausreichend funktioniert, er kramt deshalb schnell nach einem hoffentlich offensiven Argument. Es kommt nur ein allgemeiner Widerspruch dabei heraus.

„Was überall normal ist bei Muskelsportlern, soll bei mir auf einmal scheiße sein?" Er merkt selbst, wie blass er gerade daher kommt, deshalb wiederholt er trotzig:

„Vergiss es, Kollege!"

Rüdiger bleibt unbeirrt. Er weiß es besser und er will deutlich machen, dass er es besser weiß. Mir erschließt sich nicht, warum er bei so einem für uns alle trivialen Thema auf Konfrontation macht.

„Warte ab, auf einmal kriegst du fürchterlichen Mundgeruch und dein ganzer Körper beginnt gewaltig nach Nagellackentferner zu duften. Klasse Perspektive, oder?" Es folgt ein Nachschlag mit arrogant erscheinender Gewinnermiene:

„Lass im Kopf mal einen Film ablaufen, wie dann dein nächstes Date abgeht."

Es entsteht eine Mischung aus spontanem Lachen, amüsiertem Stirnrunzeln und feixendem Augenspiel um die beiden herum.

„Woher willst du das wissen? Vielleicht hast du Ahnung von Fettzellen, aber wir reden hier ja über Muskeln."

Attacke, endlich versucht er, Rüdigers körperliche Nachteilserscheinung zu einem Treffer für sich zu machen. Doch der lässt die Anspielung regungslos an sich abgleiten, sie rinnt wie der Schweiß an seinem Körper herunter. Dafür zündet er eine nächste Salve.

„So ganz nebenbei kriegst du auch noch ziemliche Verdauungsprobleme und obendrein öfter schlechte Laune. Ewig auf dem

Klo hocken und ständig Stress mit allen um dich herum, beste Grüße von deinen Proteinen."

Rüdigers emotionsblasse Mimik lässt immer noch nicht erkennen, was es ihm bringt, sein Gegenüber als aufgepumpten Schönling zurechtlegen zu wollen. Dass er irgendetwas in dieser Hinsicht verfolgt, lässt sich kaum noch übersehen. Positiv interpretiert stecken edle Motive dahinter: Ihn aufklären und Bewusstsein für die möglichen Konsequenzen eines starken Eiweißkonsums zu schärfen. Also ein bisschen den sozial verpflichteten Gutmenschen geben.

So sieht's für mich aber nicht aus. Eher glaube ich langsam aus seinem aufleuchtenden Mienenspiel herauslesen zu können, dass er die seltene Chance nutzen möchte, einem an Körperschönheit völlig überlegenen Kerl endlich mal so richtig eine in die Fresse geben zu können. Einfach nur aus neidischer Lust.

Jedenfalls lässt er nicht locker und wird immer gezielter.

„Ist dir beim Blick in den Spiegel schon mal aufgefallen, dass sich einige deiner Proteine scheinbar nicht wohl fühlen und deshalb wieder die Flucht nach draußen angetreten haben?"

Mir erschließt sich dieser Satz nicht direkt, der Muskulöse versteht diese Beschreibung ebenfalls nicht, jedenfalls reagiert er mit einem Unverständnisblick. Er fühlt sich provoziert.

„Willst mich ankotzen?"

Was sich bei seinen anfänglichen Erzählungen zu der Proteinzufuhr so vergnügt anhörte, hat sich nun in eine defensive, fast kleinlaut-piepsige Stimme verwandelt. Selbstzweifelnde Grinsefalten überlagern nun sein Gesicht. Hat er doch eine Vermutung, was Rüdiger mit den flüchtenden Proteinen gemeint haben könnte? Und fühlt er sich deshalb im Klammergriff?

Ja, er ahnt es nicht nur, sondern er weiß es sogar genau. Rüdiger hat ihn in der Ecke, und überhaupt, er sei Doc, offenbart er. Sein Blick fixiert die Akne-Pusteln auf den Schultern.

„Schau dich mal im Spiegel an, viel Ausschlag. Der kommt garantiert von einem Übermaß Whey-Protein. Hab ich recht, zu den Eiern schluckst du noch Whey-Shakes?“

„Was für Dinger?“, fragt jemand.

„Hochkonzentrierte Präparate für die Muskelzucht“, schlaut ihn Rüdiger auf und nagelt seinen zunehmend dominanten Blick starr in die Augen des Muskelmodels.

„Sag einfach, mischst du dir das?“, penetriert er.

Der wendet erst sein Gesicht ab, seine Pupillen wandern unruhig über den Boden, nach längeren Sekunden antwortet er mit dem zerrissenen Selbstbewusstsein eines Ertappten.

„Ja schon, manchmal, aber nicht oft.“ Leichte Vibrationen in der Stimme, Muskeln machen doch nicht selbstbewusster, während sich Rüdiger auf der Zielgeraden fühlt. Er kann seine Häme endgültig nicht mehr verbergen. Oder will es nicht.

„Lass es, du tust dir nichts Gutes! Das Zeug kommt als Proteine bei dir durch die Tür und flüchtet als Eiter irgendwo wieder raus.“ So verpackt man vorgegebene Fürsorglichkeit in einer Splitterbombe. Aber er wird je nach Sicht noch deutlicher oder noch gemeiner.

„Die Hässlichkeit von Akne übertrumpft die Schönheit von Muskeln, sie lassen einen unappetitlich aussehen.“

War das jetzt ein böses Foul oder ein faires Tackling? Die meisten um die beiden herum, ich auch, schauen uns betreten an.

Von niemandem kommt eine Rote Karte, mir tut der Gefoulte sogar ein bisschen leid. In meiner ersten Reaktion. Und in der zweiten Reaktion finde ich ihn nun einfach waschlappig, ihm ist mental völlig die Puste ausgegangen. Keine wilde Empörung, wenigstens einen böslaunigen Protest loswerden. Doch nichts, gar nichts geschieht.

Stattdessen nur der Versuch, mit künstlich-souveränem Lächeln irgendwie Haltung zu wahren. Diese selbstbetrügerische Gesichtsmaske von Menschen, denen das Wasser bis zur Unterlippe steht, die aber wenigstens in Würde untergehen wollen. Noch ein kurzer Blickwechsel mit seinem möbelformigen Buddy, seine Gedanken durchlaufen einige Kontrollschleifen seines Hirns, dann kommt endlich eine Reaktion von ihm und sie überrascht auch noch.

„Gib zu, du bist nicht wirklich Arzt?“ Blickpause, fast bettelnd: „Stimmt's?“

Rüdiger zieht lässig die Augenbrauen hoch, bringt seine Gesichtszüge in einen selbstzufriedenen Spaßmodus und rückt seinen Oberkörper zurecht. Alles zusammen macht sein Doppelkinn erkennbarer als vorher.

„Nichts von dem, was ich gesagt habe, war falsch. Und ja, Doc bin ich auch.“

Warum verklausuliert er seine Antwort?

Rüdiger bekommt seine Sonnengrimasse nicht mehr weg, ein rundes Standbild.

„Natürlich bin ich Arzt.“ Kunstpause, keine Bewegung in seinem Gesicht.

„Tierarzt.“

Mittellautes Schmunzeln um ihn herum, nur kurz von einem empörten Zischen einer zierlichen, spätreifen Frau weiter links von ihm unterbrochen. Und ja, auf einmal wird das Muster seiner Story erkennbar. Fehlt jetzt nur noch das Leckerchen für unsere Muskelschönheit.

Horden schwuler Hooligans

Neumitglied im Sportstudio, es könnte schlimmer kommen, trotzdem.

„Was geht? Kann ich dir helfen, dich hier zurecht zu finden?" Eine gnadenlose Frage, so gut gemeint wie entblößend.

„Oh nein, lieben Dank, wirklich nett von dir, aber das ist wirklich nicht nötig." Freundliche Atmosphäre zum Einstieg, aber als hilfsbedürftig identifiziert werden? Never, Sport geht leicht.

Selbstsicher von sich gegeben, nur anders gedacht. Niemand soll aus den schüchtern herumirrenden Gesichtsbewegungen der Novizen herauslesen, wie gerne man in dem Dschungel an monströsen Geräten eine erste grundsätzliche Orientierung bekommen würde. Der Stolz spricht dagegen, das Ego stößt kräftig in die Rippen, egal ob Frau oder Mann: Nicht die kleine Maus geben, geht's noch peinlicher?

Solch ein Zwiespalt wiederholt sich täglich, sobald Neulinge die Klippe der Anmeldung überwunden haben und sich möglichst unerkannt unter die Horde der offensichtlichen Besserkönner mischen wollen.

Dabei war irgendeinmal jeder einmal gymgrün hinter den Ohren. Geschlüpft als muskelbedürftiges Geschöpf, das unsicher durch die komische Gerätewelt tappert. Inmitten mystischer Metallmaschinen mit irgendwas dran, das man drücken, ziehen oder sonst wie bewegen muss. Unverständlicherweise geben andere bei dem persönlichen Konflikt mit den so anstrengend bedienbaren Hebeln und Griffen eine weitgehend souveräne Figur ab.

Der Gegenentwurf sind solche, die zwischen Hanteln sozialisiert worden sind. Rechts neben mir beobachte ich zwei solcher Exemplare. Der eine als Poolboy gut vermittelbar, bräunlicher Teint, der Körper ein einziger Bizeps. Den anderen, optisch mit südfranzösischem Akzent, würde man auch gut untergebracht kriegen. Sie verschlingen die Muskelpowergeräte mit einer imposanten Leichtigkeit der Reihe nach durch.

So etwas wahrzunehmen, kann für den durchschnittlichen Frischling nur Frust erzeugen. Sie scheitern bereits daran, eine halbwegs nutzbare Gebrauchsanweisung für die einschüchternden Studio-Accessoires zu finden. Irgendetwas, das ihnen sagt, wie sich die unsympathischen Apparaturen vielleicht zu Best Buddies umfunktionieren lassen. Wenigstens eine Prognose bekommen, wie den Geräten in absehbarer Zeit eine gewisse Kooperationsbereitschaft abgewonnen werden kann. Die Geräte können ruhig ihren Spaß an den mutig gestarteten und grandios gescheiterten Versuchen haben, irgendwann beim Kampf gegen die überflüssige weiche Körperphysiologie ein Einsehen bekommen.

Viel Wunsch, wenig Realität. Die Apparate bleiben in den ersten Sessions ziemlich unergründlich und stur. Da bleibt den Debütanten wenig anderes übrig, als das Gesicht zu wahren. Mit gekünsteltem Selbstbewusstseinslächeln in betont modischem Trainingsoutfit, Frauen auch gerne mal mit aufgetakelten Haaren und grellroten Lippen, um die klobigen Geräte herum tänzeln und sie um kleine Freundschaftsdienste bitten. Viel Wunsch hilft wie gesagt wenig, Geräte kennen keine Freundschaften und auch bei netter Zuwendung keine Gnade. Auf den Gedanken, es mit verführerischen Kosenamen oder Küsschen an irgendeine Stange zu versuchen, sollte man gar nicht erst kommen. Dann bockt die Muskelmaschine noch mehr, sie will Gewichte spüren und keine Romantik.

Deshalb wenigstens mal so tun als ob. Hier mal etwas drücken, dort ein bisschen drehen, ein bisschen angestrengt atmen. Abguckende

Blicke, hoffentlich bemerkt niemand die Ungeschicklichkeit. Was nicht schlimm wäre, denn viele kluge Menschen sind schon grandios an Ikeas Inbusschlüssel gescheitert. Nur finden diese Niederlagen nie unter öffentlicher Beobachtung statt.

Natürlich gibt es auch welche, die ohne Grund gewaltige Naturtalente in sich spüren und den Kraftmaschinen direkt ungestüm ihren Willen aufzwingen wollen. Viele Gewichte auflegen, Gedanken an Selbstüberschätzung aus dem Kopf verbannen, typische Attitüde von Männern zwischen Anfang zwanzig und Ende dreißig. Doch Metall ist härter, sehr viel härter, also keine gute Idee, sekundenschnell verwandelt sich Euphorie in Versagergefühle. Was es nicht hinzunehmen gilt, also schnell wieder das Selbstbewusstseinslächeln zeigen, an dem Gerät muss irgendetwas nicht stimmen. Neuer Versuch beim nächsten Maschinentyrann.

Oder die Niederlage eingestehen und den Hilfsbedürftigen geben? Das bevorzugte Verhaltensmuster der Altersgruppe ab Anfang vierzig. Solche Neumitglieder zeigen sich häufig optisch auffällig, Menschen nach der Bauhausidee: „Form follows function". Hauptsache man funktioniert, die Form darf ruhig etwas eigenwillig bis diskussionswürdig erscheinen.

Passend dazu ihr Klamottenstyle. Schon länger ausgesonderte Höschen und Shirts, zum Auftragen beim Sport eignen sie sich aber immer noch. Für sie spricht, dass sie sich wissbegierig und hellhörig zeigen, sobald jemand von Fitnessplänen spricht.

Zwei Männer mit unterschiedlich vielen verzichtbaren Kilos haben dieses Thema heute in der Sauna angezettelt. Beide könnten Bankangestellte sein, vielleicht auch Beamte, mittlerer Dienst beim Finanzamt. Einer mit ständig verwegen zuckenden Pupillen, ich tippe auf Sternzeichen Skorpion, bekanntermaßen leidenschaftliche und aufmerksame Menschen, sie können auf manchen Gebieten allerdings auch sehr verbissen sein.

Sein Nebenmann ein Pi-Mal-Daumen-Mensch. Unscheinbares Gesicht, eine Erscheinung ohne nette Auffälligkeiten, auffälligstes Merkmal sein gewölbter Bauch. Beide in den Fünfzigern, frische Zufallsbekannte im Sportstudio, beide vor einigen Tagen Mitglied geworden. Gleiche Situationen verbinden.

„Wie trainierst du, hast du Erfahrung und ein paar Tipps?" Der Skorpion-Mann möchte das wissen. Unentschlossenes Achselzucken seines Kumpels, etwas Spitzbübisches sticht aus seinen Augen hervor.

„Mich erst mal jedem Gerät persönlich vorstellen, sagen wie ich heiße, ihre Namen erfragen und was sie so können, ein bisschen streicheln, etwas Schönes ins Ohr flüstern und weiterschauen. So wie das bei Parship funktioniert."

Lachen, warten auf seine Fortsetzung.

„Irgendwann dann fragen, ob sie eine Idee haben, wie wir es gemeinsam hinkriegen können, dass sich meine Kilos verflüchtigen. Wegen Parship und so."

Er röhrt sein Lachen heraus, zeigt einen ziemlich entspannten Umgang mit seinem wuchernden Speck, aber auch kein sonderlich großes sportliches Draufgängertum.

„Mal sehen, wer die Challenge gewinnt, diese Kraftteile hier oder meine Kalorienlieblinge?" Schokolade, Chipstüten und die Tiefkühlpizzen sind gemeint.

Er will uns amüsieren, allerdings macht er mit dem bewusst offen gehaltenen Ergebnis ein völlig falsches Angebot. Weil Unwissende potenziell willfährige Opfer für solche Helferleins sind, die ihre größte persönliche Erfüllung darin finden, andere Menschen mit selbstüberzeugten Ratschlägen ungefragt für sich zu gewinnen.

Dieser Methode bedienen sich auch die TV-Shops in den Nachtstunden, wenn zahlungswillige Schlaflose nach Euphorisierendem gieren. Sie nutzen die Notlage der Menschen aus, indem sie sich als beglückende Konsumbefriediger geben und den Zuschauern Botenstoffe ausschütten helfen. So entstehen gute Kopfkissen für den Schlaf, bis die Rechnung kommt.

Hier und jetzt sind es natürlich keine Glückssuggestionen aus dem TV, sondern ein Ewigschlanker mit Selbstbewusstseinsshow, schon auf den ersten Blick und nachher noch mehr äußerst unsympathisch. Er mischt sich ein, sofort eine Spur zu überdosiert, die beiden Fitness-Rookies scheint es nicht zu stören. Im Gegenteil, sie reagieren freundlich zugewandt und neugierig, persönlich angesprochen zu werden hat etwas Gerngesehenes in der Fitness-Family.

„Ein Freund, wirklich guter professioneller Trainer, war Leistungssportler. Der hat mich mal in echt gute Übungen eingeweiht. Die wirken garantiert gegen Übergewicht, wirklich bei jedem. Das ist die exenderische Methode.“

Seine Äußerung selbst benickend, mit Gesichtsausdruck eines Geheimnisträgers redet er weiter. Er würde demnächst selbst Kurse anbieten, gegen Gebühr, eine neue Existenz aufbauen. Vorher müssten noch ein paar alte Probleme gelöst werden, zwei ursprünglich gute Freunde hätten ihn in eine Privatinsolvenz geritten.

Möchte da jemand den Sperrmüll seines Lebens vor uns auskippen? Und musste er ungefragt die Körperfülle der beiden zur Sprache bringen? Auch wenn kilobehaftete Körper längst keine Diskriminierungsfläche mehr bieten, wäre vorsichtiges Feingefühl angebrachter gewesen.

Der mögliche Finanzbeamte möchte mehr wissen.

„Exenderisch?“ Das Wort habe er noch nie gehört. Überdurchschnittlich schlau, schließlich gehört die gehobene Sprache nicht zu den herausragenden Kompetenzen in den Finanzamtsbüros.

„Du meintest sicher exzentrisch?"

„Nein, exenderisches Training ist das", beharrt er. Im Amateur-
sport würde kaum jemand diese Methode kennen.

„Immer nur kurz trainieren, dabei aber immer die ganze Power
rausgefahren. Skifahrer machen das auch so, guck dir mal ihre
fetten Beinmuskeln an."

Eine Stimme hinter mir aus der Kategorie Klassenbester beim
Pisa-Test mischt sich ein.

„Du redest Unsinn, es gibt nur das Wort exzentrisch, nichts anderes." Frontaler Angriff aus dem Nichts, er belässt es nicht dabei, sondern erklärt: Das wäre tatsächlich eine spezielle Form von
Krafttraining, mit der man Bizeps und andere Muskeln schneller aufbauen könnte.

„Das hab ich doch auch gesagt", piepst der Worterfinder rein,
mit der Konsequenz, dass ihm unser Aufschlauer unverzüglich
einen bösen Blick zuwirft und seine Worte eine Stimmfarbe bekommen, die keinen Widerspruch zulässt.

„Hilft dir ein Trainingspartner zum Beispiel, die Hanteln hoch-
zudrücken, dann ist das Anheben mit fremder Kraftunterstüt-
zung die konzentrische Phase. Das anschließende Runterlassen
mit der eigenen Muskelkraft, was dann wesentlich anstrengen-
der ist und die Muskeln schmerzen lässt, nennt sich die exzen-
trische Phase. So einfach ist die Methode, kein Hokuspokus, lässt
sich überall in Trainingsanleitungen finden."

Schlau, schlau, auch für mich neu. Vor allem verständlich erklärt.

Nur, macht so eine Trainingsmethode Sinn für die beiden Fit-
ness-Novizen? Wohl nein. Macht sie schlanker? Wohl auch nicht.
Zumal der Aufschlauer hinter mir noch anfügt, diese Methode

würde hauptsächlich auf einen krassen Muskelzuwachs abzielen, allerdings kein Fett verbrennen. Hat der Exenderisch-Schlaue überhaupt kapiert, was er anderen mit freundlicher Empfehlung für einen Unsinn unterjubeln will? Drittes Nein.

Das Problem für ihn: Er kriegt jetzt nicht mehr die Kurve, weil spätestens nach diesen Aufhellungen dem Pi-Mal-Daumen-Mann Zweifel gekommen sind. Er hatte die kurze Diskussion mit einem ultrabreiten Dauergrinsen begleitet und kommt jetzt mit einem eigenen Beitrag.

„Ihr irrt, ihr seid Torfköpfe, beide. Exenderisch ist die neue Sportart, in Skandinavien entstanden. Da dreschen Horden schwuler Hooligans mit Prada-Taschen aufeinander ein."

Gröhlende Sauna, lustige Bilder entstehen im Kopfkino, auch der Trainingsmethodenspezi hinter mir wird karnevalistisch mitgerissen.

„The winner is, wer mit seinen High Heels den perfektesten Vierfach-Toeloop hinkriegt."

Körperintensives Lachen der Leute, die Holzbänke vibrieren etwas. Dem Pi-Mal-Daumen-Mann gehört das Finale.

„Nächstes Jahr gibt es die erste Exenderisch-Weltmeisterschaft, findet bei den Italienern statt."

Sein halsbrecherisches Lachen überschlägt sich. Mühevoll zwingt er den nächsten Satz heraus, seine Augen haben den Worterfinder im Visier.

„Mach sie fit dafür, die brauchen dich." Die nächsten heraus geprusteten Worte lassen sich nur noch erahnen.

„Exenderisches High Heel-Training ist die Zukunft, da tut sich eine ganz neue Marktlücke auf."

Toleranz ist eine Straßennutte

Viel Herbst auf der Straße, zwei kurz aufeinander folgende Schauer haben mich bis auf die Haut durchnässt. Nicht nur deshalb schlechte Laune. Im Eingang wartet ein Mädel, beidhändig auf Krücken gestützt. „Better limp than crawl", sagen große Buchstaben auf ihrem Shirt, sie macht's mit Selbstironie.

Später, nach der diesmal schwerfälligen Trainingssession, überwiegend an Cardio-Geräten, dringt mal wieder ein lauter Wortwechsel durch die gläserne Saunatür. Nicht wirklich borstig, sogar mit einigen höheren Tönen, und doch kontrovers. Ich bekomme nur Diskussionsfetzen mit, weil der Duschstrahl zu stark auf den Kopf prasselt und meine Ohren füllt. Doch die reichen mir, ich identifiziere einen sattsam bekannten Nervgrund: Jemand sitzt im Saunalaken eingehüllt auf der Bank, die intimen Körperstellen völlig bedeckt, während andere nach Vorschrift nackt schwitzen. Textilumhüllt saunen geht nicht, ein silberfarbenes Schild, vielleicht fünfzehn mal zwanzig Zentimeter groß, verweist extra darauf. Jeder muss sich entblößen, gültig für alle. Doch da sich nicht jeder daran hält, zetteln Vorschriftsmeckerer immer wieder Streit an.

Warum pochen sie unbedingt auf völliges Nacktsein? Ihre Augen könnten sich doch ungehemmt voyeuristisch betätigen, sich genüsslich an den Schamlippen oder Gemächten der anderen Saunahocker bedienen, in abendlichen Stoßzeiten ist noch mehr für die Augen drin. Sogar fetischistische Blicke könnten sie ungeschoren umher tanzen lassen.

Ein Perser und ein Norddeutscher liegen diesmal im Clinch. Der Ausländer, Ende dreißig, etwas athletisch, allein durch sein Lächelgesicht eine Bereicherung. Sehr abweichend die Anmutung des anderen, ein checkheftgepflegter Grauhaariger in den Fünfzigern, seine dröhnige Stimme klingt deutlich lauter. Ich vermute in ihm einen Pauschalurlauber mit Frühbucherrabatt-Fetisch, immer eine Reiserücktrittsversicherung dabei. Ein Beziehungswaise, dessen mal mehr und mal weniger hektisches Augenzucken nichts Gutes ahnen lässt. Er gehört zum Typ Mensch, von dem in den ersten Sekunden spürbar negative Energie ausgeht und für den das Sympathie-Ranking nur hintere Plätze übrig hat. Vorsorglich unterstelle ich ihm noch, er würde frühmorgens Hotelliegen am Pool mit Handtüchern reservieren. Für sich allein, sein täglich kleiner Sieg.

Natürlich denke ich das klischeehaft, aber erstens klebt an jedem Vorurteil auch ein klein bisschen Wahres und zweitens braucht mein misslauniges Gemüt gerade einen Gegner.

Als ich die Tür öffne und ihn das offenbar stört, stockt er in seinem Redefluss. Nur kurze Sekunden, bis er sich den nächsten Satz im Kopf zurechtgelegt hat.

Sie trennt offenbar deutlich mehr als der Meinungsstreit darüber, wie ernst die Enthüllungspflicht zu nehmen sei. Sie fixieren sich, Stirn zu Stirn, kampfeswillig. Noch ein tierisches Röhren dazu, dann wäre es ein Hirschkampf. Vielleicht hat sich der Perser in den Brunftplatz des Grauhaarigen gewagt.

„Denk, was du willst, freier als hier kriegst du's nirgendwo", sagt der Hellhäutige, die Finger beider Hände miteinander verschränkt, reibende Handflächen. „Rückgrat zeigen heißt auch, sich zu Regeln zu bekennen."

„Wenn Regeln zu den Menschen passen, dann ja und nur dann", klingt es ihm entgegen, trocken ausgesprochen. Kopfschütteln des Persers, es kommt von ganz tief, seine Augen verlieren sich dabei, Falten auf der Stirn. Er gibt ein Friedensangebot von sich, mit nun zugewandter Stimme, das Kampfgeweih zurückgezogen. Schneller als ich mich überhaupt in die Situation hineindenken konnte, hat er wieder abgerüstet.

„Wir haben hier ganz einfach nur die Kontroverse, ob ich mir beim Saunen ein Handtuch umschlagen kann oder, wie das Schild sagt, komplett entblößt sein muss. Belassen wir es einfach dabei, dass wir da unterschiedlich denken? Und genießen die Saunahitze, ok?"

Doch falsch kalkuliert, der Grauhaarige besteht auf seiner Position, er bleibt in seiner starren Besserwisserstimmung.

„Wenn du bei mir rumfragen könntest, jeder kennt mich als überaus tolerant und genauso als sehr gutmütig, das würdest du überall hören. Aber das Schild hängt nun mal nicht umsonst da. Was ihr bei euch macht, ist eure Sache, bei uns gibt es diese Regel."

Warum auch immer will er den verbalen Handtuchstreit stur weiterführen und tritt bei dem Perser, vermutlich ungewollt, sogar aufs Eskalationspedal. Ein Wort mit hoher Reizkraft zündelt.

„Du sprichst von Toleranz, dann zeige hier doch deine Toleranz! Sag einfach: Ist ok, wie du hier sitzt! Aber nein, deine Toleranz scheitert bei dir doch schon an diesem kleinen Problemchen", sein Ton bekommt wieder das Röhrige eines brünstigen Hirschs.

„Ich sag dir eines: Toleranz ist oft eine Straßennutte, ganz billig käuflich. Der Mensch gönnt sie sich besonders dann, wenn sich dafür ein persönlicher Vorteil einstecken lässt. Lauf mal zwei Tage mit fremdländischem Gesicht herum oder gib dir mal einen arabischen Namen, dann begreifst du, dass dir das Gegenteil von Toleranz jeden Tag zig Mal in die Eier tritt!"

Er stockt mit nachdenklichen Gesichtszügen und hochgezogenen Augenbrauen, Meinung und Diktion verschmelzen. Wie weit ist die Empörung von der gedanklichen Vision eines Fausthiebs entfernt?

Seine Muskeln an Oberkörper und Beinen scharren sichtbar mit den Hufen, sie wollen anders als sein Kopf, aber er bleibt kontrolliert. Ein Haufen aggressiver Traurigkeit.

„Sobald an eurem liberalen Verständnis ein Preisschild hängt, also sobald man merkt, dass es irgendetwas kostet, machen die Menschen ganz schnell einen ganz großen Schritt zurück. Ein dunkelhäutiger Kita-Erzieher, außerdem noch männlich und keine Frau, muss das bei den eigenen Kindern unbedingt sein? Besser nicht, der würde meinem Kind nur was Falsches von der Welt erzählen.“

„Ich versteh nix mehr“, meldet sich der eben noch dröhnig laute Grauhaarige ein bisschen gelangweilt. „In welcher Welt bist du gerade, was ist dein Thema? Ich will nur, dass bitteschön die Saunaordnung eingehalten wird, für alles andere such dir andere Opfer.“

„Dein Preis wäre es, hinzunehmen, dass dich andere völlig nackt sehen, umgekehrt jedoch nicht. Bereits daran scheitert deine Toleranz, das ist mein Thema.“ Es ist der Versuch des Persers zu sehen, seinen Atmen wieder gleichmäßiger herunter zu regeln.

„Mein Thema ist vor allem, dass ich nicht weiß, ob du das Handtuch meinst oder mich als Mensch mit fremdländischem Aussehen. Denn ich weiß, dass sich alle gerne ein Toleranzetikett auf die Stirn klatschen, aber viele von tolerant so weit entfernt sind wie das Hühnerküken vom Einser-Abi.“

Grinsen bei einigen der Umhersitzenden, gute Auflockerung, Punkt für ihn, sein Gesicht spricht jedoch eine völlig andere als spaßige Sprache. Zusammengepresste Lippen, tiefe Mundwinkel, er hält nur kurz inne. Weiter Gas geben oder den Fuß vom Pedal nehmen? Er entscheidet sich für die direkte Variante.

„Ich meine nicht die mit innerlich festgetackerter Aversion gegen Ausländer, die geben sich keine Mühe, unerkannt zu bleiben, die erkennt man sofort. Ich meine die, die sich hinter ihrem freundschaftlichen Grinsen verbergen. Bei denen Fremdengenuss und Fremdenbedenken Tür an Tür in einem Kopf wohnen und die je nach Bedarf mal die eine und mal die andere Karte ziehen. Für beide Alternativen immer Argumente parat, so wie es gerade passt."

Seine klare und korrekte Sprache zu den differenzierten Aussagen beeindruckt mich.

„Ein klasse Deutsch sprichst du", meine ich ihn loben zu müssen und ernte eine Ohrfeige.

„Versuche gar nicht erst zu erraten, wie oft ich solche dummen Sätze schon gehört habe, meist aus zutraulich geformten Lippen. Finde ich alles andere als amüsant."

Sein Blick fixiert mich sekundenlang, er transportiert für lang anhaltende Sekunden eine ungeheure Schärfe.

„Gutes Persisch können nur die Perser und deine Sprache in Gut können wirklich nur Deutsche? Wie dumm ist das gedacht?"

„Bitte?" Es sollte ein ehrliches Kompliment mit direktem Bezug zu mir sein, sage ich ihm, da mein eigenes Fremdsprachentalent eher kärglich ausgeprägt ist und mich seine Satzkonstruktionen sprachästhetisch umso mehr begeistern. Dass es spürbar sei, wie er die deutsche Semantik innerlich lebe.

„Akzeptiert, aber dann akzeptiere auch meine Verärgerung", äußert er mit einem selbstbejahenden Nicken und will schnell wieder zu seinem eigentlichen Diskussionspunkt zurück, zur fremdenfreundlichen Liberalität als Lippenbekenntnis. Mich lässt er wieder beiseite und bezieht mich nicht mal mehr im Augenwinkel ein, der Grauhaarige ist ihm wichtiger.

„Scharenweise Menschen laufen mit falschen Ideen und Motiven hinter ihren freundlich gesonnenen Gesichtern herum."

Sein Satz wird von den plötzlichen Geräuschen in der Sauna fast geschluckt, einige Leute geben sich gerade die Klinke in die Hand, ein unruhiges Hinein und Heraus. Der Perser wartet geduldig, bis wieder mehr Ruhe herrscht.

„Mit den falschen Gesichtern meine ich Menschen, die ihre eigene Kultur grundsätzlich als am wertvollsten darstellen und dies Menschen anderer Herkunft deutlich spüren lassen, statt die Verbindung zueinander zu suchen."

Es klingt nach tiefen Verletzungen, dass seine Aussagen sich in neu formulierten Sätzen zunehmend wiederholen. Der grauhaarige Mitfünfziger, der gerade noch eine entspannte Körperhaltung eingenommen hatte, aus der ich ableitete, er wolle keinen weiteren Clinch führen, findet darin ein Stichwort, das nun seine Energie neu entfacht.

„Das ist Heimatstolz, was gibt es gegen Heimatstolz einzuwenden? Hast du den nicht auch? Dann wärst du zu bedauern."

Meine Klischee-Schubladen in mir machen sich wieder bemerkbar. Das Wort Heimatstolz höre ich nicht gerne in diesem Kontext von Toleranz, es klingt sehr abgrenzend, umso mehr, wenn das Wort extra wiederholt wird. Entweder sieht der Perser die kleine Zündschnur nicht oder er will sich davon nicht irritieren lassen.

„Heimatstolz kritisiere ich gar nicht, ja natürlich gibt es ihn auch bei mir. Er ist sogar ganz groß, aber nicht überbetont. Dadurch führen die verschiedenen Kulturen zu sehr ein Parallelleben und versuchen zu wenig wie Zahnräder ineinanderzugreifen. Das macht das Miteinander so fürchterlich schwierig und verführt Menschen zu unnötigen Konfrontationen, sehen wir doch jeden Tag."

Sinnierend fixiert er den Mitfünfziger. Für mich wird nicht erkennbar, ob er ihn mit seinem Blick missionieren oder auf die Anklagebank setzen will, eben schon und jetzt immer noch nicht.

„Es entstehen Missverständnisse und daraus wird Kapital geschlagen. Und weil das so einfach geht, werden gerne klar beabsichtigt Missverständnisse gesät, das funktioniert als Methode immer."

Sein Gegenpart wuschelt mit der rechten Hand durch die Haare und präsentiert auf seiner hochgezogenen Stirn eine überpointierte Verwunderung.

„Gehört es nicht auch zur Neigung des Menschen, sich gegenseitig Noten zu geben? Überall wird gewertet, also darf ich doch auch zu der Meinung kommen, dass ich meine Lebensgrundsätze besser finde als die von anderen. Steht mir dieses Recht nicht zu?"

Einige auf den Holzbänken beobachten den Dialog, niemand zeigt sonderliches Interesse, sich einzubringen. Schade, etwas Gegenwind würde die Atmosphäre farbiger machen, vielleicht liegt's am Iraner, an seiner dozierenden Kritik.

Und dem stellt sich die Frage nach besseren oder schlechteren Kulturen gar nicht. Die Verschiedenartigkeiten gegenseitig als positive Ergänzung zu verstehen und Brücken zueinander zu bauen, das wäre eine hervorragende Aufgabe, argumentiert er nun.

„Die Vielfalt dieses Planeten von ihren Grenzen befreien, das ist ein spannenderer Gedanke als sich gegenseitig Noten zu geben. Dann verfeinden wir uns auch nicht mehr wegen völliger Nebensächlichkeiten, ob hier jemand mit oder ohne Handtuch am Leib sitzt."

Mir fallen direkt Menschen ein, die solche Sätze als feuergewaltigen migrantischen Angriff bezeichnen würden. Auch ein Onkel väterlicherseits. Muslime sind für ihn VW-Käfer mit lahmen 34 PS, ganz ohne Elektronik. Für Europäer und Amerikaner hat er das Bild der BMWs und Porsches, vielfach mehr PS, da quietschen die Reifen beim Anfahren und intelligente Assistenzsysteme sowieso. Das hatte er als witzigen Vergleich auf der Hochzeit seiner Tochter Melani von sich gegeben. „Wer so spricht, hat ein Alkoholproblem“, flüsterte mir damals sein Sohn zu und schob mich vorsichtshalber beiseite, um mich vor weiterem zu schonen. Und ja, es war Alkohol im Spiel.

Der Perser atmet jetzt deutlich hörbarer. Seine Gedanken scheinen seinen ganzen Körper erfasst zu haben, manche Sätze klingen nun herausgepresst. Er denkt beim Sprechen in sich hinein, es könnte böser herauskommen, wenn er äußern würde, was er empfindet.

„Was hilft es uns, wenn jeder dem Nachbarn am Gartenzaun seiner eigenen Kultur abschätzig zuruft, seine Äste würden herüber ragen? Wir müssen die Gartenzäune gegenseitig öffnen, allein das kann der Weg sein.“

Er nickt selbstbestätigend vor sich hin. Mehrmals, auch wir sollen damit gemeint sein.

Schnelle Reaktion des Liegestuhlreservierers. Er fühlt sich, war zu erwarten, an die Wand gestellt und kontert mit einer Liste Wohltaten der Kultur seiner Gesellschaft. Der persönliche Einsatz vieler Menschen während der Flüchtlingskrise zum Beispiel, große Integrationsbemühungen in der Politik, mutige Bürger würden für ihre Selbstlosigkeit öffentlich ausgezeichnet, die Meinungsfreiheit nennt er auch.

„Ist alles in den Verfassungen verbrieft, darauf werden Eide geleistet.“ Und mit dem Mienenspiel eines Menschen, der kein Interesse an langen Diskussionen hat, sondern seine Meinung widerspruchslos respektiert sehen will: „Aber wie sieht es in Wirklichkeit woanders aus?“

Auf der obersten Sitzbank erzeugt jemand Unruhe. Ein älterer Herr verliert beim Heruntersteigen etwas seine Koordination, muss sich an fremden Schultern auffangen, ihm sind die ungewollten Körperberührungen peinlich. Der Perser beobachtet ihn unbeteiligt, er sucht Argumente für seinen Widerspruch zusammen, er nennt sie in ruhiger und mindestens ebenso selbstsicherer Stimme wie sein Meinungskontrahent.

„Du siehst nur, was du sehen möchtest, öffne mal ein bisschen deine Augen. Nimm die Zerrissenheit zwischen den Völkerstämmen in den arabischen Ländern, nimm die Reibereien der verschiedenen Ethnien. In den USA werden Schwarze schneller abgeurteilt als Weiße, und das, obwohl Amerika der moralische Sheriff auf diesem Planeten sein will. Bei uns knöpft man sich die Juden wieder vor. Sowas ist für dich eine tolerante Welt?"

Wieder unterbricht er sich selbst, zeigt sich nachdenklich und setzt dann mit einem fragenden Gesichtsausdruck fort.

„Wir müssen, glaube ich, mal einen ganz anderen Blick entwickeln, uns wohl zu dem Mut aufraffen, anzuerkennen, dass Selbstlosigkeit und die Freude an sozialer Harmonie nicht zu den zentralen Wesenszügen der Menschen gehören, sie sind nicht automatisch da, wir müssen sie mit großer Anstrengung entwickeln. Und dafür müssen wir erkennen lernen, dass in jedem von uns auch eine egoistische Gestalt steckt, die uns zu ihrer Marionette machen will."

In dem Migrantengesicht würde ich jetzt gerne sehen, dass seine Skepsis nur stimmungsgeleitet und weniger seine Überzeugung ist. Denn so einfach im Vorbeigehen möchte ich mir meinen Glauben an die Toleranz nicht zerfleddern lassen. Ich werde enttäuscht, er denkt genauso, wie ich es lieber nicht hören möchte.

Sein Oberkörper senkt sich etwas nach hinten, er legt den Hinterkopf auf der höher gelegenen Sitzbank auf. Wirkt unbequem. Er sinniert, streckt dann den Kopf wieder empor, will nochmal für seine Meinung werben, lässt es aber erst mal doch.

Auch der Vorschriftsmeckerer beschränkt sich auf ein distanziertes Schmunzeln, seine Blicke geistern ziellos in dem Saunaraum herum. Ich würde mich gerne entziehen, zu grundsätzlich und zu abstrakt wirkt die Diskussion auf mich.

So schwitzen wir eine Zeitlang unbeteiligt vor uns hin.

Doch dann: Attacke, unerwartet, mit einer Stimme wie die einer verstimmten Gitarre. Der Perser bekommt seine zweite Luft, der Ausgangspunkt scheint ihn nicht loszulassen.

„Deine Toleranz hört genau ein paar Zentimeter vor dem silbernen Schild mit der Entblößungspflicht auf. Du wolltest dir gar nicht erst Gedanken machen, warum sich Menschen wie ich nicht nackt in der Öffentlichkeit zeigen, du hast sofort mit deutschen Vorschriften argumentiert. Kein Widerrede, keine Toleranz, hier herrscht Ordnung, schau gefälligst auf das Schild, das ist deine Wahrheit und deine Toleranz!“

Was ist passiert? Wieso jetzt die neue Spannung, warum zum Geweihkampf zurück? Für mich so schnell nicht zu ergründen.

„Du verwechselst Toleranz und Ordnung, mein Lieber.“ So will der Perser zwar gerade nicht angesprochen werden, zumal ihm jetzt eine Stimme in gleicher Schärfe wie die eigene entgegen schlägt. Aber er mag noch zuhören.

„Mit klaren Ordnungsvorschriften funktioniert es zwischen Menschen, Toleranz steht hinter den Regeln. Nimm das Kinderkarussell, da läuft alles geordnet, genau das ist meine Erwartung. Dagegen bewegst du dich auf dem Autoscooter, wo sich alle ohne Regeln gegenseitig ins Visier nehmen. Dort ersetzen dicke Stoßfänger die Regeln, willst du mir sagen, dass Leben mit dicken Stoßfängern schöner wird?“

Der Vergleich amüsiert, passt so auch nicht ganz, aber der Perser wird müde. Soll er trotzdem gegenhalten?

Nein, erst mal nicht, alles sieht nach einem Patt aus. Beide im Rückzug, die Augen auf sich selbst konzentriert, Frieden. Bis der Grauhaarige nach zwei, drei Minuten die Frage stellt, wo der Perser geboren sei.

„In Karadsch, eine größere Stadt, nicht weit von Teheran entfernt.“

„Schon länger in Deutschland?“

„Seit 13 Jahren.“

„Verheiratet?“

„Ja, und sogar mit einer deutschen Frau.“ Er lässt die Antwort von einem ernst wirkenden Zufriedenheitsgrinsen begleiten, neues Lebenszeichen.

„Glückwunsch, dann scheinst du gut integriert zu sein. Vermute ich mal, gilt das auch beruflich?“

„Auch da. Maschinenbauingenieur, promoviert, fester Job, perfekt zertifiziert nach deutscher DIN-Norm.“

Er betet die Antworten herunter, auswendig gelernt, die Fragen belustigen ihn. Nach winzigen Pause ein offensives Grinsen, es erzählt eine fast schon durchtrieben erscheinende Selbstsicherheit:

„Brauchst du einen Vorzeigemigranten, willst du mich buchen? Bezahlt wird mit ein paar Exemplaren der deutschen Verfassung, Spesen in bar.“

Sein Fröhlichkeitsreservoir ist inzwischen wieder gut aufgefüllt, er lacht und weiß, dass er ein gutes Blatt in den Händen hält. Während ich erst in mich hinein horche und dann frage.

„Macht ihr hier ein Verhör?“ Ich schaue beiden abwechselnd in die Augen, nur von einem kommt eine Reaktion.

Die Duschen klingen gerade wie die Regenschauer vorhin draußen.

„Präzise erkannt.“ Der Iraner nickt vergnügt, ihm ist die Routine anzumerken, mit derartigen Fragen hinterlistig provoziert zu werden und die Konfrontation dann doch immer souveräner als Sieger zu beenden.

Ob das bei seinem jetzigen Gegenüber genauso läuft? Der zeigt zunächst keine Gefühlsreaktion auf den ironischen Unterton des promovierten Maschinenbauingenieurs, nach etwas Überlegung dringt jedoch aus biederen Mundwinkeln eine böse Reaktion nach draußen.

„Um ein gutes Mitglied einer Schafherde zu sein, muss man vor allem erst einmal ein Schaf sein, hat Einstein gesagt.“ Gesprochen fast im Stechschrittrhythmus.

Er schaut in die Runde und will sich selbst bestätigen. „In dem Satz steckt viel Substanz drin, oder?“

Er zwingt mich zum Überlegen. Einstein war der Mann mit der Relativitätstheorie, aber was hat sie mit der Diskussion hier zu tun? Mir erschließt sich kein Zusammenhang. Dass sich in der Buchung eines reiserücktrittsversicherten Pauschalurlaubs relativ viel Schaf verbirgt? Bestimmt nicht, Schafe sind gutmütige Wesen und intelligent. Sie können sich beispielsweise zwei Jahre lang über fünfzig Gesichter ihrer Artgenossen merken.

Eine andere Alternative, seine Äußerung zu entschlüsseln: Er ist das schwarze Schaf und wir tolerieren ihn relativ gutmütig? Oder hat er einfach nur Viertelwissen aufgeschnappt? Sinfonien an Denknuancen traue ich ihm jedenfalls nicht zu.

Letztlich egal, ich muss jetzt eingreifen, mich beschleicht die Idee einer ganz anderen Interpretation!

„Wenn wir den Einstein mal weglassen: Du willst wissen, wie viel Gramm Deutsches in ihm steckt?"

Ich glaube jetzt sogar, dass er das so meint. Die Empörung klopft in den Adern meines Kopfes und drückt sich auch in meiner Stimme aus. Gerne hätte ich noch angefügt, wie armselig er für mich rüberkommt. Ich halte diese Bemerkung nur deshalb zurück, weil ich letztlich nur Außenstehender ihres Gesprächs bin. Was an meiner Verärgerung jedoch nichts ändert. Soll er doch im nächsten Leben eine Sandschaufel werden.

Hatte ich erwartet, dass er mir eine scharfe Antwort entgegen wirft, so entwickelt sich die Situation erst mal anders. Seine Reaktion wirkt mimisch und klingt stimmlich besonnen, fast sogar liberal, typische Gesichtszüge eines verständnisvollen Freundes.

„Mag sein, dass nicht alle meine Standpunkte teilen, ich ihre genauso wenig." Seine Augenbrauen gehen nach oben.

Aber Vorsicht, meine Intuition hebt den warnenden Finger. Solche rund gelutschten Äußerungen sprechen Politiker oder Menschen mit dunklen Motiven. Sie sollen einschläfern und entpuppen sich dann als Startrampe für ein böses Geschoss. Und genauso kommt es auch, er wird beleidigend. Unterschwellig zwar, doch genau drin steckt die fiese Methode.

„Dir fehlt noch ein wenig das Talent, Kulturunterschiede in ihrer soziologischen Bedeutung betrachten zu können." Seine Kritik formuliert er stilistisch erhaben wie populistisch, doch genau darin steckt ihre kalkulierte Wirkung.

„Klär mich auf, was du angeblich besser weißt", fordere ich angesäuert ein. Wie angenehm waren im Vergleich zu ihm heute die Regenschauer.

„Frag mal deine Frau Google, vielleicht oder bestimmt kann sie dir Nachhilfe geben."

Der Iraner bekommt Spaß an unserer Konfrontation. Schelmisches Augenzucken, da ich den Vorschriftsmenschen nun an der Backe habe und er sich aufs Zuschauen beschränken kann.

Ich möchte mir mit ihm weder ein Beleidigungsduell liefern noch in einen rhetorischen Schaukampf ziehen oder gar von ihm gezogen und am wenigsten durch lehrerhafte Attitüden belästigt werden. Einerseits, die andere Seite gewinnt jedoch die Oberhand.

„Wie armselig, dass du dich mit einem willkürlich herbei gekramten Zitat erhöhen willst und anderen damit die Laune stiehlst." Energische Stimmen in mir drängen mich dazu, ihm einen Tritt in seine empfindlichste Stelle, in seine Überheblichkeit, zu verpassen. Und so passiert es auch.

„Arroganz ist die Kunst, auf die eigene Dummheit stolz zu sein."

Kaum habe ich den Satz ausgesprochen, plappert er sofort los. Etwas, was er vermutlich bereits im Kopf vorformuliert hatte, denn es kommt gänzlich ohne Bezug auf meine bewusst angelegte Attacke.

„Einsteins Zitat besagt, dass nur gut zusammen passt, was sich sehr ähnelt. Schafe passen nur zu Schafen und nicht zu Wölfen oder Eichhörnchen. Unterschiedliche Wesensarten können nie dauerhaft eine harmonische Einheit bilden, so einfach und so richtig."

Das ist der Hammer! Entsetzt blicke ich zum Perser hinüber, er sucht mit seinen Augen Halt in meinem Gesicht, wir starren uns an. Hatte er das jetzt wirklich so gesagt? Das macht ja alles noch schlimmer! Wirkte er anfangs nur unsympathisch und charakterlich etwas spärlich, aber jetzt?

Noch während ich überlege, ob und wie ich seine Äußerung kommentieren soll, da übernimmt der Perser schon das Wort. Seine beiden Hände greifen zum Kopf, der bewegt sich automatisiert nach rechts und links, in seinem Gesicht zeichnet sich die Angst vor Geröllmassen ab. Die immer dicker werdenden Blutadern am Hals zeigen mir, dass er sich bemühen muss, einen Kontrollverlust zu vermeiden.

„Ersetze Schaf durch Mensch, dann hast du den richtigen Link zur Wahrheit." Ein unruhiges und stechendes, aber auch trauriges Augenspiel, beide Hände wandern nervös über seine Oberschenkel, seine Stimme wird langsam.

„Um ein gutes Mitglied der Menschen zu sein, musst du vor allem erst einmal ein Mensch sein." Pause. Blicke können gnadenlos sein, und sein Blick in die Pupillen des dicklichen Beziehungswaisen übertrifft diese Wirkung noch. „Und wieso bist du noch hier?"

Es sind für heute seine letzten Worte. Er bringt seinen schlanken Körper in eine horizontale Schwitzlage, legt beide Handflächen auf sein Gesicht und beendet das Migrantenverhör. So angefressen und trotzdem so souverän wie alle vorherigen Verhöre in den letzten dreizehn Jahren, er hat sie nicht gezählt.

Und ich blicke den Frühbucher an, denke an sein Leben. Das T-Shirt des Mädels von eben kommt wir wieder in den Sinn: „Lieber humpeln als kriechen."

Der Seelenfresser

So richtig polternde Orkane haben nichts Herzerfrischendes, auch nicht in der weiblichen Namensversion. Doch wenn sie sich zusätzlich noch voyeuristisch offenbaren, sind sie nicht einmal jugendfrei. Der Wirbelstürmin Friederike ist das zuzuschreiben. Sie zeigt sich auf ihrem Rückzug zwar deutlich milder gestimmt, hatte jedoch seit gestern Nachmittag bis tief in die Nacht hinein wie eine unterbezahlte, frustrierte und auch noch voyeuristische Domina gewütet. Dabei muss man sie deshalb nicht mal schief angucken. Denn nach üblicher psychischer Diagnose liegt eine tiefgreifende Störung weder beim zeitweiligen Voyeurismus zur sexuellen Ersatzbefriedigung noch bei einer Dominanzlust mit Peitschenecho zugrunde. Alles ein ganzes Stück normal bei der Orkanin.

Tina, sie führt öfter mal unseren Hund aus, erlebte die Bestie hautnah. Das erzählt mir heute Vormittag die Nachbarstochter Hanna, beide in der gleichen Mädelsclique. Obwohl vertraulich mitgeteilt, das Versprechen sogar mit großem Ehrenwort besiegelt, rotierte die Story schnell quer durch Hannas gesamte Adressliste, reichlich Likes und Emojis als Antworten. Die Orkanin soll gewaltsam in das bettmäßige Rumgemache von Tina und ihrem Freund Max eingebrochen sein.

„Wie das?"

Hanna ließ mich mit ihrer Schilderung im Stil einer Trash-Reporterin die Geschichte ziemlich detailliert nacherleben. Demnach hatte eine angriffslustige Böe ein beträchtliches Loch in das Dach der Mansardenwohnung des Pärchens gerissen und sich mit brünstiger Fratze in Tinas Bett breit gemacht. Es schickte peitschenden Regen hinterher, scheuchte Mobiliar, Flatscreen und Klamotten durch den Raum. Alles in Bruchteilen von Sekunden, ganz knapp vor dem orgastischen Lustfinale. Präzise in dem Moment, in dem Menschen üblicherweise einen ekstatischen Sturm mit 10.000 Volt quer durch ihren Körper spüren wollen: Panische Katastrophenängste statt ein Herzliches Willkommen in der G-Zone.

Wobei ich zugeben muss: Mein Kopfkino tanzte sich schnell in eine gemeine Schadenfreude hinein, ohne sich mit schlechtem Gewissen aufzuhalten. Mal ehrlich, wer grinst nicht auch gerne mal in dem Moment mitleidslos in sich hinein, wenn jemand auf obskure Weise Pech hat? Mitleid stammeln und sich die Fingernägel in die geballte Hand pressen, um zu passenden Gesichtszügen zu kommen. Musste ich aber gar nicht, weil Hanna nicht die bedauernswerte Betroffene war und sich mein inneres Grinsen zu einem lauten Brüller entfalten konnte.

„Dabei war das Vorspiel noch ganz harmlos", witzelte sie. „Pass auf, jetzt wird es erst richtig krass, pass auf."

Und ja, was sie dann erzählte, deckte sich mit unser aller Lebenserfahrung. Nämlich, dass eine noch so beschissene Situation immer noch viel Luft nach oben hat, um noch beschissener werden.

Arme Tina, armer Max. Denn der erzwungene Verzicht auf den finalen Orgasmus wäre in dem Augenblick nicht ihr vordringlichstes Problem gewesen. Sondern es war die Shades of Grey-Spielerei, in der sie sich gerade befanden. Das allererste Mal probiert, grandios lusterweiternd empfunden, doch genau dadurch schnappte die Falle zu: Einer von beiden war mit Handschellen festgebunden. Fluchtunfähig und die schnaubende Domina Friederike vor Augen. Inmitten ihres windigen Getöses und weiter unten berstender Dachbretter musste ganz schnell der kleine rettende Schlüssel gefunden werden. Der war sicherheitshalber mit einem Metallring am Griff einer Lederpeitsche befestigt, doch wo in dem plötzlichen Durcheinander dieses Spielzeug jetzt schnell finden?

„Wer von beiden zappelte denn hilflos am Bettgestell?"

Hätte auch Hanna allzu gerne gewusst, diese Frage ist jedoch trotz der ansonsten sehr freimütig preisgegebenen Details zumindest bis zum Zeitpunkt unseres Telefonats offen geblieben. Dafür erzählte sie von einem zusätzlichen Schwierigkeitsgrad bei der Suche, zwei Hausbewohner von der Etage darunter hämmerten wild an der Wohnungstür. Aufgeschreckt durch den Krach des berstenden Dachs und hineinbrechender Dachziegel waren sie in Aufruhr und wollten wissen, was passiert sei. Lautes Rufen, immer kräftigere Faustschläge gegen die Tür, jammerndes Kreischen auf der anderen Seite als Antwort.

Endlich, das SM-Spielzeug mit dem Schlüsselchen wäre schließlich doch gefunden worden. Tina soll dann ebenso splitternackt wie ihr Freund zur Tür gerannt sein, hätte sie aufgerissen und wäre dann von wilden Angstlauten begleitet ins Treppenhaus und dann nach unten geflüchtet. Eine Mitbewohnerin soll sie anschließend versorgt haben, die Feuerwehr wäre gekommen, das Pärchen ausquartiert, Inventar in Sicherheit gebracht.

Wer sich die Sexutensilien unter den Nagel gerissen habe, sofern sie überhaupt noch auffindbar waren? Darauf wusste Hanna keine Antwort, aus irgendwelchen Gründen betrete ich mit dieser Frage im Kopf die Sauna. Und dort ist Friederike sofort wieder präsent.

Vielleicht liegt es an den Resten an Angstgefühlen, die das noch nicht ganz abgezogene Sturmtief ausgelöst haben, dass sich heute so unzählig viele höheren Alters in die Sauna gezwängt haben. Nackt eng aneinander gekuschelt, nur wenige Zentimeter Schamdistanz zwischen einander. Solche Stoßzeiten gibt es immer wieder nachmittags an Sonntagen, doch heute ist Mittwoch.

Beim Eintreten schwallen mir Gesprächsfetzen entgegen. Dass wegen des Sturms Züge unterwegs stoppen und stundenlang auf freier Strecke stehen bleiben mussten, Autos auf überfluteten Straßen wegschwammen, Häuser abgedeckt wurden, Friederike erzählt sich in vielen Variationen. Windgeschwindigkeiten von über zweihundert Stundenkilometern sollen es gewesen sein. Klingt nach Ausnahmezustand, einige dichten noch ein bisschen an persönlicher Besorgnis oben drauf, so dramatisch hätten sie es noch nie erlebt. Viele nicken.

Dabei hat die Natur selbstverständlich nicht erst durch Friederike so gewütet, doch die meisten Menschen sind gerade in einer erregten Gefühlsverfassung. Gegenseitiges Bestätigen von Meinungssätzen und zustimmendes Kopfnicken schafft Verbundenheit, solange keiner auffällig aus der Reihe tanzt. Ich ahne in dem Moment nicht, dass heute noch kräftig getanzt werden wird.

„Gut, wer einen SUV hat", greift einer von den oberen Sitzbänken das vorher wohl schon intensiver diskutierte Thema der weggeschwemmten Autos noch einmal auf. Klobiges, schweres Material könne sich eher gegen flutenden Wasserdruck wehren.

Niemand geht darauf ein, er nimmt einen neuen Anlauf, betont effekthaschend für Unterhaltungsbedürftige.

„Seniorenunterstützungsvehikel."

Das plakative Wort fällt auf, tatsächlich recken sich mehrere in seine Richtung. Mit seinem langweilig zu einem Strich geformten Mund mit sich kaum bewegenden Lippen gelingt es ihm trotzdem nicht, Witzigkeit zu erzeugen. Wenigstens die gerade erlangte Aufmerksamkeitschance ein bisschen nutzen.

„SUV-Fahrer sind stählerne Ichs."

Nicht besser, ihm egal. Ihm geht es nicht um kreative Bemerkungen, sondern nur darum, einfach ein bisschen den Ton anzugeben. Zu dumm, dass diese platte Typisierung schon vor Jahren ihre beste Zeit hinter sich hatte, sich aber offenbar nicht beerdigen lässt und sich noch bis in die letzten Ecken der bildungskritischen Spezies vorgräbt. Er meint die Fahrer und ebenso die Mamataxi-Fahrerinnen, die sich in erhöhter Sitzposition durch viel Blech um den Körper herum sicherer fühlen und mutiger das Gaspedal durchtreten. Sagt man, nimmt man je nach Standpunkt genauso wahr, ist vielleicht so, trotzdem so intelligenzfrei wie der nächste Witzversuch von ihm.

„Weicheier in Ritterrüstung.“

Klingt nach Freigeist, riecht nach Dorf.

Nicht nur deshalb entsteht ein Bruch, die eben noch angeheiterte Stimmung hat ihren Gegner gefunden. Von jemandem, dem äußerlich betrachtet niemand Casting-Ambitionen für den neuen James Bond unterstellen würde, der stattdessen jedoch vor grünem Selbstbewusstsein strotzt.

„So viel Auto hat Gott nicht gewollt und braucht kein Mensch, das lässt sich nachweisen“, quäkt er in einem Sound, der nie in den Genuss einer Stimmgabel gekommen ist. Dazu ein Blick wie seicht wellendes Wasser, entspannt und beruhigend. Ihm wäre zuzutrauen, beim Schlafwandeln die grünen Zahlen aus der letzten Umweltschutzschulung herunterzubeten. Notfalls so ausführlich, bis jemand die weiße Flagge hisst oder ihn böse Tweets aus seinem Weltverbesserungstraum aufwecken.

Seine Art erinnert mich an Ulf, einen Sitznachbarn während einer Zugfahrt nach München, der mich mit seiner Begeisterung für das Meditieren bis knapp vor meinen Verlust letzter Reste an Freundlichkeit missionieren wollte.

In jedem Fall wirft Ulf-zwo berechtigterweise die Frage auf, warum wir uns nicht darüber unterhalten, wie viel Kilogramm Auto pro Mensch wirtschaftlich und ökologisch und sozial oder auch noch ethisch angemessen seien. Sofern seine Äußerung überhaupt auf Interesse stoßen sollte.

Noch nie darüber nachgedacht, die sich dahinter verbergende Idee klingt jedoch sympathisch. Plötzlich drängelt sich auch der SUV-Bemeckerer mit einer ersten sinnvollen Bemerkung auf, vielleicht auch nur, um noch ein bisschen mehr zu zündeln.

„Jeder erwachsene Mensch sollte nur eine bestimmte Literzahl Kraftstoff im Jahr nutzen dürfen", schlägt er sich auf die Seite des Öko-Vertreters, direkt mit einer persönlichen Begründung versehen.

„Zu viele Kalorien machen dick, zu viel Sprit in der Luft tötet das Hirn, macht Krebs und andere schlimme Sachen."

„Richtig, richtig", jubelt Ulf-zwo in der ihm eigenen Tonlage.

Doch sofort schallt es zurück, Gegner formieren sich.

„Das ahne ich doch schon länger, wir sollen eine Öko-Diktatur kriegen. Das Wort höre ich jetzt immer öfter und alle verschränken dazu die Arme." Diesen Widerspruch geifert jemand in die Runde, dessen Empörung maximal authentisch klingt und seinem Blick auf die Welt und seiner persönlichen Geschichte entspringt.

„Mein Vater hatte den Adolf, im Osten diktierte uns die SED und jetzt gibt's bald von der Öko-Stasi eins auf die Fresse, wenn wer mal seine Milchtüten in einem Plastikbeutel nach Hause trägt." Pause, seine Gesichtsfarbe nimmt zu. „Wann hört's mal endlich auf mit dem Schreien nach Sachen, die dann doch wieder in schlimmen Verhältnissen enden?"

Eine Hitzewelle ergreift ihn, die Gesichtshaut verfärbt sich rötlich, röchelnde Stimme, sein Blick tanzt einen ungelenken Beat. Unversehens wird er mit seinen Worten selbst zur Zielscheibe.

Zuerst von Ulf-zwo. Jetzt spürt er endlich den richtigen Moment für ein richtig fetziges Plädoyer. Ob auf eigenem Mist gewachsen oder die Resteverwertung von Indoktrinationen eines Öko-Workshops, das lässt sich nicht klar erkennen. Noch vor der ersten Silbe streckt er zur Vorbereitung seinen Oberkörper kerzengerade hoch, die Schultern nach hinten gedrückt, Kinn hoch, Besserwisserfalten auf der Stirn.

„Wir haben Gesetze für den Tierschutz, Datenschutz, Arbeitsschutz, auch den Kleinanlegerschutz und was weiß ich sonst noch alles, DIN-Normen für fast alles in unserem Leben. Ohne ausdrückliche Zustimmung eines Amtes darf man noch nicht mal in einem Abwasserkanal schwimmen, wir haben ein gesetzlich total geregeltes Leben. Nur ein richtiges Sonst-gehen-wir-alle-am-Arsch-Schutzgesetz mit klaren Regelungen für unseren tollen Erdball kriegen wir nicht zusammen hin. Es gibt immer nur ein paar symbolische Häppchen.“

Sein Atem vibriert gefährlich, überschlägt sich zeitweise, der Kopf schwingt wild mit. Er hat sich in Rage gesprochen, ähnlich dem gegen eine mögliche Öko-Diktatur rebellierenden Mann, und schreit nach neuen Paragraphen.

„In unserer Verkehrsordnung ist geregelt, wie millimetergenau die Größe der Parkscheiben sein darf, welche Farbe sie haben muss, für jedes denkbare Falschverhalten gibt es ein Strafe. Mindestens genauso detailliert und genauso scharf geahndet stelle ich mir eine Planetenschutzordnung vor. Was der Verkehr braucht, das braucht unser Planet umso mehr. Es muss alle Bereiche klimagerecht regeln, die für unsere Naturwelt wichtig sind.“

Er hat einen Lauf. Beifall, von mir und auch einer Dame und zwei Herren um mich herum. Der Diktaturbefürchter opponiert dagegen, wenig verwunderlich.

„Und man sammelt Punkte in Flensburg und kriegt so richtig einen drauf, wenn zu viele Punkte entstanden sind? Überall Kameras, damit Öko-Politessen ständig beobachten, was man in die Mülltonne stopft?" Er stemmt beide Hände in die schwitznassen Hüften. „Vergiss es! So fängt es an und dann nehmen sie dir wieder jedes Stückchen Freiheit."

Aber jemand, der sich in letzter Zeit hier häufiger sehen lässt, stellt sich sofort als weißer Ritter an die Seite von Ulf-zwo. Kaliber bärtiger Unterschrank, der allein durch seine überschaubare Körperstatur Gefahr läuft, als Veganer abgestempelt zu werden.

„Du redest krassen Angstquatsch! Unseren Kindern rennt die Zeit weg, da hilft alles, was weniger Dreck in der Luft produziert und die Kartoffeln im Acker nicht vergiftet. Natürlich geht Veränderung nicht ohne Schmerzen, natürlich können gesetzliche Verbrauchslimitierungen dazu gehören, über so einen Gedanken lässt sich zumindest diskutieren. Da kann total viel dazu gehören, was uns, ob wir wollen oder nicht, zu total CO_2-schlanken Menschen machen wird und machen muss."

Klare Kante! Doch auf welcher Seite steht er tatsächlich? „Auf vollen Straßen sind martialische PS-Kisten genauso langsam wie mein qualmender alter Ford", outet er sich im nächsten Atemzug als inkonsequenter Benutzer einer Dreckschleuder.

Bevor überhaupt jemandem sein Widerspruch auffällt oder jemand willens ist, ihn zu hinterfragen, sehen wir uns mit einem nächsten Witzbeitrag konfrontiert. Der bisher spaßfreie Ulf-zwo platziert in der Hoffnung auf Erheiterung etwas in die Hitze hinein, angeblich irgendwo im Netz gelesen.

„SUVs sind so überflüssig wie die Nüsse des Papstes."

Und ich sage mir: Auch Soßenbinder sind geschmacklos.

Ganz offensichtlich hat ihn plötzlich die Lust am Mitwitzeln erfasst. Sein Problem scheint nur zu sein, dass ihm niemand das Witzeln richtig beigebracht hat. Jemand anders kann es nicht besser, aber wenigstens gehässiger.

„Wurden bei dir die Grenzwerte für feinstaubbelastete Gedanken überschritten?"

Der Gegenwind verunsichert, es ist dem Gesicht von Ulf-zwo anzusehen. Ein anderer Nackter springt für ihn in die Bresche, er möchte das sinnfreie Geplaudere unbedingt noch ein bisschen aufrechterhalten. Seine haarfreie Haut erscheint glatt wie ein Gletscher, beträchtlich mit körpereigenen Fettreserven ausgestattet, seine Gene hatten einen schlechten Tag, viel Greta Thunberg steckt in ihm auch nicht drin.

„Grün setzt sich aus Gelb und Blau zusammen." Sein angeheiterter Blick wandert von rechts nach links.

„Was sagt uns das?"

Vereinzeltes Mienen- und Schulterzucken, keine Antwort.

„Kommt, wer mal ein bisschen mit Farben herumgespielt hat, der weiß das."

Erwartungsvoll hoppelnder Oberkörper und seine Augen grinsen umarmend, wie man es häufig bei vollleibigeren Menschen sieht. Er löst sein Farbenrätsel selbst auf.

„Die FDP läuft gelb herum, die AfD blau. Was kommt heraus, wenn man beide Farben mischt? Genau, grün ist's! Folglich sind die Grünen nach der Farbenlehre eine heimliche Kreuzung aus FDP und AfD."

Das motiviert zum Lachen, genauso zum Nachahmen.

„Sogar unser Furzen tut angeblich dem Klima weh, müssen wir bald Korken verteilen", sagt ein Mann, der eigentlich einen viel zu schüchternen Eindruck für Äußerungen in fremden Gruppen macht.

So langsam formiert sich in den Feuchtgebieten meines Sportstudios der Klimaschutzverweigererpöbel, Gesichter können sehr viel erzählen. Entlarvend offen, alles weist auf das Krankheitsbild der Intelligenz-Gezeiten hin: Ständiger Wechsel zwischen Ebbe und Landunter im Hirn. Nur, warum dürfen solche Menschen sogar einen Führerschein haben?

„Wenn wirklich was Schlimmes passiert, kriegen unsere Ingenieure das schon wieder hin. Dann liegen uns alle zu Füßen, überall kaufen sie Technik von uns, deutsche Ingenieure sind Granaten." Die Welt des Farblehrenspezialisten braucht keine Bezüge zur Realität.

Mein Nachbar stupst mich mit seinem schweißtriefenden Arm an, schüttelt in kurzen, schnellen Bewegungen den Kopf. Wir sollten uns laut empören, unterlassen es jedoch, wie man es so oft macht, wenn es notwendig wäre, Position zu beziehen.

„Für neue Hamstersorten mit gekreuztem Vogelschnabel und lassoförmigen Schwanzpirouetten, die angeblich einer gesichtet haben will, bleiben Straßenprojekte jahrelang liegen. Haben die noch alle Wellensittiche im Käfig?"

Der Mann mit der gletscherglatten Haut gibt weiter Gas. Jetzt muss auch alles raus, wie beim Schlussverkauf.

„Die mit dem tollen Gutmenschgetue kaufen doch nur Bio-Sachen, damit sie das auf Instagram toll posten können."

Gut abgelenkt, so lässt sich jedes wabbelige Rückgrat begründen. Ob seine Frau häufig wunderbaren Sex hat, nur halt nicht mit ihm? Darüber sollte er mal nachdenken.

„Wer keine Socken selbst strickt, gilt als Verächter unseres Planeten. Leute, so platt wird gedacht. Achtet mal auf ihre selbstlose Verzweiflungsmiene." Er schaut dabei dem Klimamoralisten frontal ins Gesicht. Und recht hat er in diesem einen Fall, solche Ökogesten werden gerne als moralisch verkleidete Waffen eingesetzt.

Dann eine kleine Kehrtwende.

„Vielleicht möchte uns Friederike mit ihrem Sturm etwas mitteilen?"

Eine Frau, unterste Bank, sagt das. Nach meiner Alterseinschätzung stammt sie aus einer Zeit, als Facebook noch Poesie-Album genannt wurde. Ein hübsches reifes Gesicht, viel Natürlichkeit, ihr Körper drückt viel Erleben aus, ohne dass er zu künstlichen Umbauten greifen musste.

Sie hat sich kurz aufrecht gestellt, um ihren Satz in die Gesichter aller anderen sprechen zu können. Jedoch zu zaghaft, ihrer Äußerung fehlt die Temperatur, beim Niedersetzen macht ihr üppiger Busen einen kurzen Kniefall. Und ihr Aufstehen hat etwas von einer Streberin in der Schule, doch Strebermenschen gewinnen schwer Freunde, nicht verwunderlich, dass sie auch in der Sauna keine Rose bekommt.

Stattdessen zieht der Mann mit dem Hinweis auf die klimaschädlichen Blähungen wieder die Konzentration auf sich. Ihn hat aus einem für mich unerklärbaren Grund ein Kicher-Flash erfasst, den er nicht stoppen kann oder nicht will.

„Furzen im Wald ist klimaneutral", prustet er heraus, ohne dass mir gerade der Zusammenhang schlüssig wird. „In einem Pups stecken ungefähr zehn Prozent Kohlendioxid, da wünsche ich euch guten Appetit, ihr Pflanzen."

Solch ein Verhalten lässt sich bei schamhaften Menschen beobachten, die bei offensichtlichen Verstößen gegen Konventionsregeln ein vorpubertäres Dauerlachen mit integrierter Selbstbejubelung erzeugen. Dreimal lauter als erforderlich, die Stimmlippen tanzen dann eine Zeitlang Samba, während die Leute drum herum zwischen ehrlichem Mitleid und noch ehrlicherem Fremdschämen schwanken. Hier nicht anders.

Wie in der Logik unsinniger Träume beschleicht mich der Gedanke, hinter dem Lautlacher könnte sich ein Skandinavisch-Professor verbergen, eventuell ein Sprachmensch fürs Finnische. Jemand, bei dem sich schon in der Kindheit wegen seiner verkopften Art auffälliges Verhalten zeigte und der nie auf den Gedanken gekommen wäre, als Traumberuf Lokführer oder Promoter für Männerdessous auszusuchen. Zu ihm könnte die verschrobene finnische Kasus-Grammatik mit ihren fünfzehn Fällen passen. Das Deutsche gibt sich mit gerade einem Viertel zufrieden. Wie selbstbefriedigend fühlt es sich für ihn wohl an, laut und wiederholend vor dem Spiegel zu deklinieren?

Dass ich mit meinen Vermutungen tendenziell auf dem richtigen Weg bin, welchen Ursprungs meine Ahnung auch immer sein mag, zeigt seine nächste Bemerkung. Ein interessanter, wenngleich unaufgeforderter Lernbeitrag von ihm für uns, direkt nach seiner wortfreien Lacheinlage.

„Die finnische Übersetzung für Sturmtief ist kaum aussprechbar, Myrsky lautet es", sagt er und blickt beifallerwartend in die Runde.

Ich bin überrascht und freue mich über mein richtiges Raten, er kann tatsächlich Finnisch. Und recht hat er, das Wort klingt tatsächlich sehr ungelenk, etwas nach zu viel Restalkohol in der Stimme. Für ihn genau der richtige Impuls, die nächste Selbstbelachung zu initiieren, dabei produzieren seine Stimmbänder in der letzten Silbe noch mal Klänge eines übertönenden Feuerwerks. Doch Entwarnung, keine Funktionsstörung seiner Stimmbänder, es ist lediglich der Sprachklang seiner Fröhlichkeit.

Sie mag auch schuld daran sein, dass niemand auf seinen Lachzug aufspringen will. Dafür schwingt sich ein tiefer sitzender Mann mit haarlosem Schädel durch ein paar lustig gemeinte Bemerkungen zum karnevalistischen Lokführer auf. Schweiß rinnt in kräftigen Bahnen an seinem Körper herunter, viele braune Sprösslinge zieren seine Schultern.

„Irgendwie macht es die Natur doch auch gut für uns, oder?“

Fröhlich herausgestampfte Worte, begleitet von krümeligen Körperbewegungen. Genetisch offenbar mit dem Finnisch-Professor verwandt, lacht er trotz des allgemeinen Unverständnisses noch vor seinen ersten Witzsilben los. Ein Wiehern mit Atemnotsymptomen, seine Achseln wippen dabei hoch und runter. Körperschweiß spritzt unkontrollierter herum, trifft die Dame links von ihm. Mit demonstrativem Ausdruck wischt sie sich übers Gesicht, kein Laut einer Entschuldigung von ihm. Seine fragmentarische und deshalb rätselhafte Aussage bleibt ohne Reaktion, er antwortet sich selbst.

„Als Jüngerer kaufst du dir ein Haus auf einem Hügel, und wenn du in Frührente gehst, hat dir der Klimawandel einen Strand vor die Tür beschert. Mal ehrlich, ist das keine perfekte Lebensplanung?“

Ein kurzer Lachnachzünder, dann breit gezogene Mundwinkel, er amüsiert sich über den Klimawandel. Ich spüre einen feuchten Stupser meines Sitznachbarn und sehe sein Kopfschütteln mit streng hochgezogenen Augenbrauen. Er meint Menschen, deren Eltern sie auf einem Wühltisch in die Hand bekommen haben und gegen ihren Willen mitnehmen mussten. Mir gefällt meine in diesem Moment sehr angenehm warm empfundene Arroganz, sie findet auch noch eine andere bösartige Erklärung für ihn: In der Gutenachtgeschichte verwechselte er Rotkäppchen mit dem Terminator, seine frühkindliche Prägungsphase war deshalb zu einem Schotterweg geworden.

Das fröhliche Reihum der dosierten Spaßintelligenz durchbricht ein weiterer Ü50-Herr, vor ein paar Minuten erst in die Runde gestoßen.

Vor längerer Zeit habe er einen uralten Handkarren zu einem Fahrradanhänger umfunktioniert. Er stamme von seinem schon länger verstorbenen Opa, der ihn wiederum von dessen Vater geerbt habe. Also ein geschichtsstarkes Stück vom Urgroßopa, aufgemöbelt und für eine neue Verwendung klar gemacht. Da würden problemlos zwei Kästen Bier und drum herum noch ein paar andere Sachen hineinpassen. Das Gefährt wäre früher, als er noch zwanzig Jahre jünger war, auch bei Vatertagstouren im Einsatz gewesen.

Hat etwas von einer sentimentalen und für uns Zuhörer belanglosen Geschichte.

„Blöd nur, dass ich auf einem kleinen Berg wohne, der nächste Supermarkt liegt im Tal, rund zweihundert Höhenmeter tiefer. Deshalb kriege ich nie viele Sachen hochgestrampelt und darf immer nur so viel einkaufen wie meine Muskeln vertragen.“

Seine Worte spricht er so schnell, als wären Kommas und Satzpausen umweltschädlich. Eine andere Deutung: Sein Film im Kopf von der kräftezehrenden Beinarbeit beim Anstieg frisst ihm den Atem. Luft für ein bisschen eigenes Lachen bleibt ihm wenigstens noch.

Es ist das einzige lautere Geräusch gerade, umgeben von gelangweiltem Schweigen. Niemand versteht sein Motiv, uns diese Geschichte zu erzählen. Einer drückt wenigstens einen lachähnlichen Kunstlaut heraus. Freundlich gemeint, aber billig.

Die neue Ruhe hält eine ganze Weile, ich denke an den Orkan, was er draußen zum Schluss noch anstellen mag.

Einzig die Streberin wird aktiv, sie meldet sich mit einem Gong auf unser Hirn.

„Nochmal, was ich eben sagte", erinnert sie uns mit energischer Stimme, lauter und penetrierender in der Tonlage als eben. Meine frühere Lateinlehrerin klang auch so und hatte wie die Frau hier etwas von einer überengagierten Sympathiebremse.

„Vielleicht möchte uns Friederike mit ihrem Sturm etwas mitteilen?"

Ihr kreisender Kopf versucht sich an den Blicken der anderen festzumachen, findet aber niemanden, der sich ihrer erbarmt. Trotzdem buhlt sie weiter um Aufmerksamkeit. Ihr brennt auf der Seele uns erzählen zu müssen, dass in dem Sturm Menschen zu Tode gekommen wären und zukünftig noch mehr ihr Leben lassen müssten. Allein bis jetzt hätte dieser Orkan schon eine Milliarde Euro Schaden angerichtet, die Natur würde sich die Menschen zu ihrer Geisel machen.

Ja stimmt, aber wissen wir. Von einigen erntet sie wenigstens ein Achselzucken, ansonsten Stille. Bis der Mann mit dem umgebauten Handwagen an ihre Bemerkung anknüpft.

„Außerdem hat ein Orkan das Erinnerungsstück an meinen Opa und Urgroßopa zerstört."

Ach, jetzt klärt sich der Sinn seiner Geschichte auf.

„Eine kräftige Böe, der Anhänger hat noch versucht, sich an einen Zaunpfahl zu krallen. Keine Chance, der Wind war stärker und drückte ihn tief den Hang hinunter."

Kurze Atempause, er versucht, bereits nach außen getretene Tränen zurückzudrücken. Gelingt ihm nicht, der Lidschlag verteilt die Flüssigkeit wie ein Scheibenwischer über die gesamte Augenfläche, sie bekommen einen spiegelnden Glanz.

„Seine Reste lagen weit verstreut, die meisten Teile habe ich wiedergefunden, nur leider alles beschädigt, an Reparieren war nicht mehr zu denken." Er richtet seinen Blick zur Saunadecke hoch.

„Bestimmt hatte mein Opa oben im Himmel versucht, den Sturm davon abzuhalten, mir den Anhänger zu stehlen. Bestimmt hatte er das gemacht!"

Das mit viel Leben gefüllte Erinnerungsstück ist zu seinem Seelenfresser geworden. Eine Wolke voller Traurigkeit erfüllt unseren Schwitzraum. Sinnierend schüttelt er seinen Kopf, es sind nur leichte Bewegungen, die Augenfalten zeigen sich als tiefe Krater.

In dieser gemütsschwangeren Atmosphäre erhebt sich die natürlich hübsche Streberin, ein charismatisches Lächeln in ihren Augen tastet sich durch unsere Gesichter.

„Ich heiße übrigens Friederike."

Mit zwei geheimnisvoll schwebenden Schritten wendet sie sich der Tür zu, drückt sie auf, verharrt kurz im Türrahmen und schickt ein Betroffenheitslächeln nach.

Ein leichter Windstoß durch die schnell zugezogene Tür, tragende Stille, für Sekunden bekommt die Sauna einen andächtigen Gottesdienstcharme. Bis der Finnisch-Professor mit feixenden Körperbewegungen reagiert, wie ein alternder Pampersrocker.

„Wow, Myrsky, echt? Ganz allein hast du den ganzen Wetterterror organisiert?"

Ohja, Alcatraz wurde bestimmt für Menschen wie ihn gebaut. Hoffnungslos viel Natur drum herum.

Wenn Darwins pinkeln

Das plätschernde Geräusch von fließendem Wasser regt die Blase an, heißt es. Deshalb auch eine alltägliche Methode bei Dopingproben, wenn kein Urin rauskommen will.

So bekannt, so eigenwillig eine Kampagne zweier Studenten der britischen Universität East Anglia. Zwei Klimaretter. Mit ihrer Idee wollten sie sich ökologisch zunutze machen, dass unter fließendem Duschwasser ein besonders aktiver Harndrang entsteht. Sie forderten nämlich Kommilitonen auf, sich unter laufender Dusche vom Blasendruck zu befreien, mit dem Effekt, dass auf Wasser der Toilettenspülung verzichtet werden kann. Bei Männern eh keine ungewohnte Heimlichkeit, behaupten einige, spricht nur niemand offen drüber.

Wie auch immer, die vermutlich mit etwas Dreisatzkönnen zu Papier gebrachte Pinkelrechnung der beiden Studenten lautete: Das eingesparte Klospülwasser von fünfzehntausend Studenten könnte sechsundzwanzig olympische Schwimmbecken füllen, keine unbeträchtliche Menge.

Die absonderliche ökologische Idee kommt mir wieder in den Sinn, als unter unserer Saunadusche ein klassischer Pissstreit beginnt. Es sei abscheulich, in einer öffentlichen Dusche direkt neben anderen zu urinieren, bemerkt ein fülliger Kerl Ende dreißig gegenüber seinem rechten Nachbarn. Etwas aufgebracht, aber klanglich recht nüchtern formuliert. Seine Erscheinung lässt mich einen Arte-Gucker vermuten: introvertiert, biederlich, abwaschbar. Wahrscheinlich liebt er Anleitungen und hasst es, bei technischen Geräten Knöpfe zu drücken bis es klappt. Alles in allem niemand, der Auffälligkeiten wagt und vor dem sich jemand fürchten müsste.

Trotzdem keine brave Reaktion des Angesprochenen. Kurzes Verharren, dann ein empörter Gegenangriff, ausgedrückt durch ein sirenenartig herauszischendes Wort.

„Iiiich?"

Er zieht diese drei Buchstaben wie Kaugummi endlos lang und wiederholt es mit einer um zwei Oktaven höher gepresster Stimme.

„Iiiiich?"

Solch ein aufgeblasenes Wutgebahren entlarvt, es hat sehr viel von einem Ertappten. Ein toxischer Mensch, der das Umfeld vergiften will. Auch die folgende Wortattacke, bei der er den Spieß umdrehen will, passt dazu.

„Wen habe ich gerade pissen gesehen? Dich, das warst du doch!"

Hinter derart übertrieben betonten Ausrufungszeichen mit Verärgerung steckt meist eine schauspielerische Methode, Persönlichkeitsschwächlinge greifen gerne darauf zurück: Mit schriller Empörung zum Angriff blasen und das Überraschungsmoment nutzen.

Genauso diese Sirenenstimme. Vermeintlich clever lässt er seine in den Bösemodus geschalteten Augen durch den Duschraum kreisen, um über seinen energischen Sichtkontakt Pluspunkte willfähriger Zustimmer für sich einzusammeln.

„So ein kräftiger Strahl kommt nie aus der Dusche, das ist ja sowas von unappetitlich!", feuert er kurz nach, griffelt seine Duschgelflasche und stolziert mit Kopfbewegungen, die seine Empörung unterstreichen sollen, raus durch die Tür. Schnell noch einen Mittelfingergruß nachgeschickt.

Manche werden dumm geboren und haben auch nachher nur Pech, ist mal mein erster innerlicher Kommentar dazu.

Zurück bleibt jemand, der perplex nach passenden Worten ringt. Der glaubt, einen heimlichen Duschepisser ertappt zu haben, stattdessen sieht er sich den Blicken der restlichen fünf Männer und zwei Frauen ausgesetzt. Sehen sie in ihm den Schuldigen oder auf wessen Seite sind sie?

Einem Mann mit lichten, zerzausten Haaren ist die Täterverdrehung jedenfalls nicht entgangen. Sein tätowiertes Arschgeweih hat schon längst seine besten Zeiten hinter sich und inzwischen den Charme einer Radwegekarte bekommen. Auch sonst ist er in keinem ganz guten Pflegezustand, inzwischen fühlt sich an seinem Körper die unkontrolliert wachsende Natur zuhause. Diesen Eindruck hatte ich eben schon bei seinem Reinkommen in die Sauna, tut aber jetzt nichts zur Sache.

Wie ich hatte er die Szene durch die großflächigen Scheiben aus der Sauna heraus beobachtet und auch die Äußerungen verstanden. Sichtlich aufgebracht, obwohl selbst überhaupt nicht betroffen, stupst er mich erst an, reißt die Tür auf und ruft hinaus:

„Hinterher, wehr dich gegen diesen Asi, lass dich von dem nicht doof machen!" Er will das Disputopfer zum Handeln motivieren. Und an mich gerichtet:

„Wer am lautesten pöbelt und sich am dreistesten äußert, hat am schnellsten das Recht auf seiner Seite. Alle fallen darauf rein, jetzt wieder mal!"

Oh je, was meint er damit? Mir erschließt sich der Zusammenhang zwischen ihm, der Situation und seiner Parteinahme nicht. Und außerdem ärgert mich die Unruhe, die er ohne erkennbare Not zu uns hereingezogen hat.

„Einen miserablen Tag gehabt?"

Meine spitz formulierte Frage gleitet an ihm ab, er schaut im Nichts herum, nur ein paar Sekunden später scheint er innerlich irgendwo anders zu sein. Sein Gesicht nimmt mehr und mehr eine leicht rötliche Farbe an. Laut atmend wippt er seinen Schädel, streckt die Beine weit nach vorne, verschränkt seine Arme hinter dem Kopf und verharrt in dieser Position. Will er miese Laune zelebrieren? Wir beide sitzen im Moment allein hier drin, ich fühle mich etwas für ihn zuständig.

Oder doch keine genervte Show von ihm, hat er nur Gedanken und Energien zusammen gekramt, um nach einer vorbereitenden Konzentrationsphase mit lauter Kraft verbal explodieren zu können? Ja, er schleudert etwas heraus! Die Wucht seiner Lautstärke prallt aggressiv gegen die großen Glasscheiben der Sauna und retourniert, ich inmitten der Stoßwellen.

„Demagogische Rhetorik, die überzieht alles! Sie hat sowas genial Einfaches, weil sie so plump produziert ist. Die brauchen nur ein, zwei passende Keywords und schon sind sie der Hotspot und geliebter Mittelpunkt für Johler und Pfeifer."

Er bezeichnet diejenigen, die er meint, als „geistige Rechtschreibschwächlinge". Keineswegs doof, sondern die würden einfach nur perfide denken. Abzugrenzen von den gesellschaftlichen Analphabeten, so betont er mit geschwollenen Adern, den Johlern.

Wovon spricht er? Ich eigne mich gerade gar nicht als Seelentröster.

Hoher Puls, seine Arme schwingen wild nach vorne. Über ihm ist die Hölle zusammengebrochen.

„Lautstärke gegen Argumente, so einfach ist das Rezept. Nur steht keiner dagegen, jeder duckt sich weg, alle ganz feige!"

Tiefe Irritation bei mir. Was mag der Pinkelzwist bei ihm ausgelöst haben und was hat der Kerl unter der Dusche mit den aufgewühlten Äußerungen meines Gegenübers hier zu tun? Ich versuche es herauszukriegen.

„Wovon sprichst du? Von eben oder was andere irgendwo an Hass abziehen?"

„Beides, natürlich meine ich beides! Überall triumphiert der egoistische Krach. Bei den Geldmenschen und Bildungsarmen sowieso, im Supermarkt, hier drin, auf der Straße, wenn gesoffen wird. Du findest nichts, wo es das nicht gibt."

Seine Stimmbänder haben ein auf mich gerichtetes Dynamit produziert, als wäre ich der Feind, den er für sich plötzlich auserkoren hat. Schwermut presst sich aus seinen Poren, aber verstehen tu ich ihn immer noch nicht.

Allerdings, eine gewisse Empathie ist ihm nicht abzusprechen. Denn er spürt meinen orientierungslosen Eindruck und ringt sich eine Entschuldigung ab. Nüchtern reflektiert, für seinen inneren Zustand wirklich eine Leistung.

„Sorry, auf einmal warst du in meiner Schusslinie."

Unsere Blicke verheddern sich etwas ineinander, seine Atmung pegelt sich langsam auf eine geringere Taktung ein, die rechte Hand geht durchs Gesicht, als wolle er etwas Störendes abstreifen. Und mir scheint, als wäre die kleine Entschuldigung ein Türöffner zu ihm selbst gewesen. Denn plötzlich beginnt er von sich zu erzählen, wasserfallartig. Zunächst mit vorsichtig gestammelten Halbsätzen, dann immer fließender. Er sitzt auf der mittleren Ebene der Sauna, direkt vor der Tür, ich schräg gegenüber ganz oben. Er muss seinen Kopf nur leicht schräg nach rechts drehen, um mich anzuschauen, doch das macht er jetzt nicht mehr. Den Augenkontakt herunterzufahren hilft ihm im Moment wohl.

„Ich war im Knast, zwei Jahre, wegen einer Drogenscheiße. Neun Jahre ist das her. Da bin ich zum Freiwild geworden."

Unglaublich, das erzählt er mir, obwohl wir uns fremd sind! Sein völlig überraschendes Bekenntnis versteift meine Atmung und wandelt meinen Körper in ein steifes Brett, eine kräftige Anspannung in vielen Muskeln. Krass, ich habe noch nie mit jemandem geredet, der so richtig im Knast war, solche Menschen gab es in meiner Sozialisation nie und nirgendwo. Ich wage nichts zu sagen und nichts zu fragen. Auch weil er mit introvertiertem Nachdenkgesicht eine Pause macht. Tatsächlich dauert sie vielleicht nur zehn oder fünfzehn Sekunden, sie kommt mir aber beängstigend lang vor.

„Sie hatten mich vergewaltigt, ein paarmal, und zwar so richtig. Sie hatten mich geprügelt, auch mal eine ganze Gruppe, einer nach dem anderen. Sie hatten mir ins Essen gespuckt. Ich war ihr Spaß. Wenn sie sich langweilten, freuten sie sich darauf, mich zu knacken, sobald ich in ihre Nähe kam. Ich war ihre Reality-Show, keiner ist dazwischen gegangen, erst recht keiner von den Grünen."

Krass!

Als die Grünen, so schlaut er mich auf, werden die uniformierten Vollzugsbeamten von den Insassen bezeichnet. Oder „Trachtengruppe". Er will mich etwas in das Leben dort eintauchen lassen und nennt ein paar andere Knastbegriffe. Beispielsweise steht „Spüli" für den dünnen Anstaltskaffee, „Himmelskomiker" sind die Seelsorger und mit „Auswuchten" werden die psychologisch-orientierten Therapien bezeichnet. Dort stößt man dann auf die „Dachdecker", das sind die Psychologen. Was ebenfalls ganz witzig klingt: Das Zellenklo heißt „Bello". Alle diese Erklärungen rattert er mit leerem Gesichtsausdruck herunter, innerlich distanziert mit leidendem Unterton.

Doch was motiviert ihn zu diesem Exkurs in Sachen Knastsprache? Woher plötzlich seine Offenheit einem Fremden gegenüber, dass er mir einen intimen Einblick in sein Leben offenbart? Will er seinen aggressiven Auftritt von vorhin rechtfertigen? Ich fasse nach, dezent mutiger.

„Warum warst ausgerechnet du ihr Opfer?"

Die Reaktion kommt so spontan wie nichtssagend, möglicherweise hat er sich diese Frage selbst schon häufig gestellt oder sie ist ihm oft gestellt worden. Immer mit dem gleichen Resultat.

„Weiß man's?"

Er fixiert grüblerisch meine Augen, als würde er eine Chance sehen, darin seine Antwort zu finden. Ich kann sie ihm nicht geben.

„Auch keine Vermutung?"

„Doch, schon", sagt er mit kurzer Verzögerung, sein Blick hat sich noch tiefer in meine Augen gebohrt. Er holt tief Luft.

„Wahrscheinlich, weil ich schwach wirkte. Ich war auf Entzug, wollte den ganzen Drogenscheiß hinter mir lassen und mich neu finden. Deshalb möglichst wenig Kontakte zu anderen Knackis. Und weil ich viel gelesen habe, das hat bestimmt auch eine Rolle gespielt. Sie nannten mich deshalb Bücherschwuchtel. Ich heulte viel, weil mir die Zukunft große Panik machte. Weil die es mir angesehen und an mir gerochen haben, dass mich der Knast über meine Grenzen bringt. Da sind viele Darwins drin. Die haben kranke Talente, die können Schwächelnde sofort erschnuppern, um dann an denen ihr kaputtes Ego auszuleben."

Etwas verzögert nachgeschoben, mit gehetzten Augenlidbewegungen, sein Ton wird unterschwelliger.

„Die gibt's hier draußen genauso, nicht weniger als da drin, das sagte ich doch eben!"

Ich erfahre jetzt auch seinen Namen, Philipp, ich soll ihn einfach Phil nennen. Das macht es nun noch persönlicher, und genau das verunsichert mich zusätzlich, da ich sowieso schon nicht weiß, wie ich mit seiner intimen Beichte umgehen soll. Lässt er zu oder erwartet er sogar, dass ich nachfrage? Soll ich nach aufmunternden Worten suchen? Ein anderes Thema anfangen, zur Ablenkung?

Echt schwer zu sagen, zumal zwischenzeitlich auch das Opfer der Kontroverse um das Duschepinkeln zu uns gestoßen ist. Etwas verschüchtert, unsichere Nackenbewegungen in unsere Richtung, wenig Fels in ihm. Ich lächle ihm beiläufig zu, widme mich aber sofort wieder Phil.

„Aber du hast den Absprung geschafft?" Besser soll er reden, damit kein ungünstiges Statement von mir einen sensiblen Nerv bei ihm trifft. Außerdem habe ich es neutraler formuliert, weil ich nicht weiß, was der neue Zuhörer nach Phils Empfinden überhaupt mitbekommen darf.

Seine Antwort richtet er jedoch genau an den Hinzugekommenen, hinter dem ich das Gegenteil eines Serienjunkies vermute und der sich später als wissenschaftlicher Mitarbeiter eines Instituts für diskrete Mathematik entpuppen wird. Für mich wäre aber auch der Serienjunkie in einem Uni-Forscher völlig in Ordnung.

„Hast du wirklich nicht gepisst?"

„Nein, wirklich, er war das!"

Phil nickt. Sein ruhiger Augenausdruck verrät, dass er ihm das glaubt.

„Warum lässt du dich direkt in die Opferrolle drängen, nach so einer Unfairness musst du sofort den Druck ablassen." Er spricht aus Erfahrung, wie ich inzwischen weiß.

„Zieh es sofort von dir runter wie ein dreckiges Shirt.“

Genau diesen Satz habe er in der Therapie nach dem Knast gelernt.
Er habe ihm gut getan, das Mobbing und die Erniedrigungen
zu verarbeiten und innerlich etwas Balance zurückzugewinnen.

„Druckablassen heißt in deiner Sprache, im gleichen Stil die Kontroverse zu suchen?“

Der Mathematiker bäumt sich innerlich auf, sein Puls wird un-
gleichmäßiger, erkennbar an seiner Atmung. Ohne die Antwort
abzuwarten, erklärt er sich, nutzt die abstrakteren Stilmittel eines Wissenschaftlers.

„Aggressive Konfrontation bin ich nicht, war in meinem Leben
nie ein Mittel der Auseinandersetzung, einen Disput muss man
anders lösen können.“

Klingt bedacht und gut, aber auch realistisch? Wer sich so schab-
loniert zeigt, darf sich nicht wundern, wenn ihm sogar mal kleine Käfer das Stinkepfötchen zeigen. Phil sieht es zumindest so.

„Dann geschieht dir immer wieder das Gleiche. Sobald solche
Hirnamöben keinen Widerstand mehr spüren, fühlen sie sich als
das bessere Naturgesetz.“

Wo ein Überlegener auftaucht, verbrüdern sich die Dummen,
stand mal in einem Kalenderspruch geschrieben. Das beschreibt,
was er wohl meint.

Sein Ton lässt langsam wieder Zündelndes erahnen, erneut fressen
Empfindungen tiefere Falten in sein Gesicht. Genau wie eben,
anklagend, jetzt ein wenig selbstkontrollierter.

„Menschen haben den Respekt voreinander verloren, überall
kannst du das sehen, massenhaft seelenlose Menschen.“

Er setzt zu einem Plädoyer an, zunächst noch ohne hohe Anspannung in seinem Körper, die Augen hart auf den Boden gerichtet. Dann abwechselnde Streichbewegungen mit den Händen rechts und links über den Schweiß seiner Arme.

„Warum machen sich so wenige für den Respekt wieder stark, warum sind alle so leise? Notwendig ist mehr als heimlicher moralischer Protest von Leuten, denen es reicht, wenn sich das eigene Verhalten besser anfühlt und man auf der Couch ein Online-Voting gegen irgendetwas abgibt. Sowas ist bequem und feige. Maulwürfe kriechen aus dem sicheren Erdloch, wenn die Luft rein ist, alles nur noch Maulwürfe?“

Nun präsentiert er sich wieder in seinem eingeigelten Haudrauf-Tenor. Seine Augen nehmen uns eindringlich ins Visier, sie wollen uns widerspruchslos sehen. Nein, er will keinen Widerspruch und keine andere Position hören, sondern wir sollen ihn einfach nur zustimmend inhalieren und die aggressive Empörung liebevoll umarmen. Was mir allein schon deshalb widerstrebt, weil seine Lebensgeschichte seine Meinungstoleranz gebrochen und ihn meinungsdominant gemacht hat.

„Wer stellt sich diesen Einzellern entgegen? Eben war es nur eine verbale Sauerei unter der Dusche, woanders siehst du dich gezückten Messern ausgesetzt.“

Dann zeigt er auf die vernarbten Schnittstellen an Armen, Schulter und rechtem Bein, sechs zählt er vor. Alle im Knast abgeholt, weil er sich gegen die Stechereien nie wehren konnte, nicht gewehrt habe. Phils Blick zu dem Uni-Menschen wird fast bittend.

„Geh auf den Wolken tanzen, geh Glühwürmchen sammeln, zieh dir Gute-Welt-Geschichten rein oder lass dich von Habermas verzaubern. Das ist alles Brainfuck, du bist im richtigen Leben und in keinem sozialpädagogischen Projekt. Wenn du das nicht kapierst, wirst du irgendwann böse aus deinen Träumen abstürzen. Stell dich, sage ich dir! Lass dir mal so richtig in die Fresse schlagen. So oft, bis du aufwachst und nicht mehr anders kannst, als selbst die Faust zu ballen."

Ich bin bei ihm, zumindest teilweise. Der andere Teil sträubt sich gegen seine verbissenen Versuche, uns unbedingt hochpushen und auf Gleichklang schalten zu wollen. Sein plattes schwarz-weiß-Muster löst Unbehagen aus.

„Hältst du dich zurück, begrenzt du zumindest die Eskalation", lautet der Einwand von Phils Gegenüber, der sofort gekontert wird.

„Dann verlierst du. Dann titulieren sie dich das nächste Mal als Pissschwuchtel oder dir blühen noch krassere Attacken."

Ratlose Atmosphäre zwischen uns. Dafür ruhiger, trotz des anhaltenden Spannungspegels. Ich kann Phils Hang zum Widerstand weiterhin verstehen, es motiviert mich sogar, es ihm nachtun zu wollen. Andererseits dagegen schlägt mein Herz für die Seite des Arte-Zuschauers, es den Rücksichtslosen nicht gleich tun zu dürfen. Ist jemand wirklich auf einem charakterlich besserem Level, wenn er nur als zweiter, dann aber genauso aggressiv zurückschlägt? Mein Meinungspendel schlägt ständig hin und her.

Da ist der Mathematiker schon weiter oder klarer für sich. Er bleibt bei seiner Position, in jedem Fall Eskalationsspiralen vermeiden zu wollen. Möglicherweise selbst weniger aufgeregt reagieren und den Angriff erst einmal wie ein Schwamm aufsaugen, sinniert er laut.

„Hätte ich ihn anders angesprochen, hätte er sich vielleicht nicht direkt in eine Ecke gedrängt gefühlt", reflektiert er die Situation von eben noch mal aus der Blickrichtung, was er zur Vermeidung des Streits hätte von vornherein beitragen können.

Ich erzähle ihm von der Wassersparidee der englischen Studenten, das kollektive Strullen während des Duschens.

„Du hättest ihn fragen können, ob er bei diesem Projekt auch mitmachen möchte. Möglicherweise hätte das direkt den Druck aus der Situation genommen."

Während er beiläufig nickt, rotten sich in Phils Gefühlswelt wieder aggressive Empfindungen zusammen. Seine Laute bekommen neuen Zorn, wir würden ihn wahnsinnig machen, er bezichtigt uns der romantischen Faselei, fühlt sich deutlich missverstanden.

„Alle ersticken in einem überzogenen liberalen Denken, haben Verständnis für jeden noch so eigenartigen Egoismus, nennen das dann Individualität ausleben und merken nicht, dass sie dabei den Unterschied zwischen dem, was gut und was böse ist, verlieren."

„Du überziehst", entgegnet der Mathematiker. Seiner Art entsprechend immer noch moderat im Tonklang, jetzt schimmert allerdings ein selbstbestimmterer Ausdruck durch. Phil spürt die sachte Wendung sofort, die Gegenposition lässt seinen Stresspegel noch einmal durchstarten.

„Sie gewähren lassen?", schallt er ihm entgegen. „Den Mist von diesen Darwins in Ordnung finden?"

Seine Verärgerung hat viel Blut in sein Gesicht gepumpt, die Hauptschlagader am Hals ist dick geschwollen, Resignation wird zur Wut. Was folgt, ist ein Bombardement an Worten, hastig herausgeschossen, viele Silben bleiben vernebelt. Bald wird in unserer Diskussion Helmpflicht notwendig sein.

„Was soll euer endloses Mitgefühl für diese Scheiße? Die Krawallos zu armen Opfern erklären und sie sich auch noch im Recht fühlen lassen, wenn sie selbst gegen Schwächere sofort die Faust zücken?"

Er setzt zu einem Nierenhaken an, wirkt in seinen Körperreaktionen unkontrolliert und gedanklich dennoch auf der Höhe.

„Die haben AfD im Blut!" Er springt dabei breitbeinig auf und reißt in Rage beide Arme empor.

Wir beiden Angesprochenen schauen uns an, ich spüre, auch in mir beginnt es zu pochen. Gegen inneren Widerstand, gegen die Lust auf heulerische Eskalation, auch dagegen, dass ich ihm zustimmen und andererseits die Welt nicht so einfach erklärt sehen möchte. Ich starre ihn an und muss meine ganze Kraft darauf verwenden, erst mal jegliche Reaktion zu vermeiden.

Was für den sachlich gestrickten Akademiker eher Routine ist. Wie ein Schwamm saugt er den Ausraster in sich auf. Damit kein weiterer Schaden entsteht, andererseits lässt er sich jedoch nicht mehr so einfach wie eben bei der verbalen Pissattacke unter der Dusche irritieren. Die neu gewonnene Kraft zieht er wohl aus einem Gefühl der analytischen Sachlichkeit und Selbstkontrolle in der momentanen Diskussion. Er, der kühle Kopf unter den Hitzigen.

„Du sollst sie nicht gewähren lassen, dich aber auch nicht von ihnen infizieren lassen. Du degradierst dich auf die gleiche Stufe mit deiner Wut und deinen martialischen Eskapaden." In seinem Gesicht mehren sich besorgte Züge, starre Augen voller fürsorglicher Entschlossenheit. Seine Zeit scheint für ihn gekommen.

„Du spürst gar nicht mehr, wie weit du ihnen schon in die Falle gelaufen bist. Du hast genau die gleiche laute, verletzende und diffamierende Art übernommen, gegen die du randalierst." Er ergänzt, nachdem er mich kurz angeschaut hat, vielleicht um Zustimmung für seine Meinung einzuholen.

„Du glaubst, aus einer moralisch besseren Position zu sprechen, von oben herab, tatsächlich sprichst du von unten zu unten."

Abweisende Kopfbewegung, Phil ist zu keinen Konzessionen bereit.

„Und was ist deine Idee? Dich niedermachen lassen? Los, schlag mir ruhig in die Eier! Hast du vorhin nicht gemerkt, wie schnell dich Leute mit ihrer Rücksichtslosigkeit in die Ecke treiben können, sofern du nicht direkt versuchst, gegen zu halten und die Kontrolle zu behalten, damit sie umgekehrt in Deckung gehen?“

Phil zeigt wieder auf seine Misshandlungsspuren, für ihn unwiderlegbare Argumente.

„Das sind nicht allein körperliche Narben, das sind auch viele Herznarben!“

Stimmt, ja, natürlich, aber sein Satz kommt auch wie eine Beschwörungsformel daher. Wenn kein anderes Argument mehr zieht und für den Fall, dass eine gegensätzliche Meinung zwar schon auf dem Boden liegt, aber weil sie noch zuckt, sicherheitshalber zwei-, dreimal nachtreten.

In unserem Fall wirkt es nicht, mein vermeintlicher Arte-Gucker geht für uns beide in Stellung und hält mit einer Deutlichkeit dagegen, die er anfangs nicht vermuten ließ.

„Richte mal den Blick auf dich selbst, wie besessen du vom Gedanken der Meinungsmacht bist. Du stemmst dich gegen die Darwins und gibst selbst den Darwin.“

Und nach einer kurzen Überlegung, ob er es wirklich in einer für ihn ungewohnten Metapher sagen soll:

„Du stolperst über Dreck, den du bei anderen aufsammelst und dir anschließend selbst vor die Füße wirfst.“

Seine Ausdrucksweise hat ihr sachliches Profil verloren und nähert sich der Sprache von Phil mit dahingeschleuderten Emotionssätzen.

„Willst du asoziales Verhalten mit überasozialerem Machtgetue klein-
treten? Das zeigt am Ende nur, wer von beiden Egomanen der Gewalt-
tätigere ist und nicht, wer sich die moralische Krone aufsetzen darf."

Er lässt dem scharfzüngigen Satz ein provokantes Beifallklatschen
folgen. Bravo, so entstehen Helden. Mit dem Effekt, dass es hier
drin jetzt brennt, Phil fühlt sich in die Ecke gedrängt.

„Ich also der Charakterarsch, ich der Asoziale? Das ist deine Schlussfolgerung aus meinem Leben? Was geht in dir vor, zu viel Fein-
staubbelastung im Kopf?"

Der Brainmensch bleibt bewusst ohne Reaktion, Stille soll die
Antwort sein. Doch die kann Phil nach einigen Momenten nicht
mehr aushalten und überrascht uns, indem er plötzlich sein Ver-
teidigungsmuster verändert: Die Angriffspose abgelegt und sein
Gesicht mit einem künstlichen Siegerlächeln verziert.

„Habe ich mich verhört oder hast du nicht gerade spöttisch über mich
hergezogen, mein Verhalten wäre nicht besser als das dieser Hirnamöben? Ganz überheblich von oben herab wäre ich, du aber nicht? Beifall
Kollege, wie intelligent von dir und was du doch besser bist als ich!"

Dann geht alles ganz schnell. Das kurze Selbstbewusstseinshoch
des Mathe-Spezialisten fällt sekundenschnell wieder in sich zusammen, eine kleine Nadel und schon ist die ganze Luft wieder
raus. Phil hingegen will sich nach dem argumentativen Schach-
zug die Triumphchance nicht mehr nehmen lassen.

„Ich verpiss mich", sagt er, greift sein Saunatuch, geht raus und
rennt dabei fast eine hereinkommende Frau um.

War das Wort etwa bewusst gewählt? So schließt sich der Kreis.

„Sein Hass verdient keinen Ritterschlag." Schlusssatz des Mathe-
matikers, nüchtern formuliert, einer Formel ähnlich.

Sein Leben möchte er nicht haben

Wer in meinem Fitness-Club saunen möchte, sollte bereit sein, sich mit seiner puristischen Anmutung zu verbrüdern. Da werden keine wechselnden Geruchsnuancen erzeugt, vermitteln keine Lichtspiele sinnliche Effekte und springt keine handtuchwedelnde Hilfskraft mit filigranen Bewegungen umher. Meist verbraucht riechende heiße Luft und einfache Holzbänke müssen reichen, ein automatisiertes System sprüht halbstündig ein wenig Wasser auf den Heizofen.

Doch immerhin, ein kleiner technischer Selfservice kommt in meiner Sauna vor, ein grünes unscheinbares Knöpfchen. Darüber kann die Hitze jederzeit zusätzlich gepusht werden. Nur ein winziges bisschen, es entsteht dann kaum mehr als ein symbolisches Zischen, von einigen trotzdem sehr begehrt.

„Ameisen pinkeln mehr", kommentierte mal jemand den unbedeutenden und wenig zur Steigerung der Saunatemperatur beitragenden Wasserstrahl. „Die Regenwürmer auch", ergänzte ein anderer, so als hätten sich zwei Verbalclowns für ein Duett verabredet. Wobei beides natürlich nicht stimmt, keines dieser Tiere uriniert wie Menschen.

Doch so klein und seelenlos der grüne Wasserbetätigungsknopf auch erscheint, er schafft es immer wieder, die Aufmerksamkeit auf sich zu ziehen, indem er zum Streitpunkt der Nackten wird. Dann nämlich, wenn ein Hitzebedürftiger seinen Finger auf den Plastikknopf drückt, ohne vorher die Zustimmung aller anderen einzuholen. Weil es etwas heißer werden könnte. Fühlen sich welche ungefragt, wird lautes Gemotze eingespurt. Wie heute.

Ein Mann kommt herein und gibt mit gesenktem Kopf ein herzloses „Hallo" von sich. Das Kinn fast auf der Brust, kein Blickkontakt zu irgendjemandem. Eine vergrämte Miene wie klassisches Eichenbarock, Glück ist nie gerecht verteilt. Noch während er mit der einen Hand sein Saunatuch auf der mittleren Bank akkurat zurecht zupft, drückt er im Hinsetzen mit der anderen den neben ihm platzierten grünen Knopf. Ganz selbstverständlich, als wäre er zuhause, allein inmitten seiner Eichenmöbel.

So schnell hätte ich mit einer Reaktion nicht gerechnet.

„Heute schon unseren AGBs widersprochen?", fragt einer links oberhalb, Stimmenklang ähnlich dem eines rostigen Blecheimers. Er spricht ihm quasi in den Rücken, Feuer aus dem Hinterhalt. Einige Augen anderer tanzen flüchtig umher.

„Sie meinen mich?"

Er zieht die Augenbrauen kaum sichtbar hoch, er bleibt im Ich-Tunnel.

„Natürlich dich", kommt es eilig gesprochen zurück. Sein Duzen meint er nicht respektlos, ist in der Sport-Community üblich. Was sein Gegenüber jedoch nicht daran hindert, selbst auf Distanz zu bleiben.

„Von welchen AGBs sprechen Sie?"

Ihm wird geholfen.

„Ich meine die, die besagen, dass hier nicht jeder wie er will das grüne Knöpfchen drücken darf, sondern dass er die anderen gefälligst vorher zu fragen hat, da das hier eine Gruppensauna ist und keine Privatsauna, wo man, wenn man es mag von mir aus, sogar Karnevalslieder singen und laut pokern kann." Aus ihm ist ein Bandwurmsatz entwunden.

„Oder du musst den AGBs widersprechen, dann dürftest du den grünen Knopf drücken, setzt aber voraus, dass du in dem Formular an der

passenden Stelle ein Häkchen machst." Nochmal ist so ein geschwur-
belter Satz dem Gesicht mit schelmenhaftem Charme entsprungen.

Offenbar begeistert von der eigenen vermeintlichen Witzigkeit
wippt der Kopf des Hochsitzers gröhlend lachend. Garantiert frei
von körperlichen Genen eines David Beckham, feiert er sein eigenes
Happening. Fehlt nur noch die Becker-Faust, die haben hier einige
schon für deutlich weniger Witz gemacht. Dann doch, als möchte
er meine Befürchtung nicht enttäuschen, reicht er sie nach einem
kurzen Moment des Auskostens der eigenen Lustigkeit verbal nach.

„Oder haste dir heute sowas wie nen Putin-Punsch gemixt, der
dich so groß macht und dir erlaubt, dich über uns und jeden hier
hinwegzusetzen und den Zampano zu spielen?"

Kleine Comedy-Einlagen kommen in der Sauna immer gut, weil
sie etwas von der Schwitzanstrengung ablenken. Dann verziehen
sich zwischendurch die Mundwinkel mal oder man schmunzelt
in sich hinein. Die Unterscheidung von Ernst und Spaß funktioniert meist problemlos.

Nicht so bei einer athletischen Frau. Sie zeigt sich mit vielen tätowierten Erinnerungsbildern, für zukünftige Erlebnisse geht ihr
allerdings langsam die Körperfläche aus. Sie sitzt auf der unters-
ten Bank und dreht sich dafür zu ihm nach oben.

„In dieser Bemerkung steckt eine hinterhältige Facette", wendet
sie ein, fast ohne Körperbewegung dabei.

Steht der Name Putin auf ihrem persönlichen Index oder möchte sie lediglich vermeiden, dass Nichtigkeiten die bisherige Ruhe
stören könnten? Stört sie seine Blechstimme? Nein, ganz anders,
sie will dem Knopfdrücker helfen.

„Warum unterstellen Sie ihm Bösartigkeiten, kennen Sie den Mann
überhaupt?", begründet sie ihren Protest.

In ihren weiteren Sätzen spricht sie auch von Respektlosigkeit und dass er sich auf Kosten anderer lustig macht. Ihre emotional ausgelösten Körperbewegungen machen ihre Tattoos lebendig. Plötzlich wirken die Figuren, abstrakten Formen und Gesichter, alle über verschiedene Körperteile, wie eine Geschichte in einer bestimmten Weise miteinander verbunden und spannend orchestriert.

Ihre Kritik ausgesprochen löst einen gespielt wirkenden Abwehrreflex aus. Seine Bemerkung sei natürlich nicht böse gemeint und schließlich habe er seinen Witz noch nicht mal ausgereizt, er hätte statt Putin auch Diktator sagen können.

„Diktator-Punsch, das wäre, wenn überhaupt und dann sowieso nur als theoretische Interpretationsoption, ein klein bisschen anrüchig gewesen." Seine Aussage begleitet er mit einem stimmlichen Augenzwinkern, von dem ich nicht weiß, ob es einem ironischen Beiklang dienen soll oder er selbstbewusste Unbeirrbarkeit demonstrieren möchte.

„Wie kommen Sie jetzt auch noch auf Diktator? Sie werden immer ungeheuerlicher."

Die kunstvoll verzierte Frau bleibt in ihrer Erregung auf Konfrontationskurs. Ihr würden zu diesem Wort sofort eine ganze Reihe abstoßender Namen einfallen, sagt sie. Wer einen Saunakollegen einfach mal so mit negativen Personen in Verbindung bringe, der sympathisiere unverkennbar mit der Hasssprache.

„Sie sind es, die hier die falschen Schlussfolgerungen zieht", gibt er sich unbeeindruckt. „Wer Kuhmilch trinkt, wird trotzdem noch keine Kuh, und wer die Hände zu einer Raute formen kann, ist noch längst keine Bundeskanzlerin. Also bitteschön, nicht spitzfindig etwas hinein interpretieren, was niemand gemeint hat."

Sagt er mit formal freundlicher Miene, behält dieses Gesicht aber für eine Schamfrist bei. Dann wechselt er wieder ins Amüsieren.

„Aber was ich nicht ausschließen kann: Wer sich einen Putin-Punsch mixt, der möchte vielleicht auch mal ein kleiner Putin sein, irgendwo oder nur mal ein, zwei Stunden." Lachend zieht er die Achseln hoch, jeder kennt solche Bilder der selbstbeklatschenden Hochmütigkeit.

Auch das lässt die Frau so nicht stehen, er habe schwer zu durchschauende und perfide Motive für sein Verhalten, vermutet sie. Und sie fragt, warum er sich gerade diesen Mann als Opfer ausgesucht habe. Ausgerechnet jemand wie er. Und tatsächlich, der Grüne-Knopf-Drücker ist an der Diskussion überhaupt nicht beteiligt. Regungslos sitzt er dabei, die Augen beteiligungslos nach unten gerichtet, lässt er über sich reden. Wenigstens das Engagement seiner Fürsprecherin könnte er andeutungsweise würdigen und ihre Seele dankend umarmen. Aber stille Wasser sind bekanntlich schmutzig. Und undurchsichtig.

Umso mehr bleibt der Provokant auf Kurs.

„Blick mal mit offenen Augen um dich herum, überall triffst du Leute, die in welcher Hinsicht auch immer etwas Dominantes in sich tragen oder bevorzugt mit Alpha-Menschen sympathisieren und sich dessen keineswegs schämen, was sie auch nicht müssen, weil jeder ein Recht auf seine eigene Mentalität hat und andere Menschen mit ihren anderen Wesenszügen akzeptieren kann, aber nicht muss, aber man begibt sich in die Gefahr, durch enge Blickwinkel Menschen zu fressen."

Daraus hätte er ruhig drei Sätze machen können. Aber interessant, dass ein Freund pointiert gesetzter Giftpfeile mit Hang zur verkomplizierten Sprache zwischendurch eine Koexistenz von gegensätzlichen Positionen in seinem Kopf findet, die sich nicht ständig gegenseitig umzubringen versuchen.

Mir bleibt keine richtige Zeit des tieferen Nachdenkens darüber, zu sehr bindet er meine Aufmerksamkeit. Er ist im Fluss und nennt Beispiele von Menschen und Situationen mit Machtgehabe und Unterordnung. Solche, die es entspannter empfinden, den Meinungen anderer den Vortritt zu lassen. Im Job sowieso wegen der Hierarchiepflichten, zuhause, wo Sport statt Serie geguckt und bei der Frage wann im Bett gehoppelt wird, welche Urlaubshütte in der Bretagne es sein soll. Natürlich Bretagne, weniger Trubel, lässt sich einfach mit dem Auto ansteuern, bestimmt das einer und der andere fügt sich brav.

„Im Machtgetue steckt sogar erotische Entfaltungskraft, warum sonst fliegen Frauen auf Machos und hässliche Mächtige, die nichts Bestechendes, sondern ein angstmachendes Lachen und dicke Wurstfinger haben? Trotzdem aalen sie um sie herum und trällern schon gefügig, noch bevor sie dazu aufgefordert wurden.“

Der unverzügliche Protest der tätowierten Frau war für mich zu erwarten. Obwohl sie wenig von einer jederzeit kämpferischen Feministin hat, wirkt sie zu selbstbestimmt, als dass sie diese Äußerung unkommentiert stehen lassen könnte.

„Und jetzt das bekannte Spiel mit der großen Kiste voller Vorurteile?“

„Nein, gar nicht, ich weiß nur, wie es zwischen Menschen aussieht.“ Ein deutlich sachlicherer Ausdruck inzwischen bei ihm, der kleine Zwist mit ihr scheint ihm nun auch intellektuell etwas zu gefallen.

„Manchmal geht’s natürlich nicht anders, aber wo es anders ginge, werden mutige Absichten und ehrliche Standpunkte von der Bequemlichkeit zermatscht. Lieber tapfer das Ärgernis weglächeln, wenn beim Italiener die Pasta überwürzt ist oder in der Bretagne Gummistiefel statt Badesachen gebraucht werden.“

Stimmt, da muss ich dem Mann recht geben. Die beste Freundin meiner Mutter, Cora, ist genau so eine. Tagsüber die Lehrerin, sie hat den Ruf, resolut zu sein, zuhause dagegen genießt sie die führende Hand ihres Mannes. Sie saugt Wünsche aus seinem Kopf heraus, ohne dass er sie selbst schon spürt. Meine Mom empört sich häufig darüber, wegen des Verlustes der Selbstachtung und Eigenständigkeit. Cora bestreitet das, sie nennt es ihre eigene Form der Liebe.

Mit dem Verweis auf die Bequemlichkeit als vermeintliches Motiv für übermäßig zugewandte Mentalitäten scheint erst einmal alles zu dem Thema gesagt zu sein. Keine weiteren Wortmeldungen mehr, auch die Frau mit dem Körperkunstwerk wirkt nach letzten bissigen Blicken jetzt versonnen.

Wichtiger ist der körperliche Clinch mit der feuchten Hitze geworden, der Zeiger zeigt im Moment tatsächlich etwas über hundert Grad an. Jemand bittet darum, die Saunatür für einen Moment öffnen zu dürfen, auch wegen der stickigen Luft. Wird abgelehnt, wir bleiben im schweißschwangeren Mief, demokratisch entschieden.

Meine Energie konzentriert sich momentan darauf, einige Schilderungen meiner Mutter über Cora zu reflektieren. Sie würde viele Ideen zu ihrem Leben entwickeln und dann doch immer wieder verwerfen. Meistens habe ihr Mann die besseren und dagegen sprechenden Argumente, auch ihre gesundheitlich schwächelnde und trotzdem starrköpfige Stiefmutter bremse regelmäßig. In dem Zusammenhang frage ich mich, wie viel von dem bei mir angekommen ist, was meine Mutter an standfesten Positionen ausstrahlt und von anderen einfordert. Gäbe sie mir eine gute Note? Ich werde sie mal fragen, noch nie hatte sie sich dazu geäußert.

Dann, nach der ausgedehnten Sprechpause doch wieder ausführlicheres Gerede. Mehr noch, es beginnt unerwartet die große Stunde eines stark körperbehaarten Mannes mit Dauerlächeln. Ich habe ihn hier noch nie registriert, er wäre mir damit aufgefallen. Warum kann er sein Grinsen nie abstellen? Wegen einer festgetackerten inneren Entspanntheit? Eine andere These: Er beschmunzelt seinen wuscheligen Schamhaarstyle, hinter dem Busch ist sein Pimmel kaum noch sichtbar abgetaucht. Ich muss grinsen bei dem Gedanken, meine fiese Phantasie wird angeregt: Vielleicht träumt er mit offenen Augen von einer künstlichen Haarverlängerung auf seiner Rückenpartie, könnte gut zu seiner sonstigen Wolle am Körper passen.

Wie auch immer, es lässt sich für mich gerade nicht ergründen.

„Wenn ich einen Nachtrag zur Diskussion eben machen darf“, erklingt seine Einleitung. Zunächst noch sehr freundlich-unspektakulär, passend zu seinem grienenden Ausdruck. Doch einen kleinen Moment später steigt er voll ein.

„Diktatur als politisches Modell ist auch deshalb in Misskredit geraten, weil ihm viele falsche Vorurteile zugeschrieben werden und es am Mut fehlt, mal hinter die Oberfläche zu schauen.“

Ach ja, so einfach?

„In ihrem Kern ist eine Diktatur unter gewissen Bedingungen gar nicht unbedingt falsch, unideologisch betrachtet können da Schätze drin stecken.“

Seine Sätze klingen sanftmütig gesprochen, fast beiläufig. Ohne Dramatik, nicht missionarisch und noch weniger aufrührerisch. Trotzdem rebelliert es unverzüglich in mir, meine Assoziationen bekommen sofort braune Flecken, immerhin hatten wir da eine böse Erfahrung in unserer Geschichte. Gülle lässt sich schließlich auch nicht zu Gold argumentieren.

Er nimmt einen geschichtlichen Rückblick vor, bei den Römern hätten durchaus demokratische Verhältnisse geherrscht, trotzdem wären Diktaturen in bestimmten Situationen eine gut funktionierende Alternative gewesen. Für sechs Monate von den Senatoren eingesetzt, hätten sie eine klare Zielsetzung erhalten. Zum Beispiel eine Wirtschaftskrise zu beseitigen oder einen Krieg zu führen. Dann wieder Rücktritt und zurück zu den vorherigen demokratischen Verhältnissen.

Seine Schilderung schafft kurzzeitig aufmerksame Ohren, einige zweifeln an der Richtigkeit seiner geschichtlichen Nachhilfe.

Ich wehre mich gegen den Gedanken, in ihm könnte ein bestimmter Typ Lehrer stecken. Eine Pädagogenspezies, die sich eigentlich für eine höhere Bedeutung im Leben vorgesehen fühlt, aber vom Schicksal unerklärlicherweise dazu verdammt wurde, ein entwürdigendes Dasein inmitten lernunwilliger Schüler fristen zu müssen. Der Gedanke klammert sich fest.

Was geht in den Köpfen der anderen vor? Wenig, das Thema findet vorerst keine Fans. Es passt auch nicht gut zum nackten Gruppenkuschelgefühl in der momentan eng besetzten Sauna. Vereinzelt ein gelangweiltes Lächeln, was der bärige Dauerlächler als Hinweis verstehen könnte, sich einfach nur aufs Schwitzen zu konzentrieren. Macht er jedoch nicht, sein Eifer bekommt im Gegenteil eine noch höhere Drehzahl.

„Diktaturen sind an sich nicht zwangsläufig falsch", wiederholt er sich, als hätte er Angst, diese Botschaft wäre eben überhört worden. Doch Halt, nun wird er beispielhafter und wertender. Unternehmen müssten straff geführt werden, wenn sie erfolgreich sein wollten. Genauso die Soldaten, niemand würde in einem Heer die hierarchische Befehlskette infrage stellen.

„Wenn stramm gesteuerte Regeln für Unternehmen gut sind, damit Prozesse präzise laufen, nehmen wir die schnellen Prozesse, wenn man etwas bei Amazon bestellt, warum sollen sie nicht auch für andere Bereiche der Gesellschaft gut sein? Würde sich jemand über ein strafferes Gesundheitssystem beschweren und wenn es in der öffentlichen Verwaltung schneller ginge? Garantiert nicht, kriegen wir aber mit sentimentalem Liberalismus nicht hin."

Jetzt kommt es mir in den Kopf, ich muss den Irrweggänger Björn nennen. Ein Falschsprechexperte, der sich am Mikrophon wohl fühlt.

„Und wenn wir feststellen, diktatorische Sozialverhältnisse könnten durchaus ihren Sinn haben, wäre zu klären, aus welchem Grund sie trotzdem nicht entstehen. Meine Antwort ist die: In größeren Gesellschaft liegt es an Umsetzungsproblemen, da lassen sie sich schwer durchgängig organisieren."

Wie einfach, es scheitert nur an der Praxis, alles nur ein Organisationsproblem. Ein Diktator, so weiht er uns weiter in sein Denken ein, benötige quer durch die ganze Hierarchie eines Volkes abwärts selbstverständlich Unter-Diktatoren als Hilfsdespoten. Die wiederum bräuchten zusätzliche Helferlinge, damit sein Arm bis nach ganz unten ins Volk reichen kann.

„Nur eine liberale Bruchstelle unterwegs und schon tanzen alle nach ihrer eigenen Musik, da sind wir bei dem Umsetzungsproblem."

In der tätowierten Sportfrau rebelliert es wieder. Sie begleitete seine Äußerungen schon die ganze Zeit mit düsteren Stirnbewegungen, und diese Gesichtsreaktionen heißen bei ihr: Angriffslächeln.

„Ihre vermummten Gedanken sind schlimm, sehr gefährlich", wirft sie ihm energisch entgegen. Doch der nutzt sein Lächeln als Abfangjäger und ignoriert ihre Einwände.

„Bildlich betrachtet hat der Oberste eine Größe von sagen wir zwei Mal ein Meter. Je weiter man in der Hierarchie herab blickt,

desto kleiner werden die Unter-Diktatoren, ihre jeweiligen Hilfsdespoten und was sich darunter noch für Unterstützer befinden.
Ganz unten sind sie nur ein paar Millimeter klein."

Diktatoren kleiner als Briefmarken?

Ob verstanden wurde, wie er das meine, fragt er mit kreisförmig
bewegendem Kopf in die Runde. Einige nicken immerhin, fast
alle grinsend. Unsere Blicke, sein und mein Blick, kreuzen sich
kurz, mein Kopfschütteln als Gruß an sein Weltbild. Zumal er
jetzt auch noch den diktaturunfähigen Selbstverwirklichungs-
menschen die Schuld für die Verbreitung von Demokratien zu-
schreibt. Ohne die abseitigen Liberalisierungen in den letzten
Jahrzehnten mit ihren vielen Sozialstrebern würde es, so meint
er, für uns alle auf dem Globus besser laufen: Klare Ziele, starke
Regeln, kein gegendertes Kulturchaos, alles besser.

Empörung! Unser körperliches Naturdebakel, in Menschenformat
verpackt, mit seiner benutzerfreundlichen Argumentation und smar-
ten Stimmbegabung, die Autokratie als ein durchaus begehrenswer-
tes Gesellschaftssystem? Wieso darf er seine verdorbene Meinungs-
kotze einfach so gefahrlos über uns ausspucken? Statt dass einer
nach dem anderen empört aufspringt, erntet er sogar Kopfnicker.

Der Blick der Tattoo-Frau verheddert sich mit meinem, wir scheinen Gleiches zu denken: Was hat an den Seelen dieser Zustimmer
gefressen? Sollen wir schnell eine Sprechblockade durchsetzen,
für ein paar Minuten wenigstens?

Läuft aber anders.

„Inzwischen sind die Lebenskulturen alle so weich gewaschen,
dass man Egoismus als individuelle Freiheit etikettiert. Das muss
man erkennen, denn aus einer schlechten Neigung wird ein
erstrebenswertes Persönlichkeitsmerkmal gemacht. Da tänzelt
die individuelle Selbstbestimmung im Ring genüsslich um das

Gemeinwohl herum und kann sich zu Recht siegessicher zeigen, weil sie fiese Gemeinheiten in ihren Boxhandschuhen versteckt hat und nur noch darauf wartet, mit dem nächsten Haken das Gemeinsame endgültig niederzustrecken."

Nun auch noch reihenweise Metaphern: Für die Performance seiner Überzeugung könnte er sich aus Propagandistensicht bestimmt ein Lob verdienen, doch genau in der Überzeugung steckt das Grundübel. Auch in der Kombination mit Spuren selbstkritischer Rhetorik, um den Eindruck ehrlich gemeinter Standpunkte zu suggerieren.

„Bekanntlich wird's gefährlich, wenn kleine Menschen Macht bekommen."

Unser Björn mit dem schuldbewusst verkrochenen Penis (ich brauche ein Ventil und muss ihn jetzt einfach widerlich skizzieren) überbetont diese Worte von den kleinen Menschen und der Macht in falschen Händen, seine Stimme verharrt nach der letzten Silbe einige Sekunden, die Erregung der körperbemalten Zuhörerin droht gesundheitsgefährdende Züge anzunehmen. Sie tuschelt erregt mit ihrer linken Nachbarin, kopfschüttelndes Flüstern, sie hat eine wenngleich nur wenig kämpferisch erscheinende Mitprotestierende gefunden. Beide senden Häme, doch darauf beschränkt es sich auch schon.

Fühlt sich hier niemand für eine öffentliche Mülltrennung seiner Gedanken zuständig? Klares Nein.

„Straffe Führung funktioniert nicht, wenn die notwendige Gruppe der Minidespoten immer wieder liberale Fehldeutungen vornimmt. Ungeeignet für ihre Rolle erzeugen sie überall Bruchstellen im System."

Seine Schlussfolgerung: „Schlechte Diktatur kann es auch nicht besser als eine Demokratie."

Immerhin!

Aus seiner Grinsemaske ist nicht herauslesbar, ob er sich mit uns nur einen obskuren Spaß erlaubt oder er sich doch auf einer Mission befindet. Comedy, und er wird gleich sagen: Ich bin's, der freundliche Seelenmörder von nebenan. Oder: Die Sauna, mein Klassenraum, ihr die Diktaturnachhilfeschüler.

Endlich und kaum noch erwartet. Einem schmalköpfigen Mann, zerpflückter Haarschopf, ausgezehrtes Gesicht und eingefallene Augen, reicht es endgültig. Sein Gesicht zaubert das Feuerwerk eines Wutnackten hervor. Ob er sich heute Morgen die letzten Reste an Intelligenz aus dem Hirn geföhnt habe, fragt er den dicken bösen Mann. Frech, provozierend und genau deshalb richtig auf den Punkt gebracht. Ein solcher hyperenergischer Ton war längst überfällig, der darin verborgene Standpunkt sowieso.

„Voltaire hatte beschlossen, aus gesundheitlichen Gründen glücklich zu sein. Und warum machen Sie es ihm nicht einfach nach?"

Giftiger Blick, geschwollene Adern, er will sich gerade nicht bremsen.

„Ihr Leben möchte ich nicht haben!"

Jetzt kommt ein Treffer nach dem anderen.

„Was halten Sie von einer Flat für die Telefonseelsorge, könnte helfen. Ich spendiere sie Ihnen!"

Meine Gedanken klatschen Beifall, diesen Widerstand hatte ich mir früher schon gewünscht, auch von mir. Jetzt kommt sogar noch die richtige Becker-Faust, und zwar ausgerechnet von dem Mann, der vorhin eigensinnig das grüne Knöpfchen gedrückt und den Disput überhaupt erst ausgelöst hatte.

Mit einem triumphierenden „Yes, yes" lässt er erst seine rechte Hand fuchtelnd hochschnellen, um anschließend mit dem rechten Daumen noch einmal den bösen Schalter zu bedienen. Zusätzlich noch etwas Rebellion in der Sauna, und das an einem Montag. Wenigstens er hat seinen Spaß gehabt, stille Wasser sind ja undurchsichtig.

Nachher unter der Dusche öffnet sich neben mir ein kleinerer Mann. Er hatte in der Sauna hinter mir gesessen und war nur stiller Zaungast der Kontroversen. Kürzlich wäre er über eine Studie der Universität Leipzig gestolpert, wonach sich vierzig Prozent der Deutschen ein autoritäres Regime vorstellen könnten. Diktaturverhältnisse wären ihrer Meinung nicht die schlechteste Idee, resümieren die Forscher.

Unter der Dusche fokussieren sich meine Gedanken auf Björns übergroße Ohren. Freifahrtschein für das ideologische Karriereaus, hoffentlich.

Online Retoure 1: Erotische Kusslippen

Plötzlich erhellt sich das triste Dämmerlicht der Sauna, freundlicher Gruß aus der Parship-Modelkollektion. Da ist ein junges Pärchen, beide Anfang zwanzig, groß und schlank, perfekte athletische Proportionen, er der Typ skandinavischer Fruchtbarkeitsgott, sie noch eine Stufe darüber. Kein Gramm Fett an ihnen, Cellulite sowieso nicht, Frischfleisch von der allerfeinsten Sorte.

Und erst ihre Gesichter. Beide mit ästhetisch geformten, weiß strahlenden Zähnen, besser könnte sie auch die Dentalwerbung nicht photoshoppen. Erotische Kusslippen und beeindruckende Augenpartien, dazu eigenwillige Haarstyles aus der Hand eines Friseurkünstlers mit Ideen aus wilden Momenten.

Solche unglaublich schönen Menschen ausgerechnet hier, absolut selten. Man kennt sie nur höchst sporadisch, vor allem von Werbeplakaten, fast nie als Liveerlebnis. Und ja, sie lassen uns unweigerlich ein bisschen schrumpfen. Werfen sie uns auch noch gnädig ein Lächeln zu, dann kann das Gefühlshirn nur zwangsläufig mit einem ultimativen Sympathieorgasmus reagieren, ausgelöst durch ein unkontrollierbares Tabula rasa in den Occipitallappen. Dieser Gehirnbereich verarbeitet, soviel ich weiß, die visuellen Empfindungen, man nennt ihn auch ziemlich doof Hinterhauptlappen.

Stellt sich mir so ganz nebenbei jedoch die Frage, warum dieser Teil eines intelligenten Hirns nicht den automatischen Reflex zur grenzenlosem Demut gegenüber solchen Schönheiten verhindert. Muss doch nicht sein, willenlos die Bereitschaft in sich aufsteigen zu spüren, vor diesen Glückstreffern der Natur in Ehrfurcht zu erstarren. Alles strebt danach, ihnen verfallen zu wollen. Und würden sie nach der eigenen Kreditkarte fragen, würde man sie ihnen in die Hand drücken, sehr gerne auch mit der passenden PIN. Ein klares Funktionsdefizit des Menschen, wenn solche Erscheinungen bei ihm Momente des unkontrollierbaren Vertrauens auslösen. Was ich mir aber vorstellen kann: Bei dem vergötternden Anblick spielt einfach nur das Sexualhirn verrückt und nimmt uns in einen erotischen Klammergriff.

Psychologen haben darauf vermutlich eine oder mehrere Antworten, ist heute eigentlich auch weniger wichtig, zumal mir das junge Pärchen wohl auch keine Antwort darauf geben könnte. Auch nicht darauf, wer dem Schicksal wie viel Scheine in welcher Währung gezahlt haben mag, dass sich die Wege zweier ähnlich schöner Menschen zielgenau gekreuzt haben, die sich offenbar auch noch gegenseitig berauschend finden. Zumindest irgendwie miteinander verbunden erscheinen.

Klar ist jedenfalls: Sie gehören nicht zu den Beziehungsschnäppchen in Dating-Portalen. Woher jedoch sonst? Auf direktem Weg aus dem Finale irgendeiner Schönheits-Challenge hierhin, wo sich die Menschen typischerweise von der Schädeldecke bis zu den Fußspitzen als Mittelmaß zeigen. Wo nur eine Minderheit den Übergewichtsdurchschnitt unterschreitet, obwohl sie alle ständig mit ihren Muskelchen an Fitnessgeräten hantieren? Ganz objektiv: Wer hat hierzulande das nackte Saunen nur eingeführt, denn ohne Handtuch verlieren wir haufenweise, ich eingeschlossen, den letzten Rest an erotischem Spirit.

Solche Gedanken teile ich mit jemandem, der nach meiner blassen Erinnerung aus früheren Saunabegegnungen Ulf heißt. Er redet meistens recht ungefärbt, offenbar hat ihm niemand beigebracht, mit dem großen deutschen Sprachschatz halbwegs zielsicher sozial unanstößige Sätze zu äußern. Sein phonetisch dahin gespucktes kölsches Platt, die Urkölner kennen das, macht die Sache noch schlimmer. Seine Artikulation befindet sich ständig auf des Messers Schneide, sie soll witzig klingen, aber ein kleiner Tick zu viel davon und schon wirkt sie respektlos.

„Kann mer üch irjendwo för jeld kaufe?“ Freches Lachen.

Ulf in seinem Element, erste Ballberührung und direkt ein grobes Foul. Kann man euch irgendwo für Geld kaufen, lautet seine Frage auf Hochdeutsch. Bemerkenswert, wie er auf Knopfdruck den Kotzbrocken mit Glatze raushängen lassen kann. Von einem Freund von mir käme dazu jetzt der Spruch: Für Elitepartner zu blöd, für Parship zu unappetitlich, für die Kneipe reicht’s. Da retten ihn seine unschuldig geformten Schmunzelfältchen auch nicht mehr, die er jedem in der Runde einzeln zuwirft.

Sollte man ihn nicht einfach wegklicken?

Sonja, eine lustige und nicht gerade schlanke Mittvierzigerin, übernimmt bissig das Kommando, zwei Meter Abstand rechts neben ihm sitzend.

„Bist du gerade von übermütigen Neidhormonen gebissen worden?“

Amüsiert schielt sie zu den beiden Schönlingen. Ein wirklich moralischer Zeigefinger klingt anders, sie ist nicht auf ihrer Seite. Ihr Satz tönt eher von einer Trash-Redaktion für das kostengünstige Nachmittagsprogramm im privaten TV gescriptet. Ulf und Sonja machen sich die beiden Katalogschönlinge zu ihrem Spaßgegenstand, niemand springt ihnen zur Seite. Ich auch nicht.

Dafür besinnen sich die beiden auf sich und starten zumindest den Versuch einer Gegenwehr, kultiviert freundlich.

„Ihr lustigen Geister, hat jemand darum gebeten, euch mit uns zu beschäftigen?“ Der Fruchtbarkeitsgott spricht diesen Satz. Und ja, Augensprache kann unendlich hart treffen und viele Kilo Arroganz ausdrücken.

Nein, hatten sie nicht, aber der Abwehrversuch bringt Ulf, der weichhäutige und BMI-ignorante Gegenentwurf zu ihnen, in einen weiteren Schwung lästerhafter Laune. Seine Augenbrauen springen kurz hoch, was wohl als die ironische Version einer Entschuldigung verstanden werden soll. Er rutscht mit dem Körper tiefer und macht sich clownig immer kleiner, dann das Wort „entscholdije", übertrieben devot ausgesprochen wie mit einem Messer am Hals.

Doch keine falsche Hoffnung, Ulfs demütige Schauspielereinlage endet schon nach wenigen Augenblicken wieder. Beseelt vom eigenen kölsch-kumpelhaften Kontakteifer treibt ihn der uneinsichtige Spaßtrieb dazu, uns einen Nachschlag zu servieren.

„Ehr seid dat esu, der ming jode Jene zujeschustert wudde. D'r schuselige Jott hatt dem Ulf bei seiner Jeboot verpennt, se mr rin tzu dun." Wieder in rheinischem Platt, durchtränkt von billigem Lachen, die Fußbroichs lassen grüßen. Übersetzt: Von ihm wären den beiden die guten Gene zugeschustert worden. Eigentlich hätte er damit beglückt werden sollen, doch der schusselige Gott hätte das bei seiner Geburt verpennt.

Toll, jetzt auch noch solch ein Brandbeschleuniger. So viel peinliche Selbstdarstellung verlangt viel Mut. Oder schmerzhafte Leerstellen in seiner Gefühlswelt. Sollten sich doch alle Spinnen, die er zeit seines Lebens kaputt gemacht hat, im Jenseits zu Monstern verwandeln und einen gemeinsamen Angriff auf ihn formieren!

Zwei Frauen und ein Mann opponieren tatsächlich und fordern ihn auf zu gehen. Sie möchten sich dieses schnoddrige und respektlose Verhalten beim Saunen nicht antun. Ohne Wirkung, sie sagen ihm das in viel zu wenig wütendem Ton.

Fehlt noch ein ergänzender Hier-bin-ich-auch-noch-Kommentar von Sonja. Den trällert sie jetzt wie punktgenau geplant in ihrer typischen Lachmelodie heraus, die Welt um sie herum scheint in bester Ordnung zu sein.

„Please, back to mother."

Sehr sinnfrei, auch das ist sie schon mal, dennoch ein bisschen Zündstoff für die Laune einiger anderer. Sie witzeln sich für einige Momente in Freibierlaune, kritisch beäugt von der anderen Koalition mit moralischem Bedenkerblick. Trotzdem, von offener Kontroverse keine Spur.

Und die beiden Vorzeigekörpermenschen? Dass sie sich unter uns nicht wohlfühlen, liegt auf der Hand und lässt sich auch an ihren Gesichtern ablesen. Ich hatte die ganze Zeit gedacht, jetzt muss gleich der Punkt kommen, an dem sie Ulf verbal in die Weichteile treten oder eine zornreiche Diskriminierungsdebatte lostreten oder wenigstens die Tür aufreißen und wütend abhauen. Doch nichts, nicht mal ein flauer Shitstorm, sie saugen alles wie ein Schwamm auf.

Einzig ein wechselseitiger Blickaustausch mit ihren moralischen Bodyguards. In ihrer angeregten Kommunikation verständigen sie sich mit dem, was Gesicht und Körper an stiller Sprache zu bieten haben. Gegenseitig noch ein kurzer bejahender Augenaufschlag, die beiden Schönen stehen auf in Richtung Tür.

„Speed-Dating", flüstert Ulf mit selbstbelustigender Traurigkeitsmiene hinterher.

Passender wäre: Weggespaßt oder weggedreistet.

Das Abbild des skandinavischen Fruchtbarkeitsgotts antwortet mit einem tiefgefrorenen Lächeln.

„Wir gehen unser Aussehen umtauschen, online gekauft geht das ja zwei Wochen lang. Heute läuft die Frist ab." Er hat während dieser Worte Mühe, seine Mundwinkel emotionslos starr zu behalten, am liebsten würde er sie alle arrogant auslachen.

„Unsere Schönheit geht retour."

Überraschung, ein ehrliches Stirnrunzeln.

„Echt? Und dann?"

Ulf artikuliert die drei Worte ausnahmsweise halbwegs Hochdeutsch, er kann es also doch, wenn er will.

„Wir treffen uns wieder, alle in richtig Geschmacklos, du dann unser Präsident."

Die unterschwellige Provokation schreit nach einer Macho-Antwort von Ulf, auftrumpfend. Zur Erinnerung ihre erotischen Lippen hier lassen, wenigstens ein feuchter Abschiedskuss oder ähnliche Vorschläge. Nichts, das erspart er uns, nur eine verschmutzte Pudelmiene hinter weiteren sozialvandalistischen Gedanken.

Überstanden. Cut. But the game is only really going on now.

Online Retoure 2: Autistische Zombie-Babys

Das war's also mit dem nackten Mensch-ärgere-dich-nicht. Ulfs Spiel, bei dem er den Würfel zu seinem persönlichen Eigentum erklärt und so lange würfelt, bis er allen anderen auf dem Spielbrett davongerannt ist. Spaß nur für ihn, gleiche Augenhöhe ist ihm lästig, übermäßig geliebt zu werden noch mehr. Wenigstens hat er die Schönlinge ohne allzu große Blutspuren verscheucht.

Zurück bleibt seine ins Seitenaus abgetauchte Frage, wo man bitteschön körperliche Schönheit in der Güte dieser beiden Venus-Exemplare kaufen kann. Nachdem sich alle wieder halbwegs sortiert haben, greift Ulf sie wieder auf, aus seinem gehässigen Mund stammte sie auch. Eine Vielzahl an Momenten lang hatte er keinerlei schäbige Signale mehr gesendet. Seine Nasenflügel bewegen sich zeitweise ein wenig zuckend, leer umher tanzender Blick. Aus mir nicht ganz ersichtlichen Gründen ging ihm die letzten Minuten etwas die Orientierung verloren.

Oder deutet der introvertierte Augenausdruck auf tiefere Reflektion hin? Sich im Rückspiegel betrachten, das Rückgrat durchschütteln, die Hirnwindungen zurechtrücken und dann zurück auf „Los"?

Es lässt sich nichts herauslesen.

Eine Frau, in früheren Saunasitzungen als charismatisch empfunden, sinniert ihn aus diagonalem Winkel an. Sie liegt auf der Bank links gegenüber eine Etage höher, den Oberkörper aufgerichtet, in einem Ulf-ähnlichen Gedankenmodus. Bis sie schließlich die Beine nach unten schwingt, ihr Saunatuch zusammenrafft und zum Abschied melodisch durchatmet, was wie ein Kopfschütteln klingt.

Kaum hat sie die Glastür hinter sich zugezogen, reckt Ulf seinen Körper ebenfalls hoch, schüttelt eigenartig die Arme aus und geht hinaus. Ohne Augenkontakt zu jemandem und er lässt sein gestreiftes Saunatuch auf seinem Sitzplatz zurück. Wir sehen durch die Glasscheiben, dass er sich kurz kühl abduscht und wieder zurückkommt. Niemand um ihn herum scheint für ihn zu existieren, genau das Gesicht von Menschen mit Sozialkontaktängsten.

War er eben nicht noch angriffslüstern mit lautem Gebell?

Es muss während der Besinnungspause etwas mit ihm passiert sein. Vielleicht hat er seine Unterlegenheitsfesseln zerrissen und fühlt sich nun davon befreit, dass sich kein optisch so überlegenes Pärchen mehr in seinem Blickfeld befindet. Was keine einzige seiner Silben entschuldigt, dafür sein verändertes Verhalten möglicherweise erklärt: Ausgelöst durch die Neidattacken hatten sich eben reihenweise Synapsen zum gemeinsamen Krawall verabredet, jetzt ist die Gefahr abgerauscht, die Stresshormone nicht mehr in Alarmbereitschaft.

Er legt den Hebel wieder auf Losquatschen und schaltet dabei ganz überraschend direkt zwei Gänge an Sachlichkeit hoch. Nicht nur das, er bemüht sich nun auch noch um eine halbwegs hochdeutsche Aussprache. Manche Buchstaben verschluckt er zwar weiterhin, mit Wörtern mit dem Anfang G und S steht er unverändert auf Kriegsfuß, besonders sobald sein Sprechen schneller wird. Aber was besser ist, soll auch bessere Noten bekommen.

„Wetten, dat wir jentechnisch nicht mehr weit davon entfernt sind, Babys nach janz individuellen Wünschen konzipieren zu können und Frauen auch bald keine Schwangerschaft mehr brauchen?" Er nimmt seine Hände zu Hilfe, um seiner Behauptung mehr Ausdruck zu verleihen.

„In zehn, zwanzig Jahren ist dann Aussehen nur noch eine Frage, was man im Online-Formular anklickt."

„Geburt ohne Schwangerschaft?“ Eine mittelblonde Dame, die gerade erst dazu gekommen ist, schüttelt den Kopf. Genauso Sonja, eine oft anzutreffende Mittvierzigerin, die zwischendurch draußen war. Fältchen in ihren Mundwinkeln, die sich unrhythmisch hoch und runter bewegen, sie bleibt jedoch ruhig.

Auch Ulf lässt sich Zeit mit der weiteren Antwort. „Ja, klar.“

Seine Verzögerung bekommt Methode, er will den Erwartungspegel steigern.

„Bald werden wir Jen-Fabriken haben, die einen digitalen Baby-Konfigurator für maßjenaue Jeburten anbieten.“

Er sagt den Satz mit großer Ernsthaftigkeit, wartet in einer erneut bewusst eingelegten Pause gespannt auf Reaktionen. Doch nichts Derartiges, seine Behauptung erscheint zu absurd. Und sowieso hatte er eben im Umgang mit den Schönlingen viel seines üblichen Sympathiekredits verspielt.

Er legt nach, jetzt klingt es fast schon wie ein vorbereiteter Vortrag.

„Man wird dann die Komponenten wie bei Handy-Games auswählen können, der Körper mit Kopf und Extremitäten als Basisausführung vermutlich für rund 5.000 Euro, im Sale oder bei Jen-Discountern auch schon mal billiger. Das werden die Preise für die Low-Budget-Modelle sein. Wer zum Beispiel in das Baby vor seiner Jeburt eine lebenslange Schlankheitsgarantie jenetisch implementiert haben will, muss viel mehr hinlegen. Klar, is et aber auch wert.“

Nun baut sich doch langsam eine fidele Stimmung um ihn und mich herum auf. Ulf hat wieder die Aufmerksamkeit der meisten von uns auf sich gezogen. Er beginnt die Schlagzahl seiner komödiantischen Story, eine andere Bewertung fällt mir im Moment nicht ein, deutlich zu steigern.

Ob es für ihn doch noch der perfekte Tag wird?

„Alles an körperlichen Merkmalen lässt sich frei wählen, beson-
dere Qualitäten musst du gegen Geld zubuchen, so stelle ich mir
das vor. Will man, dass das Kind später besonders ehrjeizig oder
intelligent sein soll, jeht das ja nicht im Low-Budget-Standard."

Grinsen in meinem Gesicht. Meine nackte Nachbarin deutet
mir an, sie wolle mir etwas ins Ohr flüstern, ich beuge meinen
Kopf zu ihr hin.

„Bananen sind genetisch zu fünfzig Prozent mit Menschen verwandt, bei ihm ...“

Ihre letzten Worte flüstert sie so leise, dass ich sie nicht verstehen kann, ich lasse mich trotzdem auf ein gegenseitiges leises
Anlachen ein. Ulfs Blick huscht kurz empört über uns hinweg,
ein paar Takte Pause in seiner Stimme, dann öffnet er seine Zu-
kunftsszenarien weiter.

„Auch die preiswerten Modelle sind nicht alle gleich, du wirst
über einen Baby-Konfigurator zwischen verschiedenen Varian-
ten, ich sag mal jänjige Augenfarben und Haarfarben, Körper-
formen und noch anderes, wählen können. Wasserstoffblonde
Haare könnten das sein, wenn man das will. Muskelkörper sind
dann wieder teurer."

„Wie schlau sind denn die Kids der Standardmodelle?"

Der direkt unter ihm sitzende Grauhaarige will das wissen, seine
körperlich eingeschränkte Drehfähigkeit macht es ihm schwer,
seinen Kopf für diese Frage seitlich vollständig nach oben zu
Ulf zu drehen.

„Ich jeh davon aus, dass der IQ bei den Standardmodellen auf 85
programmiert sein wird, ist so ein Mittelwert der Menschen."

„Naja, eher ganz knapp über der Grenze, ab der Intelligenz als niedrig bewertet wird", kommt zurück, den Kopf hin- und herwiegend. „Das finde ich äußerst kritisch, so könnte eine systematische gesellschaftliche Verdummung beginnen."

„Dat lässt sich auch anders sehen, denn et jibt ja jetzt auch massenhaft Doofe. Doch perspektivisch jibt es dann keine janz Doofe mie, wenn all Eltern mindestens dat Standardmodell buchen. Ein jewaltiges jesellschaftliches Intelligenzförderprogramm wör dat, wer will sich do drüver beschwere?"

Jetzt ist er wieder etwas mehr ins kölsche Platt zurückgefallen, registriert es aber selbst nicht. Stattdessen saugt er mit wandernden Augen die auf ihn gerichteten Blicke auf. Bei manchen verharrt er längere Momente, weil sie ihm das Gefühl geben, für diese paar Minuten ihr nackter Guru sein zu dürfen. Sein Sendungsbewusstsein ist zurück, jetzt nur auf einem anderen Kanal mit anderem Programm.

Und mir drängt sich die Frage auf: Hatten die beiden Schönlinge von eben mehr die Finger im Spiel, dass so eine krude Diskussion zur käuflichen Schönheit angezettelt wurde? Zumal wir wohl noch längst nicht den Höhepunkt erreicht haben, denn Ulf stellt einen nächsten Gedanken in den Raum, nämlich die Begründung dafür, warum der IQ bei den Standardbabys begrenzt werden sollte. An den individualisierten Bestellungen, so erzählt er, ließe sich logischerweise mehr verdienen, demzufolge würden die Gen-Fabriken alles daran setzen, dass die Eltern konfigurierbare Baby-Modelle mit besseren genetischen Veranlagungen zusammenklicken. Auch wenn dafür der Sparstrumpf der Oma geplündert werden müsste.

„Vergesst nicht, Jeburten sind ein sehr emotionales Thema, da will sich keiner knauserig zeigen." Vielleicht werde es auch günstige Kredite vom Staat dafür geben, der würde schließlich durch geringere Bildungsausgaben an anderer Stelle sparen.

Meiner Nachbarin, die mit dem unklar geflüsterten Gen-Vergleich, wird das zu viel. Sie grätscht mit einem Gesichtsausdruck hinein, so als würde sie gerade Vivaldis „4 Jahreszeiten" mit der Klobürste trommeln.

„Sie sprechen von Retortenbabys, das ist ein verdammt diffiziles Thema!", ereifert sie sich, immer mehr Röte überflutet ihr Gesicht. „Sie sind unverantwortlich mit Ihren Phantasien. Wissen Sie nicht, wie Sie damit verzweifelten Menschen wehtun, die ihren Kinderwunsch nicht erfüllen können? Sie hetzen sie auf eine abenteuerliche Fährte."

Sie schüttelt im Rhythmus ihrer Silben den Kopf. Damit ihre wild funkelnden Augen Ulfs Gesicht auch tatsächlich erreichen, hat sie ihren Oberkörper halb aufgerichtet, die Schulter ihm zugedreht und auf den Ellenbogen abgestützt. Eine unkomfortable Haltung, aber das muss jetzt sein.

„Ihre Vorstellungen sind völlig absurd, dass demnächst nur noch Retortenkinder geboren würden." Dann, nach lautem Luftholen: „Vielleicht als Prime-Lieferung mit Zustellung am nächsten Tag?" Ihre Stimme klingt nicht einmal sehr erbost, eher bitterlich, es verbirgt sich eine Geschichte darin.

Aber kein selbstkritisches Innehalten bei ihm, im Gegenteil gibt er sich den Startschuss für einen neuerlichen Missionierungsversuch.

„Retortenbaby klingt schlimm, das ist kein Wort von heute, da hängen zu viele Missverständnisse dran und ist total innovationsfalsch." Er suggeriert jetzt Wichtigkeit, er klingt fast ernsthaft, bis wieder sein kölnisches Plattdeutsch durchkommt.

„Jenauso wie uns bald dat janze Dijitale bestimmen und zu sowas wie unserer Leitkultur werden wird, haben wir bald eine Jen-Technologie, mit der wir unseren Nachwuchs so programmieren können, wie wir ihn haben wollen." Wie ein Dirigent nimmt er seine Hände zu Hilfe, ihr Bewegungstakt soll helfen, ihn verständlich zu machen.

„Die Menschen sind ja reines DNA-Programm, als logische Schlussfolgerung lässt sich da auch was verändern. Und zwar werden über Jen-Modifikationsalgorithmen ungewünschte DNA-Sequenzen rausgeschnitten und durch andere ersetzt. So lässt sich eigentlich jedes beliebige Code-Profil für das Design-Baby kreieren."

Er gönnt sich eine kurze Pause, lässt seine Zunge etwas über die Lippen wandern und lehnt sich so weit zurück, dass sein Körper etwas erhabener wirkt.

„Dat jeht janz einfach über eine App. Du klickst in Listen alles an, was du als menschliche Funktionen und Leistungslevels haben willst, der Jen-Schlüssel von beiden Elternteilen wird eingeben, dann spuckt dir die App den Preis aus und sagt dir das Lieferdatum. Noch Kreditkartennummer eingeben, Mausklick auf den Button für das Absenden, schon ist die Geburt gebucht."

Was der Gen-Schlüssel sei, fragt die Frau.

Jemand drückt auf den grünen Knopf für den zusätzlichen Aufguss, ohne andere nach ihrer Zustimmung zu fragen. Ausnahmsweise keine Meckerei wegen des eigenmächtigen Tuns, ohne die anderen nach ihrer Zustimmung zu fragen. Gegenüber von mir breitet ein Mann sein Saunatuch zum Hinlegen aus, ein Rothaariger hat Platz gemacht. Rechts neben ihm wechselt jemand von der obersten auf die weniger heiße mittlere Bank, es herrscht hier gerade eine gewisse Unruhe.

„Den Jen-Schlüssel hat demnächst jeder Mensch, wird genutzt wie eine persönliche Identifikationsnummer. Darin steckt die gesamte Jen-Struktur, sie ist bis ins allerletzte Detail dargestellt. Indem die Eltern bei der Bestellung ihren eigenen Jen-Schlüssel mitteilen, können ihre Gene mit denen des Kindes gekoppelt werden. Durch diese genetische Verbindung bekommt das Kind eine klare Herkunft."

Hat er Gene gerade korrekt ausgesprochen? Es geht ja doch, aber zu früh gefreut!

„Der Jen-Schlüssel ist nicht Bedingung, man kann auch ein jenetisch autonomes Baby bestellen, das ist dann wie bei den Adoptivkindern heute." Ein kurzes sinnierendes Augenspiel, dann ergänzt er im Stil eines Vertriebsprofis:

„So können demnächst selbst Singles Nachwuchs bekommen. Hallo sozialer Fortschritt, das eröffnet uns ganz neue Lebensmodelle."

Zweifelnde Augen drum herum, die kritische Frau ist wieder am Zug, sie lässt nicht locker.

„Woher wissen Sie das alles?" Unübersehbar transportiert ihre Frage eine schwer zu beschreibende Mischung aus Bleib-mir-auf-Distanz, Neugier und Irritation.

„Ich bin gut vernetzt mit Gen-Leaks. Kennt man, oder?"

Er will uns in die Defensive bringen, vielleicht deshalb mal wieder mit richtigem G ausgesprochen. Kennen wir natürlich nicht, ich nicht, Schulterzucken bei den anderen, die ihm zuhören. Ein geheimnisvolles wissenschaftliches Darknet?

Riecht gewaltig nach Unsinn, was nichts daran ändert, dass sich Ulfs phantasiereiche Ausgeburten immer mehr zu einer Geschichte zusammenfügen. Einerseits utopisch ganz witzig, andererseits beschleicht mich seit der Behauptung von den Gen-Leaks das Gefühl, dass wir ihm mit seinem dunklen Flair auf den Leim gehen sollen.

Je mehr ich mein Hirnzentrum um Antwort frage, desto mehr Rückmeldung kommt, er würde mit uns einfach nur ein bisschen spielen. Geht es anderen Nackten um mich herum genauso? Kann ich aus ihren Gesichtern nicht herauslesen, einige sind mit Sicherheit in seinen Flow eingestiegen und fühlen sich von einer Spannung in den Bann gezogen, die kleine Kinder beim Vorlesen des Gutenachtmärchens erleben.

Sie scheinen jedenfalls auf Ulfs Seite, und er füttert ihre Phantasie weiter.

„Über meine Quellen der Jen-Leaks weiß ich selbstverständlich auch, dass bei so ner Kinderzeugung ein jenetischer Jau usjeschlosse is, zu nüngundnüngzischkommanüng. Ken Sorg, die Forscher sin janz knapp vor der Perfektion.“

„Falls dann doch irgendwer jet zu meckern hät, für den gibbet dat Rückjaberecht, is online doch immer su.“

Die kritische Frau, inzwischen wieder zurück in einer entspannteren Körperhaltung, wird ironisch.

„Portofrei zurückschicken, Geld zurück aufs Konto, du hast kein Risiko, super!“

Tusch! Jetzt bekommt die Stimmung endgültig etwas von einer karnevalistischen Veranstaltung, er als in nackt verkleideter Büttenredner, der eigentlich nur nette Stimmung erzeugen und keine Diskussion will.

„Und aus dem ursprünglichen Kind wird was?“, will die Frau in einem jetzt überraschend gebremst klingenden Ton wissen.

„Was zurückgeht, landet als Retour-Baby im Gebrauchtmarkt. Ist neuwertig, aber deutlich billiger.“

So reden Autoverkäufer oder wer sonst bereit ist, für schnelles Geld seine Seele zu verkaufen.

„Ihre kranke Phantasiewelt, Sie haben …!" Die Frau zischt, ihre wütende Stimme überschlägt sich, er hat diese Frau, der eigentlich ein verständnisvolles Gemüt ins Gesicht gemalt ist, unendlich aggressiv gemacht. Und sogar beleidigend, hätte ich ihr nie zugetraut.

„Etwa die Hälfte unserer DNA soll reiner Müll sein, bei jedem Menschen. Zwingen Sie mich nicht Ihnen zu sagen, auf wie hoch ich den Anteil Müll bei Ihnen schätze!"

Sowas nennt man Widerstand, erfolgreiche Attacke durch Vorwärtsverteidigung. Mit diesem Satz hat sie ihn nun erst mal in die Defensive gepresst. Unüberhörbar und unübersehbar, sie will sich endlich aufregen, und sie regt sich richtig auf! Über den Technologiewahn, den sie bei Ulf und seinesgleichen vermutet.

„Ein Kind durch Gen-Manipulierer zu einem Produkt herab zu werten, überschreitet ganz deutlich eine rote Linie!", wirft sie ihm in hoher Stimmlage entgegen. Das sei abseits jeglicher ethischer Vorstellungen, noch nicht einmal eine Diskussion sei akzeptabel. Narzisstisches Streben verberge sich hinter der Jagd nach Perfektion mit der Gefahr, dass sich die biologischen Prozesse irgendwann selbst überholen könnten.

„Kapieren Sie nicht, wie viel Zeitbombe in so einer Gen-Forschung tickt? Sowas kann unsere gesamte Menschheitskultur völlig kaputt machen!"

Ihr Atem rasselt schwergängig, fiebrig fuchtelnde Arme.

„Wollen Sie ein Gen-Konstrukt als Tochter haben und in der S-Bahn neben eigenartigen Mutationen sitzen?"

Ihr Blick fragt das um sie herum einen nach dem anderen ab und stößt auf Gesichter, denen die karnevalistische Laune von eben offensichtlich im Hals stecken geblieben ist.

„Und was machen Sie, wenn durch gentechnische Panscherei ein autistischer Zombie herauskommt?"

Ihr Adressat reagiert auf diese Vorhaltungen wie ein Schwamm. Für einige längere Sekunden überraschte ihn die plötzlich so massive Gegenwehr, aber schon saugt er ihre Kritik wieder auf und lässt sie im Nichts verschwinden, seine Augen zurück im Angriffsmodus.

„In Ihnen steckt die Fortschrittsbremserin, Sie schweben zu sehr im Denken esoterischer Selbsthilfegruppen und romantisieren sich in Traumwelten mit weichen Plüschkissen."

Er versucht ihre Argumente des Widerstandzappelns durch Macho-Rhetorik zu disqualifizieren.

„Technologien schwingen demnächst den Taktstock, das mit der Ethik wird unsere zukünftige Entwicklung nur noch als passiver Zuschauer erleben."

Ein Volltreffer mit Niederschlag, und das zum wiederholten Mal in fast reinem Hochdeutsch artikuliert.

Ungläubiger Ausdruck von ihr, am Hals pressen sich die Adern kräftig hervor. Sie wütet in unverständlichen hektischen Lauten vor sich hin, einige mitleidvolle Blicke, als wollten sie ihr den Rücken stärken. Doch die Kraft zu neuerlichem Aufbegehren hat sie im Moment nicht. Es herrscht plötzlich eine wabbelige Stille.

Bis die neugierige Frage eines Mannes hinter mir kommt, nach meiner Wahrnehmung aus dem Augenwinkel südeuropäischer Herkunft. Wo man preislich bei einem solchen individuell konfigurierten

Baby-Modell liegen würde, interessiert ihn. Gewaltiger Themenschwenk zurück, ob ernst gemeint oder nicht.

„Schwierig, schwierig. Im Moment lässt sich das noch nicht genau kalkulieren. Was ich bisher über Gen-Leaks mitbekommen habe, könnten die sehr gut ausgestatteten Babys in einer Premium-Variante einiges kosten, kann durchaus im sechsstelligen Betrag liegen."

„Hui, so viel, eine Menge Euros! Das wird dann ja garantiert ein billionenschwerer Business-Markt, wenn man das weltweit betrachtet, was man ja muss." Klar, muss man in Ulfs Logik, ob der Südeuropäer gerade ein bisschen Interesse an dem Thema entdeckt hat?

Ulf reagiert darauf nicht, er fühlt sich von seinem linken Nachbarn gestört, der inzwischen mit hochrotem Kopf und in sich hinein gedrucksten Worten unverständlich in sich hineinlacht.

„Grins wigger, bes de morjens opstonn däst un merkst, dat ding Doochterschkind ding janze Konten för e Baby-Bestellung gekapert han. Do kippst de us ding ahl möffele Morjelatsche." Frei ins Verständliche übersetzt: Er soll ruhig weitergrinsen, bis seine Enkel seine Konten kapern und er aus seinen alten muffeligen Morgenlatschen kippen wird.

Da ist er wieder, der ursprüngliche Ulf, überheblich und gemein disziplinierend, hinter einer Sprachmaske versteckt.

Bei seinem Nebenmann funkt es sofort, mehr und mehr verliert er die Kontrolle über seine Lachorgane. Lautes Prusten, es kommt dem Balzgeräusch eines Walrosses gleich. Damit initiiert er bei einigen anderen ein paar ähnliche Spaßlaute, was seinen Lustigkeitstrieb zusätzlich befeuert. So braucht er einige Zeit, um von den animalischen Geräuschen wieder zu verständlichen Worten zu gelangen.

Wie es denn sein könne, dass der Basiskörper eines Online-Babys nur ein paar tausend Euro kosten würde, sich die Rechnung für ein Premium-Baby plötzlich auf Hunderttausende Euro hochsummiere, will der Witzigmann wissen.

„Ist die Haut des Kindes dann komplett mit Blattgold versehen, die Gelenke sind aus Titan und glitzernde Diamanten als Zähne im Mund?"

Die letzten Worte gehen wieder in neues Johlen über, Ulf übersetzt die Spaßfrage aber ins Ernste.

„Die physischen Materialien sind nicht der entscheidende Kostenfaktor und damit entscheidend für den deutlich höheren Preis, sondern die in die DNA des Kindes reinprogrammierten Wesenseigenschaften."

Es bricht aus ihm im Stil eines in Preisverhandlungen erfahrenen Verkäufers heraus, ganz seriös, fast ohne Dialekt.

„Je umfassender die Qualitätsfeatures, desto teurer das Produkt."

Die Rechnung klingt logisch, bei einer Waschmaschine oder einem Industrieroboter ist das nicht anders. Sind wir gerade bei einer Investitionskalkulation?

„Denk mal allein an die Komponente, die genetisch eine dauerhafte Schönheit bis ins hohe Alter garantiert. Die hat doch einen total hohen Wert, der bezahlt werden will."

„Wenn man es sich leisten kann", wendet ausgerechnet ein Mann unten neben der Tür ein, dessen Gesicht durchaus etwas Photoshop vertragen könnte. Ist liebevoll gemeint, vielleicht gerade weil er einen interessanten Gedanken einbringt.

„Das würde die Welt schnell sozial in gut und schlecht einteilen, bestimmten Kindern würde man sofort ansehen, dass ihre Eltern das notwendige Geld für mehr nicht zusammenkratzen konnten oder vielleicht auch zu kniestig waren, sich eine bessere Kindervariante leisten zu wollen."

Seine Warnung in nachdrücklich betonter Aussprache: „Solche Kinder sind dann zeit ihres Lebens stigmatisiert."

Ulf lässt diesen Hinweis links liegen. Er hat im Moment einen anderen Gegner, die Hitze setzt ihm nach seinen nun schon länger andauernden Saunagängen zu. Er formt den Schweiß mit beiden Händen zu kleinen Bächen und schiebt ihn nach unten.

Die Diskussion ist unterbrochen. Vergleichbar mit einer Luftmatratze, die eben gewaltig aufgeblasen wurde, dann ihre Luft verliert und mitsamt dem Aufpuster Ulf unterzugehen droht.

Es kommt ein mittelaltes Pärchen herein, sie finden keinen Platz nebeneinander und senden sich anschließend fortwährend Signale über ihre wechselnde Mimik zu. Besonders Sonja, sie beißt sich mit ihren Augen in die Lippen des Mannes, Blowjob für Reifere. Vielleicht ist sie deshalb so untypisch wortlos.

Auch durch sie geht Ulf nicht unter. Er atmet ein paar Schübe etwas schwer, begleitet von einer leicht künstlichen Fröhlichkeitsmiene, richtet seinen Oberkörper wieder zurecht. Und seine eben entleerten und nun neu aufgefrischten Augen erzählen mir: Er möchte die Arena nicht ohne Finale und vor allem als Held verlassen.

„Nochmal bitte herhören", erbittet er im Stil eines Dozenten um Aufmerksamkeit, er versucht die Stimmung neu zu lenken. „Stellen wir uns doch mal gemeinsam einen Algorithmus vor, der dem Kind garantieren würde, dass es im Erwachsenenalter einen reichen Erben heiraten wird. Ohne Hokuspokus, sondern weil das Kind mit einer perfekten Kombination aus hervorragendem Lebensplan, bester Entscheidungsintelligenz, Erfolgstalent, gewinnendem Aussehen und noch ein paar weiteren wunderbaren Merkmalen ausgestattet ist. Eine ganze Palette an besten Voraussetzungen."

Kleine Aufmerksamkeitspause, sein selbstverherrlichender Ausdruck ist zurück, so grinst Kaviar die Menschen an.

„Mal ehrlich, lohnt es nicht, in so eine tolle Perspektive zu investieren? Notfalls den letzten Cent zusammenzukratzen oder Freunde anzuschnorren? Ist risikolos angelegt, weil jeder alles doppelt und mehrfach zurückkriegt, sobald erst mal die Erbschaft läuft."

Sollen wir ihn jetzt als Investmentberater feiern oder mit den Lachmuskeln abstimmen?

Reaktionen gibt es jedenfalls, sie dreschen amüsiert den Geräuschpegel hoch. Bis ein schreiender Einwand kommt, von der Ethikerin natürlich. Die letzten Ausschweifungen hatte sie unkommentiert mit ab und zu rollenden Augen begleitet. Doch jetzt beginnt sie, innerlich ein fürchterliches Verbrechen zu begehen.

„Wenn ich mit schwangerem Bauch herein gekommen wäre, hätten Sie mir Ihr Online-Shoppen von Babys dann genauso respektlos entgegenphantasiert?" Ihre Stimme zittert, droht zu kippen. Deutliche Fragezeichen um sie herum in Augen, die ihr helfen wollen.

„Los, sagen Sie es!" Fordernd herausgepresst, erste Tränen, die rechte Faust klopft empört auf ihren Oberschenkel.

„Schwanger?"

Er spricht die Silben in einer langgezogenen Rhythmik aus, als würde er genießerisch auf eine köstliche Praline beißen. Ulf möchte, wie schon vermutet, unbedingt als Sieger vom Platz gehen.

Hier sieht er die Chance für sein Finale, er wiederholt das Wort und setzt Häme oben drauf.

„Schwanger, dat is ävver old school!"

Seine persönliche Schlussbemerkung, mögliche Reaktionen scheinen ihn nicht mehr zu interessieren. Er schnellt hoch, bewegt sich in genauso schnellen Bewegungen hinaus, winkt zurück wie ein kleiner Bühnenstar. Und dann, noch bevor die Saunatür ganz geschlossen ist, bricht plötzlich ein lautes Klatschen aus. Mehrere sind aufgestanden, plötzliches Gejohle, freudige Komplimente fliegen herum. Die Sauna ist on fire.

„Super Premiere!" Jubel auch vom Walrossgeräuschmacher, sein Prusten klingt genau wie eben. Da öffnet sich schon wieder die Saunatür, Ulf hat sie in der Hand, umrahmt von dem skandinavischen Fruchtbarkeitsgott und seiner beeindruckend hübschen Partnerin. Sie sind plötzlich zurück, nehmen andere in die Arme. Pure Freude wabert von drinnen nach draußen, wieder zurück und noch ein paarmal hin und her.

Und jetzt merke ich: Alle gehören zur gleichen Gang.

„Ihr ward geil, Hammer!" Sagt die eben noch fortschrittskritische Frau. Und dann klärt sich in der kreischigen Stimmung auf, warum sich das hier zu einer verbrüdernden Kirmesstimmung entwickelt hat: Es sind Kollegen einer Firma für Softwarefrickelei, sie haben für eine Bühneneinlage zum Betriebsjubiläum geübt. Eine Überraschung als Dankeschön für den Chef, der wird begeistert sein.

Hohlkopf der Woche

In this part of the world, things are not what they seem to be.

Überlautes Meckergetöse empfängt mich im Wellness-Bereich. Helle Kreischtöne, die einer Säge, Stimmen so röhrig wie ejakulierende Hirsche. Warum beharken sich die Leute so aufgebracht? Das lässt sich aus dem Getöse nicht heraushören.

Immerhin, während ich mich dusche, verliert das Gezeter langsam seine Lautstärke, weil gleich mehrere Leute hintereinander den heißen Saunaraum verlassen. Hat etwas von einer nackten Polonaise.

„Zoff gehabt?"

Die Frage hätte ich mir beim Eintreten natürlich sparen können. Ich ernte Schweigen, niemand möchte sich äußern, lediglich ein paar mir zugewandte Blicke ohne erkennbare Botschaft. Haben sich alle ausgepowert oder gegenseitig zum Schweigen verpflichtet?

Oft finden sie nicht statt, außergewöhnlich sind aufgebrachte Szenen inmitten schweißverdorbener Luft jedoch nicht. Wenn sie entstehen, sind oft besserwisserische Bemerkungen der Auslöser. Sie beginnen zunächst unverfänglich und verlaufen sich dann wieder oder münden in gegenseitigen Peinlichkeiten. Diskussion wird zur Provokation. Mitunter wollen sie sich auch einfach nur missverstehen, obwohl ihre Standpunkte nur Millimeter voneinander entfernt sind. Langjährige Ehen kennen das.

Eine andere Variante von entzündbarem Dynamit: unterschiedliche intellektuelle Levels. Während die einen elegant artikulieren, kontern die anderen mit Reizworten, ihren Augen ist der ausgestreckte Mittelfinger abzulesen.

An guten Tagen liebe ich solche Kontroversen. Wegen ihres emotionalen Unterhaltungswerts, aber auch weil sie so herrlich entblößend sind und viel über die Persönlichkeiten der Streitenden erzählen. Wenn es dann eskaliert, wird zum intellektuellen Räumungsverkauf geläutet: Alles muss raus, bis zum letzten Gedankendreck.

Zu dem, was hier eben vorgefallen war, bekomme ich weiter keine Antwort. Ich versuche nachzubohren.

„Jetzt wenigstens wieder Sonnenschein?"

Nur einer reagiert, sein Kopf nickt.

„Wodurch ist das denn hier so aufgeheizt worden?"

Wieder erst mal Stille, bis ein erstes Statement kommt.

„Was gutes Verhalten und was ein zu verachtendes Verhalten ist."

Eine hellblonde Frau wird vorsichtig gesprächig. Frisur auf Opernbesuch gestylt, viel roter Nagellack, sie kann aus einem üppigen Beauty-Budget schöpfen.

„Der Dicke mit den Haaren auf dem Rücken, der da draußen."

Sie zeigt auf einen Mann unter der Dusche, ihren persönlichen Übeltäter. Er hätte von einem Traum in der letzten Nacht erzählt, den Hund seines Sohnes drei Jahre lang in einer Kühltruhe eingefroren zu haben, ihm wären Hunde zuwider. Erst beim Auszug des Sohnes den Hund wieder aufgetaut, er hätte anschließend wieder ganz normal funktioniert. Wäre ein lustiger Traum gewesen, der Mann hätte dazu grässlich gelacht.

„Für Träume kann man nichts, doch sich auf diese Weise über Lebewesen lustig zu machen, das ist nicht nur völlig geschmacklos, das ist sogar widerlich."

Erneut kollektives Schweigen, einige beschäftigen sich mit dem rinnenden Schweiß auf ihrem Körper, sonst passiert nichts.

Dann, sehr verzögert, widerspricht ein mittelalter Mann, lustige Frisur mit kahler Mittelspur, nur rechts und links einige wenige Haarbüschel. Wenig Mozart in seiner Seele.

Das wäre nur der vermeintliche, aber nicht der eigentliche Grund gewesen, meint er. „Wäre er nicht gewesen, hätte es einen anderen Grund für Ärger geben können, durch die nervöse Atmosphäre heute.“

Wie kommt er darauf? Durch seine Art des Sprechens beschleicht mich die Vermutung, er suche nur eine Begründung, um sich ins Gespräch zu bringen. Irgendwas hat das Ventil seines Sendungsbewusstseins geöffnet.

Er stammt ursprünglich aus ärmlichen Verhältnissen, hat es trotzdem geschafft zu studieren, also jemand mit guter Bildungsrendite. Ungefragt erzählt er Stichworte zu seiner Biografie, dazu gehört auch der ausdrückliche Hinweis, er sei ein ausgesprochener Soziologie-Laie. Trotzdem möchte er uns Erklärungen zu den Zwistigkeiten in der Sauna geben, keiner widersetzt sich und so haben wir ihn am Hals.

Als erste Begründung nennt er schlicht das Schwitzen. Es wäre das starke Austreiben von Körperflüssigkeit aus allen Poren. Das treibe den Kreislauf hoch, koste Kraft und erzeuge große Nervosität. Und eine um fünfzig Prozent höhere Herzfrequenz, will er gelesen haben. Das bewirke inneren Stress, Menschen mit Erfahrungen in Nachbarschaftsquerelen würden das kennen.

„Die innere Entspannung in der Hitze ist für einige unter uns gar nicht das primäre Ziel des Saunens. Sondern sie wissen um die Eskalationsgefahren und kommen nur hier hin, um nach Aufregern zu suchen und ihre tägliche Portion Bösartigkeiten absetzen zu können.“

Noch während ich versuche, seiner Logik zu folgen, schickt er eine bildhafte Erklärung seiner These nach und macht sie nur noch schlimmer.

„Hitze erzeugt Lust auf Aggression, sie treibt den Puls hoch. Je dicker die Halsadern anschwellen, desto orgastischer das Lusterlebnis. So einfach lässt sich die Wirkungsweise beschreiben."

Einige ungläubige Blicke treffen ihn, machen sich bei ihm mittelschwere Folgen eines Erdbeertraumas bemerkbar? Wenn ich mit viel gutem Willen versuche ihn richtig zu verstehen, will er uns das Saunen als natürlichen Flaschenöffner für den alltäglichen Lebensfrust beschreiben. Aber ich will für diesen Hirnbrei keinen guten Willen aufbringen, viel lieber würde ich jetzt auf der Mondsichel sitzen, alles baumeln lassen und zwischendurch mal den einen Stern etwas am Öhrchen kitzeln bis er lacht.

Aber da ist ja noch seine zweite These. Die hängt mit der Altersstruktur zusammen, zumindest soweit es die Sauna in unserem Sportstudio betrifft und soweit man ihm folgen möchte. Da wären mehrheitlich Menschen, oft schon zuhause mit getrennten Schlafzimmern, sie könnten sich nicht mehr nah spüren und natürlich auch Saunanähe nicht mehr gut aushalten. Bis auf ein paar Zentimeter nah aneinander kuscheln und das auch noch entblößt, würde schnell ein kleines Pulverfass entzünden. Die Situation in der Enge des Straßenverkehrs wäre ähnlich, meint der mittelscheitelige Hobbysoziologe oder Do-it-yourself-Psychologe. Sie würden da irgendwann in einen Kampfmodus kommen und sich gegenseitig anstecken.

„Mittelspurfahrer überhole ich grundsätzlich rechts und gebährde mich kreischend wie eine sizilianische Mafia-Seniorita", soll eine Bekannte zu ihm gesagt haben. Seine Schlussfolgerung:

„Sobald ältere Leute Platzangst kriegen, wird auf Toleranz geschissen. Sie werden grantig und entzünden einen Flächenbrand zwielichtiger Sätze, ihre Lust auf Starrköpfigkeit spielt dabei auch eine Rolle."

Über wen zieht er gerade her, über die Älteren alle? Hallo mein Freund, Unschuld kann ganz schön dreckig sein, besser nicht die Hände darin waschen.

„Den emotionalen Zündstoff entfacht immer nur einer, erst meist leise mit bissigem Halbsatz als kleine Explosionsprobe. Anschließend legt er nach, wird lauter und verbreitet Tretminen. Geht die erste hoch und reißt sie andere mit, dann ist plötzlich ein Feuergefecht da, jeder schießt auf jeden."

Soll uns offenbar sagen: Weder der dickliche rückenbehaarte Nichthundefreund war schuld an der Kontroverse noch die Beauty-Frau. Stattdessen läge es in unser aller Natur, bei Platzangst zu bellen, mit den Zähnen zu fletschen und notfalls zu beißen.

Meinen Interpretationsversuch kaum zu Ende gedacht, entsteht etwas, was der Mann mit der kahlen Mittelspur auf dem Kopf zur Bestätigung seiner Thesen nur zu gerne wahrnimmt. Es geht um ein Handtuch, das jemand bewusst auf der Saunabank liegen gelassen hat. Es soll trocknen, während er sich auf der Liege ausruht. Einige machen das regelmäßig, manchmal begleitet von verärgerten Kommentaren, die Sauna sei kein Trockenraum.

Auch in diesem Fall kommt Kritik, jedoch nicht in die Runde hinein. Nein, jemand verlässt den Schwitzraum, greift dort zum Notruftelefon und beschwert sich bei der Studio-Aufsicht. Drei Minuten später steht ein Mitarbeiter in der Tür, versucht lächelnd zu beruhigen.

„Alle mal tief durchatmen, schaut euch gegenseitig an und denkt an etwas Angenehmes. Schon ist der Ärger weg."

Denkst du, Anfängerfehler!

„Lass dein esoterisches Hokuspokus, mach ihm lieber klar, wie die Verhaltensregeln in der Sauna sind", meckert der Beschwerdeführer, den rechten Zeigefinger auf den vermeintlichen Übeltäter gerichtet. Und der erscheint vor der geöffneten Tür, angelockt durch die Präsenz des Studiomitarbeiters.

„Kinderkram", gibt der nur ein Wort von sich, er macht auf lapidar.

„Von wegen Kinderkram, das ist hier nicht deine Privatsauna", kommt es aggressiv zurück, und noch ein Nachschlag: „Sich blöd darstellen musstest du nie lernen, du bist ein Naturtalent."

Trommelwirbel, der Hohlkopf der Woche ist gefunden.

Ja, es nervt. Erneut und ohne Not Kriegsstimmung wie eben, jetzt unter den Augen eines in Konfliktsituationen überforderten Studiomitarbeiters, der ohne zu schlichten genervt wieder abhaut.

Eine Frau quittiert seine Hilflosigkeit mit kurzen Lachlauten, ihre Stimme klingt künstlich gut gelaunt wie aus der Maggi-Werbung und passt so gar nicht zum Gemüt des Handtuchübeltäters.

„Wie viel Löffel Arroganz mischst du morgens in dein Müsli?" Hämische Frage eines hochtätowierten, bulligen Kerls, auf die nicht der Angesprochene, sondern statt seiner ein rothaariger Mann mit übermäßig wuchernder Schambehaarung reagiert.

„Ahja, jetzt endlich verstehe ich das mit den Charakterhämorrhoiden!"

Nach dieser Verbösserung heißt es nun: jeder gegen jeden. Einer auf der Bank unter mir raunt noch, es sollten sich alle gefälligst etwas im Zaum halten. Doch der neben ihm, optisch selbst bei großer Toleranz eine kleine Naturkatastrophe, sieht sich auch zum Zündeln gemüßigt. Schon einige Momente vorher hatte er eindringlich laute Stoßwehengeräusche mit leeren Augen von sich gegeben. Symptome eines Vaterschocks, einer hatte ihn vorhin deshalb schon gefragt, ob er Kreissaal und Sauna verwechselt habe.

„Was habt ihr geraucht? Bestimmt nichts Legales."

Gerade ging es nur um ein herumliegendes Handtuch, was ist passiert? Mir schwirrt eine Liedzeile von Herbert Grönemeyer durch den Kopf: „Meine Faust will in dein Gesicht." Anders wo hin möchte sie auch gerne.

Nun greift ein Herr Anfang sechzig oben in der sicheren rechten Ecke links ein, er hatte das aggressive Wortgeplänkel die ganze Zeit still beobachtet. Wenn sich alle produzieren dürfen, möchte er auch einen Beitrag leisten, Selbstvermarktung im Hitzeschweiß.

„Wird das hier eine Challenge, wer den Hirnzellen einer Schilf-rose am nächsten kommt?"

Wer es noch nicht weiß: Pflanzen verfügen über keine einzige Hirnzelle. Es sollte auch nur ein provokantes Entree sein.

„Ich meine das ernst. Wir sind immer und überall nur noch da-mit beschäftigt, irgendwie unsere Balance zu behalten. Tausen-de Reizthemen jeden Tag, die roten Ampeln morgens, Handy-terror, knappe Urlaubskasse, mit der Beziehung klappt es gerade nicht so, Frust bei den Fußballergebnissen, Migräne wechselt mit Magenschmerzen. Das macht Time Square im Kopf, schlechte Laune als Ventil."

Dem kann ich tendenziell zustimmen, der Rothaarige weniger, er stichelt in eigener Grammatik.

„Überall, ganz grässlich, alles Weichlinge, tolles Geschäft für Psychopathenbehandler." Und dann noch eine letzte Fiesheit, diesmal gerade formuliert:

„Je zerknitterter ihr morgens aufsteht, desto mehr könnt ihr euch tagsüber entfalten." Selbstbestätigend begrinst er seine Attacke.

Strenger Mundgeruch aus weit geöffneten Lippen ist nicht schlimmer, ich muss raus. Nur eine Bemerkung noch: Meistens lebt es sich in der Sauna wirklich anders als es heute erscheint.

Sorry, Ahmet

Nach der Parkplatzschranke auf den wenigen Metern noch einmal kräftig beschleunigen, hohe Drehzahl beim rückwärtigen Einparken, noch eine kleine Pfütze mitgenommen, abruptes Bremsen, direkt gehen die Türen auf.

Vor mir auf dem Parkplatz ist ein 6er-BMW vorgefahren, tiefergelegte Zuhältervariante, schwarz, martialische Felgen, ein Kumpel auf dem Beifahrersitz. Fahrerseitig steigt ein Mann mit einer Statur aus, die auch ohne überhebliche Gedanken abseits üblicher Idealvorstellungen liegt. Mittelgroß, bärtig, die überflüssigen Kilos vorne werden durch eine eng geschnürte Bauchtasche von ihrem tieferen Absinken abgehalten. Ich glaube, ein Türke.

Was noch mehr auffällt: Auf seinem T-Shirt prangt ein fettes „AHMET BOSS", im Schrifttyp des bekannten Hugo-Labels abgekupfert. Ganz sicher einer der Mogelpackungsmenschen, die einen auf XXL machen, in Wirklichkeit nur ein verzwergtes XS-Format bieten können. Die es aber trotzdem irgendwie schaffen, ihren eigenen Film zu drehen, alle anderen darin Statisten.

In meinem Kopf sind längst Klischees aufgewacht, sie fühlen sich angenehm arrogant an. Wie viele Döner muss jemand verkaufen, um sich so eine fette Karre leisten zu können?

Er wirkt grimmig, einschüchternd, ich sollte auf Distanz bleiben. Die Situation lässt das jedoch nicht zu, da er mir bei unserem gemeinsamen Weg ins Sportstudio freundlich eine Zwischentür aufhält. Entgegen meiner Erwartung. Ich überhole ihn und seinen Kumpel anschließend, beim Eintritt durch eine nächste Tür die umgekehrte Situation: Jetzt halte ich sie tapfer lächelnd für ihn und seinen Begleiter auf, warte dafür sogar einen Moment auf sie, er nickt mit unbeteiligter Miene und sturem Geradeausblick.

Nach meinem Cardio-Training und ein paar zusätzlichen Durchgängen an einigen Kraftgeräten treffe ich beide im Vorraum der Sauna wieder. Sie stehen nebeneinander unter zwei Duschen, als ich aus dem Schwitzraum komme. Ich nehme in kaum messbarer Reaktionszeit sofort wahr, wie er mein ästhetisches Einmaleins gewaltig durcheinander schüttelt. Sowieso der Körpermasse wegen, besonders aber, weil auf der weißen Badehose in dicker Schrift etwas steht, was ich eben schon mal gesehen hatte: „BOSS". Das gesamte großflächige Hinterteil als Werbetafel, vorne genauso.

Mutig oder überheblich? Sein Schwanz der Boss oder Boss ein Arsch? Die bösartigen Interpretationen in mir sind in einem freien Lauf.

Allerdings kommt es sogar noch krasser. Ahmet weist nämlich seinen Kumpel an, ihm etwas zu holen. Ein schnell gesprochenes „Duschgel", dazu eine zackige Kopfbewegung halb nach links, wo ihre Handtücher liegen. Wie selbstverständlich trollt sich sein Kumpel dorthin, kommt zurück mit einer silbergrauen Tube.

Und da steht was drauf?

„BOSS"

Ist Realität erstens nicht manchmal unendlich peinlich und hat Ahmet zweitens etwa einen Lakaien, der ihm das Duschgel auf Kommando bringt? Außen Boss und innen Boss?

Obskur, ich will es nicht glauben und trotzdem: Diese irritierende Vorstellung verdichtet sich in der nächsten Situation noch weiter. Ausgelöst durch einen Mitarbeiter des Fitness-Studios, den irgendjemand wegen Streitereien herbei gerufen hatte. Er stürmt bekleidet in die Dampfsauna, aus der eben schon ein lautes Wortgefecht herausgedrungen war und jetzt noch lauter wird.

„Worum geht's?", fragt der Boss seinen rechts neben ihm duschenden Kumpel, als der Clubmitarbeiter wieder heraustritt. Sein Kumpel verharrt kurz in seinen Einseifbewegungen, dann leitet er die Frage an den Angestellten weiter.

„Worum geht's?"

Er lässt also fragen?

Kein Kommentar des Angestellten, er belässt es bei einem auf die vorherige Situation bezogenen Kopfschütteln und verlässt wortlos den Duschbereich. Nur Sekunden später dann die Antwort: Eine Frau in den Fünfzigern tritt heulend aus der Dampfsauna. Unmittelbar hinter ihr ein zorniger Mittdreißiger, Typ Vollgastier in der S-Kurve einer Rennstrecke. Er zischt ihr einige beleidigende Bemerkungen in den Rücken, erst leiser und dann viele Dezibel lauter. Öffentlich ausgelebter Beziehungsstress, hier immer wieder mal zu beobachten.

Manche im Wellness-Bereich starren sie neugierig an, andere blicken anderswo hin. Oder sie tun verflüchtigt, gar nicht anwesend sein, weil eingeschüchtert oder durchs Fremdschämen. Auch ich möchte nicht in den Zwist einbezogen werden.

Umso überraschender, was bei Ahmet in dem Moment abgeht. Plötzlich zuckt er von der Dusche weg, geht auf das Streitpärchen zu und bringt die Kilos seiner ganzen Körpermasse zwischen ihnen in Stellung, seinen Vorderkörper dem Kerl zugewandt. Eine zierliche ältere Frau springt verängstigt beiseite und kommt ins Stolpern, sie kann einen Sturz durch die herausstreckend helfende Hand einer anderen weiblichen Person gerade noch vermeiden.

Ahmets unmissverständliche, aber unausgesprochene Botschaft: Bleib stehen, jetzt rede ich!

Es wird sofort ein Losblaffen kommen, seine zuckende Bewegung und drohende Körperhaltung sprechen Bände. Erstaunlicherweise entsteht das Gegenteil, Ahmet bleibt ruhig, macht auf lieben Freund. Entspanntheit in seiner Mimik, lächelnde Augen richten sich auf den aufgebrachten Mann.

Wie konnte sich bei ihm plötzlich Sanfttoniges oder gar Empathie reinschleichen?

„Ruhig, wir bleiben jetzt ganz ruhig!", langsam ausgesprochen, nahe dem Sozialarbeitersprech. Ebenso behutsam die Annäherung mit seinem wuchtigen Körper. Er legt beide Hände langsam auf die Schulter seines Gegenübers und lässt eine gewinnende Ausstrahlung ausdrücken, er solle das jetzt einfach zulassen.

„Sei nett zu ihr, bitte."

Er formuliert den Satz in der sprachlichen Melodie eines unbedingten Wunsches, Hollywood hätte diese Szene kaum besser initiieren können. Und es zeigt Wirkung. Erst noch ein kurzer, wirklich sehr schmächtiger Versuch des Aufbegehrens, doch keine Sekunde später beginnen sich ihre Blicke miteinander zu verschnüren.

„Hast recht, ok."

Leicht nickend schiebt der Mann den kolossigen Türken seitlich weg und schreitet mit wachsender Schrittgeschwindigkeit der Frau hinterher. Alle Blicke folgen ihm, Ahmet platziert sich wieder unter der Dusche und lässt das Wasser über seinen Undercut-Haarschnitt prasseln.

Ich bleibe noch für einen Moment angewurzelt, das kurze Erlebnis gerade hat mein Bild von ihm zerrissen und muss ganz neu zusammengeklebt werden. Sorry, Ahmet.

Oder besser: Sorry, Boss?

Gehacktes halb und halb

Es ist einer dieser Tage, die mit schlechter Laune beginnen, die sich dann an einen klammert und nicht mehr abschütteln lässt. Mein Bad-Hair-Day. Eine böse Krake, deren viele Arme das Gemüt traktieren.

Und es ist auch noch einer dieser Tage, an denen zusätzlich die Sauna völlig überfüllt ist. Dicht gedrängtes Herumnackten, alle Menschensorten wie in vollgestopften Linienbussen, abends in den Schlangen vor der Supermarktkasse auch. Wenige interessante Erscheinungen, die man sich merken möchte, bei einigen haben die guten Gene nicht fürs Gesicht gereicht. Jeden Tag andere Menschen, trotzdem bleibt das Gesamtbild immer unspektakulär gleich. Kaum fröhliche Lebensgenießer, es riecht nach angepasster Freundlichkeit, kein Geldadel erkennbar.

„Jeden Tag viel Aldi-Intelligenz", spottete mal eine Frau und bekam Beifall von der gesamten Saunatruppe.

Was ich seit geraumer Zeit jedoch beobachte: Je voller die Sauna, desto friedlicher und stiller die Leute. Heute genauso, die meisten Köpfe baumeln sinnierend nach unten, manche mit geschlossenen Augen, Blickkontakte vermeiden. Die Saunavorschriften in Hotels hätten ihre helle Freude an dieser distanzierten Ruhe.

Unsere verschiedenen Gedanken fließen ungesteuert einfach so vor sich hin, meine widmen sich aus völlig unklarem Grund dem Gehirn von Schimpansen. Es ist zwar nur etwa halb so groß wie das der Menschen, dafür bleiben Affen weitgehend von Alzheimer verschont. Keine Ahnung, was hier wer als besseres Los für sich empfindet: Eine hirnreduzierte Ausgabe eines Menschen zu sein oder lieber ständig zu vergessen, wer man ist.

Hier gibt es im Moment nichts zu vergessen, weil nichts geredet wird.

Doch als wollte jemand meine Analyse des Geräuschpegels direkt mit Füßen treten, entsteht sowas wie eine Gegenbewegung. In einem Schwung sind gleich fünf oder sechs Leute rausgegangen, ein Bäumchen-wechsle-dich, weil Einzelne die Gelegenheit nutzen, sich um und neben den Lieblingsnachbarn zu setzen. Das ist auch gleichzeitig der Startschuss, sich wieder ihrer Sprechorgane zu besinnen. Ruhig war es also nur, als die falschen Personen nicht nebeneinander hockten.

Schlecht für meine Laune, die will lieber über Stille sinnieren.

Den Anfang macht eine Frau, adrett gestylte Frisur und krasser Eyeliner, energetisch aufgeladene Stimme. Formschön statt normschön. Unübersehbar ärgert sie sich über einen Mann, der offenbar eigenes Duftöl mitgebracht und in den Aufgussbehälter gegossen hatte, ohne die anderen vorher nach ihrem Einverständnis zu fragen.

„Das verträgt nicht jeder, Sie sind nicht allein hier.“

Bei seinem Hinausgehen giftet sie ihm hinterher und lässt noch weitere erboste Sätze folgen, obwohl er bereits außerhalb ihrer Reichweite ist. Ich identifiziere ihn als einen Mittfünfziger, Hautfarbe Mehl Typ 405. Einige Momente vorher wäre ihr Vorwurf besser angebracht gewesen, wendet einer zu Recht ein, sie hätte doch beim Eingießen eingreifen können. Kann an fehlendem Mut gelegen haben, in einer vollgestopften Sauna mit eng positionierten nackten Körpern getraut sich niemand spontan zu sprechen, die Erkenntnis von eben.

Jetzt steht er einige Meter entfernt unter der Dusche und schaut uns unbeteiligt mit seinem nackten Hintern an. Die Wut der Frau ebbt nur langsam ab, sie geifert ein wenig weiter, was ihren mit kosmetischer Kunst geschickt überdeckten Falten weniger gut bekommt. Ihr steht in dem Moment auch gar nicht danach, eine gute Figur zu machen, Hauptsache der Druck geht raus.

Nicht nur bei ihr. Ihr aufgeregtes Nachtreten zeigt in der Weise Wirkung, dass sich mit einem Mal zwei Koalitionen bilden, alters- und geschlechterübergreifend, quer durch den Schwitzraum verteilt. Im Lager derer, die mit der Meckerin sympathisieren, wird mit Sozialpflichten argumentiert. Aus Respekt vor den anderen dürfe sich in einer gemeinschaftlichen Sauna nicht jeder selbstbezogen ausleben. Ein Kommentar, der das Verhalten besonders bissig auf den Punkt bringt:

„Sternzeichen Asi, Aszendent Bier.“ Lautes Lachen, war zu erwarten.

Anders auf der Seite des vermeintlichen Stressverursachers, nur vier Personen und damit zahlenmäßig ein paar weniger. Wegen so einer Lappalie müsse man keine wilde Diskussion vom Zaun brechen.

„Riecht besser als heiß gekochter Fußschweiß“, lacht jemand unter ihnen, der dem mehligen Typen auch optisch eine Spur ähnlich sieht.

Ein perfektes Opfer für meine mäßige Laune, die sarkastischen Metaphern in mir beginnen zu sprießen. Aus ihm wird mein Max Durchschnittsmann: bedeutungslose Frisur, Mimik ohne Botschaften, Versicherungsunterlagen alle gut sortiert abgeheftet, viel Kartenunrat im dicken Portemonnaie. Schon seine anbiedernd überbetonte Spaßhaftigkeit macht ihn mir ausgesprochen unsympathisch.

Soll er hier überhaupt sitzen oder kann er weg?

Egal, ich will ihm nicht zu viel Aufmerksamkeit zubilligen, sowieso verschlingt das Sprechgewirr zunehmend meine Aufmerksamkeit.

Die beiden Lager blöken inzwischen in schnellerem Wechsel gegenseitig herum, einige adipöse Tonlagen durchdreschen den Raum, die Leute aus der Pro-Frau-Koalition sind besonders aktiv. Eifrig listen sie kritikwürdige Egoismusgeschichtchen auf, alle eigentlich schon mal gehört, halt übliches Streitniveau. Vor allem am Hang zur Selbstverwirklichung als die nette Schwester der Selbstverliebtheit arbeiten sie sich ab.

Selbstverliebtheit, was für ein hässliches Wort.

Die Menschen würden sich mit einem anderen Etikett tarnen, indem sie der Selbstverwirklichung den Namen individuelle Entfaltung geben. Das klingt tatsächlich aufgeklärt, anderen voraus zu sein und alles andere als sozialunfähig. Aber Tarnung bleibe Tarnung, klarer Standpunkt der sich spontan zusammengerauften Protestler–Community. Laute Wortmeldung der adretten Frau:

„Gibt's einen Unterschied zwischen Selbstverwirklichung und Selbstbefriedigung? Nein, kein bisschen, beides soll irgendeine eigene Lust erfüllen, mehr nicht. Nur kann mir jemand sagen, weshalb man die Onanie der Selbstverwirklicher als gesellschaftlich wertvoll feiern soll?“

Einer anderer mit einer Kardinalfrage, diese bedeutsame Bezeichnung gibt er ihr auch:

„Wir müssen die Kardinalfrage beantworten, ob wir eine Herde voller Ich-Figuren sein wollen, die schonungslos niedertrampelt, was beim Sturm nach eigenem Erfüllungsglück nicht mithalten kann?“ Der Mann mit zerknitterter Gesichtshaut entfaltet sich.

„Soll das Ich über allem stehen?“ Er dirigiert mit beiden Zeigefingern als Taktstock seine Sprachmelodie.

Für übliche Saunaverhältnisse eine verdammt tiefsinnige Frage, daran sind schon viele Philosophen und noch mehr abendliche

Volkshochschulkurse gescheitert. Ein neuer Versuch ist's trotzdem wert, seine direkte Sitznachbarin möchte eine Ergänzung geben.

„Außerdem gibt es noch die Sozialkämpfer in selbstgestrickten Pullis, die ihr Selbstlosigkeitsethos auf Brot schmieren und ihre Sprache mit einem bunten Schmuck an sozialem Vokabular verzieren.“

Ihr Blick lässt ihn fragen, ob sie damit seine Aussage treffend ausgedrückt habe. Noch bevor er sein zustimmendes Nicken beendet hat, setzt sie fort:

„In Wirklichkeit ist das nur eine sozial wohlklingende Methode, sich von allen Pflichten anderen gegenüber freizuhalten.“

Das wurde eben schon mal gesagt, trotzdem tut die Wiederholung meiner bräsigen Laune ein bisschen gut. Mehr davon, dann habe ich Hoffnung für mich. Und als wären meine Gedanken lesbar, schlägt einer mit sehr akzentuiertem Geräusch seine Hände zusammen. Er ist auf ihrer Seite.

„Kinder können noch keinen Namen ihrer Freunde schreiben, da werden sie bereits putzige Weltmeister im Habenwollen. Angesteckt von Mamas Konsumgenen, so sieht es doch aus!“ Bestimmt meint er mit Mama auch gleichzeitig oder zumindest größtenteils den Papa, unterstelle ich ihm.

„Verstehe ich nicht, was hat Konsum jetzt mit dem Aufguss zu tun?“ Die Nachfrage liegt jemandem am Herzen, der sich sehr über den parfümierten Saunaduft gefreut hatte. Der Durchschnittsmann möchte die Zusammenhänge erklärt bekommen, und ja, Durchschnittsmännern sollte man die Dinge in kleinen lustigen Bildern erklären.

Der angesprochene Konsumkritiker mit durchgängig fröhlich erscheinendem Gesicht, dem übrigens lange Haarbüschel lustig aus der Nase wachsen, freut sich über die Nachfrage. Seinem Sendungsbewusstsein gefällt es.

„Ganz einfach, wenn du dir die Zusammenhänge vor Augen führst: Konsum beißt Herz, gebissenes Herz vergisst andere um sich herum. Das zeigt sich wie beim Aufguss erlebt in vielen Lebensmomenten."

Seiner Gleichung gibt er nach winziger Gedankenpause noch einen weiteren Farbtupfer: „Im Konsumverzicht steckt die Chance auf einen höheren Wohlstand im Menschsein. Aber diesen Blick können Ärmere viel leichter entwickeln als die mit dickem Bankkonto, nur fehlt es denen an gesellschaftlichem Einfluss."

Mein Votum wäre ihm sicher gewesen, hätte er auf den Nachsatz mit dem Sozi-Klischee verzichtet. Sattsam bekannte Geschichte von den gefühlsarmen Vielverdienern und den sozial disponierten Wenigverdienern. Schublade auf, Schublade zu, jetzt nerven mich sogar sein Nasenhaare.

Jetzt geht's meiner Laune wieder schlechter, zumal er ein neuerlich lautes Durcheinander provoziert hat. Zustimmung und Widerspruch schlagen aufeinander ein, auch emotional inkontinente Sätze gehören dazu. Bis jemand mit einer disziplinarischen Bemerkung kräftig durchrüttelt.

„Denken Sie nicht, hier würden Kameras laufen und alle müssten sich produzieren. Das ist eine Sauna, ich will endlich Ruhe!"

Und noch einmal unmissverständlich autoritär, sowas wie bürgerliche Schule klingt durch:

„Sauna ist Ruheraum!"

Bitteschön, man spurt. Zumindest für zwei, drei Minuten herrscht weitgehend Stille, nur hier und dort angeregtes Tuscheln.

Ich hänge gedanklich am konsumkritischen Beifallklatscher fest und studiere sein Aussehen. Ovale Gesichtsform, Zuvielgewicht in der Bauchgegend, optische Erscheinung des Oberkörpers ähnlich einer umgedrehten Glühbirne, ich grinse über dieses Bild in meinem Kopf. „Dick macht doof", titelte vor einiger Zeit ein Online-Medium. Leipziger Forscher waren zu der beunruhigenden Erkenntnis gelangt, Übergewicht würde das Gehirn schrumpfen lassen. Die gehässigen Gedanken tun meiner Laune gut, das hat er nun davon.

Das eigentliche Thema ruft sich schnell wieder in Erinnerung. Besonders von der adrett gestylten Frau angetrieben, die den Meinungsstreit angezettelt hatte. Sie hat offenbar neue Empörungskräfte in sich gefunden, so wie ich ihren Gesichtsausdruck gerade wahrnehme, könnte sie gleich zu einer Gruselfigur mutieren. Aus dem Nichts heraus, denn eigentlich hatte sie in der Diskussion zuletzt gar nicht mehr stattgefunden.

„Egoismus ist mehr als nur charakterlich verwerflich, Egoismus gehört bestraft." Sie lässt ihre Augen über verschiedene Köpfe hinweg streifen, bevor sie weiterspricht.

„Wenn Beleidigung strafbar ist, muss man egoistisches Tun genauso zu einem Straftatbestand machen. Falschparken kostet mich zehn Euro, aber selbst totale Egoismusprofis zahlen rein gar nichts."

Habe ich das richtig verstanden? Sie will unser Rechtssystem auf links drehen und ruft nach der Moralpolizei, weil jemand ungefragt einen kleinen Aufguss gemacht hatte? Eben waren mir ihre Positionen noch sympathisch, jetzt wirkt sie langsam gefährlich.

Ihr rechter Nachbar geht genauso auf die Barrikaden. Durch eine halbe Schulterdrehung nimmt er Augenkontakt mit ihr auf, starrt ihr seine empörten Gedanken ins Gesicht.

„Bist du irre geworden?" Sein Adrenalin gerät außer Kontrolle.

„Dann willst du wohl als nächstes einen Bußgeldkatalog für Leute, die sich vegan verweigern, lieber eine Hauskatze statt Kinder haben, beim Sex Geräusche verursachen und so weiter. Willst du das, Mogie!?“

Ihren Namen spricht er endlos langgezogen aus. Sie kennen sich also schon näher, und wir kennen jetzt auch ihren Namen.

„Du versprühst Gift, Mogie, stell das Schleuderprogramm im m Kopf ab!“ Er stupst sie empört am Oberarm.

„Du verläufst dich, du willst moralischer als alle anderen von uns sein. Mit deiner Charakterjagd bist auf dem Irrweg.“

Das wirkt alles andere als beruhigend, sie fährt ihre Krallen wieder aus. Bei der Gelegenheit erfahren wir jetzt auch seinen Namen.

„Und ist das kein Gift, was du versprühst?“, japst sie. Ich glaube zu sehen, dass ihre Augen feucht werden.

„Wo ist dein Rückgrat, Martin? Du feierst die Falschen!“

Sie keilt mit dem gleichen Kaliber wie er vorher zurück, ideale Voraussetzungen für eine weitere Eskalation. Das befürchtet auch der glühbirnenähnliche Konsumkritiker, figürlich ein gelebter Widerspruch, weshalb er über einen zotigen Witz versucht, die Angriffslust der beiden auszutrocknen. Funktioniert allerdings nur insoweit, dass sie erst mal nichts mehr sagen. Sie schnieft stattdessen ein wenig selbstbemitleidend, er blickt aufgewühlt geradeaus.

Dafür reagiert ein Mann, geschätzt Anfang fünfzig, hochgewachsen und mit dem auffälligen Merkmal einer sichtbaren Kalorienabneigung. Er will die ganze Angelegenheit noch einmal neu sortieren, lenkt unsere Gedanken zurück.

„Wir waren eben bei diesem Gegensatz von individueller Selbstverwirklichung, worin manche tiefe egoistische Züge sehen. Dem stehen die sozialen Pflichten gegenüber, die andere als Beschneidung ihrer persönlichen Entfaltung empfinden. Ist das richtig?"

Richtig. Vielleicht hilft es uns, alles noch einmal von den emotionalen Nebelkerzen zu befreien. Nur leider hört ihm niemand richtig zu oder es will sich keiner auf ein Vermittlungsangebot einlassen.

Ganz besonders Mogie mit ihrer hervorstechend wilden Augenkosmetik spielt dagegen. Eben noch in Schocktränen, jetzt rebelliert sie wieder. Schon mit noch angezogener Handbremse, aber ihre hochgezogene Stirn verrät uns: „Notfalls kann ich sofort wieder anders!"

Sie präsentiert als neuen Verursacher hemmungsloser Konsumlust das Profitstreben der Unternehmen. Die würden in ihrem Werbesprech eine super Glückserfüllung durch individuell geprägtes Leben suggerieren.

„Sie schalten das Belohnungssystem in den Hirnen an und machen Individualität zu einer Suchtdroge."

Damit schickt Mogie alle jene, die nicht auf ihrer Seite stehen oder die zwar grundsätzlich mit ihrer Meinung sympathisieren, aber ihre Verbissenheit kritikwürdig finden, auf einen neuen Emotionsslalom. Aber plötzlich glaube ich zu erkennen, dass ich einem falschen Schein aufgesessen war. Anfangs erschien es mir, sie würde uns ein bisschen Secondhand-Moral verkaufen wollen. Ein paar abgetragene Meinungsfetzen, die schon mehrfach den Besitzer gewechselt haben, denen schon länger die Frische abhandengekommen ist. Doch ich bin mit meiner Einschätzung wohl etwas vorschnell gewesen, sie wäre tatsächlich wohl gerne ein supermodernes technisches Gerät, das anderen falsche Positionen aus den Köpfen saugt.

„Die Gier nach Selbstverwirklichung dreht uns die sozialen Gefühle ab, wir fressen uns selbst." Sie sitzt mit ihren gekünstelten Körperbewegungen und einigen affektierten Gesten während ihrer Worte wie eine Sauna-Diva da.

Ob beabsichtigt oder nicht, einer aus der Koalition der Individualitätsverfechter fühlt sich angefixt. Er kramt energische Worte hervor, mit denen er den Gedanken der sozial verpflichtenden Rundumversorgung für alle als großes gesellschaftliches Missverständnis bemeckert.

„Die Schnürsenkel selbst zubinden wollen, anstatt von anderen zu verlangen, dass sie für dich den Buckel krumm machen sollen."

„Ob dazu auch Weggucken gehört?" Der Konsumkritiker mit dem großen Plus auf der Waage fragt das, er ist aus seinem Kommunikationsschlaf zurück.

Mogie müsste angesichts dieser ironischen Nachfrage wild jubeln, sie bleibt komischerweise ganz ruhig. Nur ihre Augen zucken nervös, als wüsste sie, dass ein nächster Angriff wartet.

Richtig, die Attacke kommt von einem älteren Herrn. Er bewegt schon längere Zeit seine Lippen, als würde er fortwährend in sich hineinsprechen. Als innerliches Warm-up, um für den richtigen Moment sofort bereit zu sein.

„Sie bauen sich mit Ihren provozierenden Betrachtungen eine übermoralische Position auf, die selbstgerecht einen ausgezeichneten sozialen Habitus vorgaukeln soll. Ihnen fehlt nur noch ein Krönchen auf dem Haupt."

Er haut Mogie seine tiefe Empörung um die Ohren.

„Was ich immer mehr registriere, ist eine ethische Meinungsdiktatur einiger weniger. Sie stellen sich selbst aufs Podest, um auf die Bösen um sie herum herabzublicken. So eine sind Sie."

Seine Stimme wird immer erregter, zittriger. Er gibt sich herablassend, obwohl er genau das gerade bei Mogie kritisierte.

„Meine gut gemeinte Empfehlung wäre, dass Sie mal über Ihren selbst geklöppelten Tellerrand hinausblicken. Aber Vorsicht, seien Sie auf das Schlimmste vorbereitet, Sie erleben dann plötzlich so eigenartige Sachen wie Meinungsvielfalt."

Solche sinnkomprimierten Gedanken sind endgültig zu schwere Kost für eine Sauna, der automatische Aufguss plätschert lustlos vor sich hin. Auch meine weiterhin angespannte Laune winkt ab, ich möchte eigentlich nur noch gedankenlos in mich versinken.

Ausgerechnet Mogie scheint mich aus meinem Dilemma befreien zu wollen. Offenbar von ihrem Polarisierungsritt abgestiegen, will sie es jetzt überraschenderweise mit einem Kompromissvorschlag versuchen. Möglich, dass sie darauf aus ist, wenigstens einen Teilerfolg verbuchen zu können.

„Lassen wir uns doch wenigstens darauf einigen, dass die Balance zwischen eigener Selbstverwirklichung und der Pflicht anderen gegenüber stimmen muss." Ihre Äußerung hat die Tonlage einer Frage.

Klingt aus Sicht meiner Laune nach dem Wunsch, darüber abstimmen zu lassen. Aber keine Reaktion, nicht einmal mit den Augen.

Dann doch noch, eine bisher unscheinbare Beobachterin beschreibt Mogies Friedensangebot auf mütterliche Weise.

„Gute Frikadellen brauchen Gehacktes halb und halb." Sie will die Familie zusammenhalten und hat Sozialethik einfach mal so durch den Fleischwolf gedreht. Immerhin, in ihren Brätlingen sind alle ganz nah beieinander.

Zwischen Beziehungsknast und Sauna-Asyl

Er keucht leise vor sich hin, starr herunterblickend, den Kopf immer wieder schnell rechts und links bewegend. Etwa siebzig Jahre alt dürfte der Mann sein, also Rentner, mit leicht ovaler Hüfte, ein häufig anzutreffender Saunagast.

Aus früheren Gesprächen habe ich mitbekommen, dass er aus einem westlichen Stadtteil kommt und immer mindestens eine halbe Stunde Fahrzeit zum Sportstudio benötigt. Dichter Verkehr, viele Ampeln, dass diese Strecke sein Gemüt strapaziere, entweder auf dem Hinweg oder bei der Rückfahrt, Glück mit dem Verkehr habe er nie. Doch in seiner direkten Nähe fehle ein Sportstudio mit Sauna, sowieso zahle er den Mitgliedsbeitrag hauptsächlich wegen der Sauna und eigentlich mache ihm die Entfernung dann doch nichts aus.

„Ich als automobiler Mensch bin keine Katze, die nur einen kleinen Radius um das Reihenhaus braucht.“

Irgendwann lassen mich die Stöhngeräusche und sein dezentes, aber fortwährendes Kopfschütteln fragen, ob mit ihm alles in Ordnung sei.

„Die Hitze!“, sticht es aus ihm nur kurz heraus, er starrt dabei weiterhin nach unten.

Bitteschön?

„Warum sitzt du in der Sauna, wenn du es kühl haben willst?“, entgegne ich ihm. Wundert er sich auch über Alkohol in der Whisky-Flasche?

Das war es auch schon an Kommunikation für die nächsten Minuten, jeder auf sich konzentriert. Dann scheint er einen im Kopf wohl strapazierenden Gedanken herauslassen zu müssen, er formuliert ihn im introvertierten Klang seiner Stimme.

„Ich muss abnehmen!"

Er richtet seinen Oberkörper auf, blickt mir nun erstmals ins Gesicht und kämmt mit beiden Händen gleichzeitig seine Haare nach hinten.

„Ich schwitze mir das Hirn aus dem Schädel, aber verdammt noch mal, nichts passiert. Jedes Gramm runter musst du dir erkämpfen."

Dann deutlicher, aber noch mit gebändigtem Zorn in seiner Mimik.

„Wenn die Waage zwischendurch mal einen guten Tag hat und dir einen Gefallen tun will, zeigt sie weniger an, nur wirke ich dann direkt eingefallen, faltiger. Dürrer und älter."

Nun gut, er scheint ungefähr siebzig zu sein, denke ich mir. Was soll man sich da noch groß mit Eitelkeiten herumschlagen? Natürlich gibt's keine Babyhaut für Senioren, ja natürlich könnte ein kleiner Anti-Aging-Push nicht schaden. Um die Augen herum, seine Wangen hängen laff herunter, runzliger Hals, dazu ein leichter Rettungsring um die Hüfte und den Bauch. Halt altersüblich mit typischem Männerbusen. Längst nicht so ausgeprägt wie bei manch anderen, deren Brustgewebe den Frauen Konkurrenz machen könnte.

Wie wär's mit einem Testosteronboosting-Kurs, wenn ihn das stört, grinse ich in mich hinein. Könnte helfen, der Testosteronspiegel sinkt ja beim Älterwerden, wodurch das Fettgewebe stärker wächst. Und dann produzieren Männerbrüste und Bauchfett während des Schlafs auch noch fleißig weibliche Hormone, das nur am Rande.

„Willst du bei Frauen nochmal was reißen?“

Unpassende Frage, ich spüre direkt, dass sie gerade so gar nicht zu seinem Leidensgefühl passt.

„Oder einfach nur zufrieden sein, wenn du in den Spiegel schaust?“, schiebe ich nach, um meiner Äußerung noch schnell ein humoristisches Flair zu verleihen.

Er scheint zu überlegen, so lange, dass bei mir das Gefühl entsteht, er wolle gar nicht reagieren. Bis es plötzlich mit einem bitterlichen Unterton beginnt, aus ihm heraus zu brodeln. Untermalt von sehr beteiligt wirkenden Körperbewegungen.

„Fünfundvierzig Jahre bin ich verheiratet, bist du erst mal so alt, kannst du zusehen, wie du dich mit jedem Tag mehr verlierst, weil du dein Aussehen verlierst. Irgendwann hast du ein Gräuel davor, dich im Spiegel zu sehen. Es geht nur noch um einen letzten Rest an Gefallen an sich selbst.“

Der zwischenzeitlich hochgerichtete Blick wendet sich wieder nach unten, sein Körper sinkt ein Stück in sich zusammen.

Er hat die Liebe zu sich selbst verloren, doch die Überbetonung seiner körperlichen Erscheinung wirkt falsch auf mich. Sicherlich eine Facette seines Altersfrusts, aber längst nicht die einzige. Ich versuche etwas Farbe in die momentane Stimmung zu bringen.

Was denn seine Frau dazu sage, sie würde doch bestimmt noch Gefallen an ihm finden, schließlich durchlebe sie das Älterwerden genauso wie er. Reichlich spekuliert, positiv gemeint. Mir fehlt gerade ein bisschen das Gefühl für eine angemessene Ansprache, ich lege deshalb ein schüchternes Grinsen in meine Stimme.

Er streckt seinen Oberkörper hoch, gleich wie eben, als würde er diese Körperhaltung immer einnehmen, wenn er etwas

Wichtiges zu sagen hat. Aber auf Distanz, leere Augen auf mich gerichtet, ich bin nicht gemeint, er stellt seinen Blick einfach nur in den Raum.

„Die schaut mich doch schon seit Jahren nicht mehr an." Seine Schultern zucken resignierend hoch. „Die putzt immer nur!"

Ihr Haus wäre nach dem Auszug der Kinder schon lange viel zu groß, nur verweigere sie sich leider dem Gedanken, es gegen ein kleineres Domizil mit weniger Pflegeaufwand zu tauschen.

„Das glaubst du nicht, dass sich bei einem Menschen der ganze Lebenssinn nur darum drehen kann, den Staubdetektiv zu spielen, zu bügeln, Gardinen ab- und aufzuhängen und trotzdem nicht müde zu werden, sich fortwährend über den Schmutz aufzuregen."

Starre Züge in seinem Gesicht, er ist gerade ein Hänsel ohne Gretel.

„Das glaubst du nicht, das glaubst du nicht", wiederholt er sich kopfschüttelnd. Er stemmt beide Hände in die Hüften, die Haltung soll die Unverschämtheit ausdrücken, der er sich ausgesetzt fühlt.

„Auch über meine Geräuschkulisse giftet sie herum, mein Husten, ich atme ihr zu laut, meine Lebensgeräusche erzeugen Streit." Am meisten jedoch, dass er zu oft das Weite suche.

„Sobald es was zu tun gibt, bist du weg!" So offenbar regelmäßig der launische Originalton seiner Gattin, Beziehungskonfrontation.

Aber was gäbe es da noch zu tun, fragt er. „Nichts. Ich lebe in einer Leere." Die Zeit des seelischen Kuschelns liegt lange zurück.

Er wird gesprächiger, mehrere Sätze auf einmal, er gibt nähere Einblicke in sein Leben. Nicht anders wäre es auch seinem Vater ergangen.

„Jeder Tag ein Kampf gegen die Eintönigkeit für ihn, nachdem meine Mutter früh gestorben war. Einundzwanzig Jahre lang. Der Zeitablauf von morgens bis abends funktionierte, halt ohne Sonnenschein, ohne Heißhunger auf neues Leben, ohne Gespräche. Reden nur noch beim Arzt oder wenn ein Nachbar das Putzgeld für den Hausflur einsammelte."

Er hält kurz inne, seine Augen sind feucht.

„Zwei Jahrzehnte sinnlos verloren, wie schön hätten sie sein können."

Mir fällt nichts anderes ein, als ihm nickend und mit dem, was meine Augen vermitteln können, Mitgefühl auszudrücken. Er reagiert immun darauf, kein noch so winziger Gesichtsmuskel bewegt sich.

„Wenigstens hat mein Vater nicht in einem Beziehungsgefängnis gelebt, der große Pluspunkt in seinem Restleben." Er betont das viele Gedanken aufreißende Wort vom Gefängnis nicht, wie man es erwarten könnte, es rutscht im gleichen traurigen Klang des restlichen Satzes durch.

„Die Leere, verbunden mit Freiheit, wenigstens im Kopf, macht es nicht ganz so trostlos wie Leere hinter ständig verschlossenen Türen."

Er hält einige Gedankengänge lang inne, versucht aus seinem Kopf Gedanken herauszufiltern, ich weiß auch gerade nichts Aufmunterndes von mir zu geben.

„Wie gerne würde ich mein Leben noch mal in einen richtigen Vollwaschgang stecken und komplett durchspülen, das Waschprogramm funktioniert nur leider nicht mehr."

„Und reparieren lässt sich nichts mehr?", frage ich, bleibe indirekt in seinem Bild.

Schwungartig reckt sich sein Kopf hoch, er bleibt für ein paar Überlegungssekunden wortlos, dann ein ultimatives, überbetont herausgepresstes:

„Nein!"

Die kurze Verzögerung seiner Antwort diente wohl einer letzten inneren Vergewisserung, ob es bei der Entscheidung bleibt, die er möglicherweise bereits getroffen hat. Er bleibt dabei.

„Schluss mit dem Gefängnis zu Hause und nur völliges Grau vor mir zu sehen. Schluss mit der Zecke, die mich bis zum letzten Tropfen leersaugt." Seine Gefühle bewegen sich auf Hass zu.

„Auch Schluss mit deiner ständigen Flucht ins Sauna-Asyl?"

Süffisantes Schmunzeln.

„Das heißt die Reißleine ziehen? Aufhübschen für die Datingportale?"

„Vielleicht." Das klingt weniger nichtssagend als dieses Wort eigentlich von sich gibt.

„Deshalb willst du Pfunde abschwitzen?"

Schüchternes Augenspiel, so sehen Gesichter pubertärer Jungs aus, die sich auf ihr erstes Date freuen und dafür extra neue Unterhosen gekauft haben. Er habe eine Affäre gehabt, mit einer Frau Anfang sechzig, aber nur kurz, er sei ihr nicht sportlich genug gewesen.

So verstehe ich die Idee der Abschwitzerei, und sie ist trotzdem falsch. Weil weniger Fettgewebe hinter der Haut den Körper schlaffer erscheinen lässt, also genau das Gegenteil erreicht wird. Schlanker, aber faltiger. Ich schildere ihm meine Bedenken, seine Antwort fällt erwartungsgemäß aus.

„Weißt du was Besseres? Der Körper gibt nichts mehr her, rein
gar nichts. Der kann noch gehen, sitzen, liegen, mehr nicht, du
verzweifelst daran, wie er dich im Stich lässt und die anderen sehen dir an, dass dein Körper dich nicht mehr will."

Nein, natürlich habe ich keine Kurzanleitung für rehhüpfende
Vitalität mit siebzig, ich versuche es anders:

„Etwas kannst du immer tun, nämlich Fröhlichkeit ins Gesicht
bringen. Die gibt dir Glanz, die macht dich sympathisch, sie
macht dich zu einem Freund."

Wäre ihm nach Fröhlichkeit zumute, würde er sowieso ganz andere Dinge machen als hier zu sitzen, weicht er aus. Und überhaupt, an schlau klingenden Ratschlägen hätte er keinen Mangel. Ich sage trotzdem, was ich sagen möchte.

„Du brauchst Zuversicht und keine Waage."

Seine Augenlider springen nur kurz hoch, er will nicht darüber
diskutieren. Ich aber, ob eine Affäre überhaupt seine Beziehungs-
misere lösen würde. Mehr als noch mal etwas wagen könne er
nicht, antwortet er, auch wenn er kaum noch Hoffnung spüre.

„Besser alles nimmt ein Ende." Düstere Drohung gegen sich selbst.

In den folgenden Wochen sehen wir uns ab und zu, immer nur
ein fremdliches Grüßen. Vielleicht hatte es ihn rückblickend
gestört, seinen Schutzpanzer vor mir abgelegt und mich in seine Altersnöte eingeweiht zu haben. Distanz soll das reparieren.

Bis er irgendwann, vier bis fünf Monate nach unserem Gespräch,
mit einer Krücke in das Fitness-Studio kam. In mühsam koor-
dinierten Bewegungen, die Gehhilfe als Fremdkörper, nur ohne
sie scheint es nicht mehr zu gehen. Wir treffen uns direkt hinter
dem Eingang, ich denke: Auch das noch, und frage nach dem

Grund. Beide Schultern ziehen sich seitlich hoch, sein Kopf dreht sich gleichzeitig etwas weg. In seiner Körpersprache heißt dies: keine Ahnung. Aber natürlich weiß er es.

„Schlaganfall, links Lähmungen." Das Sprechen fällt ihm noch schwerer als das Gehen, seine Worte lallen wellenartig heraus. Ich nehme ihn kurz in die Arme, sage ihm, wie leid es mir für ihn tut, er möge stark bleiben. Was man bei Mitleid so sagt. Seine Augen nicken, für einen Moment hält er mich mit krampfenden Armen fest und sackt dann in sich zusammen, dass ich ihn unter den Schultern hochhalten muss. Seine Gehhilfe gibt ihm wieder Halt.

„Besser nimmt alles ein Ende." Genau diesen grammatikalisch unbeholfenen Satz hatte er vor ein paar Monaten gesagt, jetzt bekommt er ein konkreteres Gesicht.

„Aber auf die Sauna möchtest du noch nicht verzichten?" Die Frage bekommt von mir einen leicht spaßigen Unterton, keine Antwort, seine Augen verlieren sich gerade suchend im Foyer.

„Meine Frau." Er deutet auf eine ältere Dame mit einem Tablett in der Hand, die nach Sitzplätzen sucht. Sie in seinem Asyl. Etwas untersetzt, unauffällig frisiert und gekleidet, ihr Gesicht bemüht sich um Freundlichkeit. Seines auch.

„Wir trinken immer erst zusammen einen Kaffee, sie wartet dann, bis ich mit der Sauna fertig bin." Eine indirekte Dankeserklärung, ausgesprochen als Lückentext, denn so lange Sätze machen ihn noch schwerer verständlich, zumal sein heftiges Atmen dabei zusätzlich viele Töne verschluckt.

„Sie begleitet dich immer hierhin?" Sein Kopf geht mehrmals leicht auf und ab, während er in mühevollen Schritten auf seine Frau zusteuert. Sie hilft ihm beim Hinsetzen, indem sie sich hinter den Stuhl stellt und ihn unter beiden Achseln greift, damit er sich nicht ruckartig mit dem Hintern auf die Sitzfläche senkt. Ihn so zu unterstützen strengt sie körperlich sichtbar an, Fürsorge kostet Kraft.

„Gut so?“ Die Anstrengung in ihren Gesichtszügen ist wieder einem freundlichen Ausdruck gewichen, sie streichelt ihm mit ein paar Handbewegungen mütterlich über die rechte Schulter. Und er macht das, was er inzwischen vermutlich am besten kann: Er nickt.

Veganerin erlegt Jäger

Völliger Preisverfall, deswegen rennen ihm alle mit Bestellungen hinterher. Es geht um Wildschweine. Deren Population soll wegen der Gefahren durch die afrikanische Schweinepest bewusst begrenzt werden, weshalb nun alles, was einen Jagdschein hat, ehrgeizig auf der Lauer liegt.

„Macht Spaß", äußert der Mann mit selbstbefriedigendem Ausdruck in seinem Bartgesicht, öffnende Handbewegungen zur Begleitung. Ein paar Hunderttausend soll es von ihnen hierzulande geben, ihr Verband hat sogar ein Label als Naturschützer. Mit solch einem Selbstverständnis lässt sich gut leben, deshalb lässt sich auf seinem Kopf auch gut ein Hut mit kleiner Feder und anderem Jägerfirlefanz vorstellen. Angler tragen auch oft eine Kappe, ebenfalls anerkannte Akteure, die der Natur angeblich Gutes tun. Nicht indem sie hungrigen Fischen listig Futter hinhalten, damit sie sich an spitzen Haken verschlucken, sondern trotzdem.

Dem das Spaß macht, registriere ich seit einiger Zeit häufiger in der Sauna. Ich wusste von ihm bisher nur, dass er irgendwo aus der Moselgegend stammt, regelmäßig an Volkstriathlons teilnimmt, wegen einer Umschulung jetzt längere Zeit im Rheinland ist, in der Woche bei Kumpels aus seiner Jäger-Community wohnt, mit einer Kita-Erzieherin zusammenlebt, sie haben ein Kind.

Und seine Macho-Attitüden sind mir aufgefallen. Freundinnenrunden beschreibt er als „Haufen überdrehter Mädels", die ständig und vor allem zu aufgedrehten Themen „kreischen", die mit seiner richtigen Welt wenig zu tun hätten. Er formuliert nicht, sie würden „sprechen" oder „miteinander" reden, sondern er sagt lieber „kreischen" oder „brabbeln" dazu. Eine ebenso gern bevorzugte Vokabel lautet: „hetzen". Damit beschreibt er Szenen, in denen sich seine Freundin und ihre Mädels lustig über andere Menschen auslassen.

Dabei ist viel Reden für ihn verzichtbar. Das würde das Leben der Männer nur durcheinander bringen, so seine Maxime. Ein paar Worte würden meist reichen. Auch die momentane Gesprächslust kommt nicht unbedingt aus innerem Herzen, seine Laune treibt ihn dazu. Die Freundinnen träfen sich immer wieder mal bei ihm zu Hause, heute auch, diesmal um neue Smoothie-Rezepte auszuprobieren.

„Wäre ich zuhause, dürfte ich nachher den lustigen Showboy für das grüne Gemixe geben.“ Gönnerhafte Freude darüber, seine Partnerin könnte Spaß haben, klingt anders, ganz so streng will er trotzdem nicht sein.

„Ist aber nicht schlimm“, sagt er, das Gesicht sieht gegenteilig aus.

Das ist eine Standardformulierung, die er immer dann einfließen lässt, sobald er erst etwas Kritisches formuliert hat und sich anschließend wieder einfängt, indem er den Großmütigen gibt. Ein großes Fragezeichen, ob es nur ein wohlgefälliger Füllsatz sein soll oder er sich damit selbst beschwichtigen will.

Ich spekuliere, dass er seine Freundin mehr respektiert als er vor anderen eingestehen möchte. Möglicherweise weil sie ihn mit ihrer Persönlichkeit beeindruckt, weil ihre Lebenslust ihn mitreißt, weil er an ihr Dinge sieht, die er bei sich vermisst. Oder er, auch das wäre denkbar, stolpert immer nur ungeschickt über die eigene Bräsigkeit, wenn er Empfindungen artikulieren will. Noch eine Erklärungsmöglichkeit: Einfach nur eine labile Sozialisierung durch zu viele Saufabende mit Kerlen.

In jedem Fall flüstert mir meine Intuition ins Ohr, er empfindet anders als er spricht. Auch bellende Hunde können Angst haben, genauso wie bullige Türsteher sehr sanftmütig sein können. Einen kräftigen Körper hat er jedenfalls.

Der wibbelige Mann, der vor meinem Eintritt in die Saunahitze offenbar die Wildschweinpreisdiskussion initiiert hatte, lenkt mich ab. Sein Alkoholgesicht, diese rötliche Haut. Weiß er nicht, dass viele hochprozentige Schnäpschen irgendwann alle Äderchen deutlich anschwellen lassen und er eine Alkoholbirne bekommt?

Er ordert ein solches Tier.

„Nur darfst du noch keinen festen Grilltermin machen, das kann was dauern." Seine Kumpels hätten bereits eine längere Bestellerliste, bremst der Jäger.

„Und die nächsten zwei Wochen bin ich aus dem Spiel, da hat mich meine Familie im Griff."

Der unklare Termin macht dem Mann nichts aus. Billig wäre vor allem gut, das Grillen würde nicht weglaufen. „Nur Antibiotika dürfen keine drin sein", er kichert rüber seinen Witz. Man kennt solche Menschen, die ihre Lachmuskeln schon betätigen, bevor sie die letzte Silbe gesprochen haben. Sie fühlen sich als Unterhalter zuständig und machen gerne den Alleinlacher.

„Ok, Deal. Aber die Sau nicht selbst vergrillen, ich verlasse mich auf dich." Wieder Kichern.

„Keine Sorge, klare Ansage meiner Freundin. Die ist Veganerin, also das Schwein oder ich."

„Dein Ernst?" Deftiges Lachen, es zieht sich endlos hin. Wir anderen können gar nicht anders, als ebenfalls ein wenig zu schmunzeln, zumal eine nächste reizende Bemerkung des wibbeligen Mannes unser Witzgefühl zusätzlich anstachelt.

„Veganerin kuschelt mit Jäger?" Weit aufgerissene Augen, das Fragezeichen eine gespielte Irritation, gut geschauspielert. Dann emphatischer.

„Viel Diskussion zu Hause, was?"

Hochzuckende Schulter, wurde ein wunder Punkt getroffen? Das Augenspiel des Hobbyjägers lässt leichte Betroffenheit erkennen, dann ist die Balance wieder zurück.

„Nicht so schlimm." Es wäre halt ein Kompromiss und manchmal würde er sich Fleisch gönnen, mit Kumpels dann, in diesen Tagen zum Beispiel ganz oft.

„Nicht Sturm gelaufen gegen deinen Job oder ist es dein Hobby?" Die Neugier seines Gegenübers erscheint kurzzeitig ernst.

„Du legst dich auf die Lauer, um jemanden vor die Flinte zu kriegen, und deine Freundin kriegt Herpes bei dem Gedanken, dass du Tiere tötest?"

„Wusste sie von Anfang an. Sie war es ehrlich gesagt sogar, die sich ins Zeug gelegt hatte, damit wir zusammenkommen."

„Also perfekte Schlagzeile: Veganerin erlegt Jäger."

Der Alkoholgesichtsträger freut sich über seinen Satz, der gleiche Lachschwall wie eben, kreischend, noch bevor die letzten Silben über seine Lippen springen konnten.

Für klischeegerechte Macho-Attitüden darauf wäre es zwar der passende Augenblick, es kommt aber nichts. Im Gegenteil, meint der Hobbyjäger, das wäre durchaus so und auch ok so.

Für ein paar Sekunden suggerierrt er uns, mit sich selbst im Reinen zu sein. Ein Trugschluss! Aus dem Nichts verfaltet sich auf einmal die Haut um seine Augen, gewittrige Gefühle drängen aus ihm heraus.

„Ja, das ist in Ordnung, genauso ist das auch ziemlich scheiße!" Seine Stimme, eben noch soft, zeugt jetzt von drohender Kraft. Er macht jetzt richtig Betrieb.

„Was mich mehr anätzt, ist dieses selbstverherrlichende moralische Verhalten von denen, die sich Naturfreunde nennen. Alle werden von einem Adrenalinschub durchzuckt, wenn sie einen Fleischberg vor sich liegen sehen, nur wer dafür das Tier getötet hat, ohne Töten gibt's halt kein Schnitzel und keine Grillwurst, der ist überall moralisch der Arsch in dem Spiel."

Es überrascht die Geschwindigkeit, die er plötzlich aufgenommen hat. Die Sätze kommen stichartig aus ihm heraus.

„Sofort sagt man dir nach, du wärst ein gewissenloser Weltschänder, wenn du ein T-Shirt kaufst, das nicht fair gehandelt wurde. Oder mit Kaffee in einem Wegwerfbecher herumläufst. Noch schlimmer, wenn du auch noch vergisst, ein schlechtes Gewissen vorzulügen. Die, die sich in dein Verhalten einmischen, sind die Besseren, ohne die wäre unser Planet doch schon längst hinter dem Abgrund, das beten sie dir in ihrer erhabenen Moral vor. Wir, die Naturfrevler, die auch noch Spaß am Grillen haben. Und mit Spaß am Jagen hast du voll verschissen."

Er besinnt sich mit starrem, leerem Geradeausblick.

„Die fuchteln mit dem Zeigefinger herum und machen uns zu dummen Kindern, denen sie schlechte Noten geben müssen."

Ein Rundumschlag, er erzählt von tief sitzenden gegensätzlichen Auffassungen. Auffälligerweise benennt er nicht genau, wer ihm empfindlich auf die Füße tritt. Seine Freundin kann man sich dazudichten, vielleicht schließt er sie in seiner Kritik aber auch aus. Hohes Emotionsniveau in seiner Stimme, die Silben kommen immer schneller und betonter aus ihm heraus.

„Ehrlich, das ist pure Arroganz, sie diktieren uns ihre Meinung. Wahrheit ist nur das, was die sagen. Und die hören erst auf zu quatschen, wenn sich der andere so richtig als Falschmacher fühlt. Bis er wie ein Käfer zappelt, der hilflos auf dem Rücken liegt.“

Sprechpause mit etwas gepresstem Atmen und aggressivem Blick, dann setzt er fort.

„Die brauchen keine Kanone, die erlegen dich mit Worten.“

Steckt in ihm ein von Frauen überforderter Typ, dazu noch ein Ökoleugner? Will er Mitleid oder riskiert er Fremdschämen? Es ist jedenfalls etwas, was ihn innerlich tiefer umtreibt.

Jemand mit deutlich bayerischem Akzent versucht zur Auflockerung etwas Schmunzeln in die Runde zu bringen.

„Schick sie in den Wald, sollen sie die Wildschweine doch totquatschen, sparst du dir die Kugeln.“

Er schaut in die Runde und legt nach. „Schlagzeile in der Zeitung: Wildschweine werden von einer Frauenhorde bedroht und retten sich durch Freitod.“

Empathie gibt's in keiner Tube und Bohnenstroh glänzt auch nicht durch Intelligenz. Er spürt nicht, dass gerade jemand ernst genommen werden möchte.

Immerhin geht der rheinland-pfälzische Hobbyjäger nicht darauf ein, gerade mal ein kurzes Zucken in seinem Blick. Sein Gegenüber hält das nicht von einer weiteren Unsinnsakrobatik ab, eingekleidet in einen Tipp: Er könne doch seine geschossenen Wildschweine auch fair handeln und zusätzlich mit einem

Etikett versehen, dass sie aus der Region kämen. Wäre perfekt für gutes Biomenschengewissen.

Wieder grinsend vorgetragen. Ohne den tieferen Grund zu kennen, möchte ich ihm eine Photoshop-bedürftige Gesichtserscheinung andichten, er nervt mich und der Jäger wird unwirsch.

„Ach, hör auf!", empört er sich. „Die fühlen sich umzingelt von Weltvernichtern. Stromfirmen sind das, jeder Pastahersteller ist das mit seiner Plastikverpackung, sozial genug ist sowieso nichts, privates Fernsehen macht den Charakter kaputt." Ich traue ihm zu, dass er diese Liste an Beispielen beliebig verlängern könnte.

Ein bisschen Zustimmung auf den Saunabänken, manche nicken beiläufig. Einer mit auffälligem Gebrauchtgesicht, von dieser Sorte Mensch befinden sich heute übrigens überproportional viele in der Sauna, pflichtet ihm ironisch bei.

„Das sind eindeutig Spuren einer schwierigen Kindheit durch strikte Nutella- und Cola-Verbote."

Den Freizeitjäger erreicht diese Unsinnsvermutung erkennbar nicht, er bleibt in seiner aufbegehrenden Tonspur.

„Auch wenn du einfach mal was Spaß haben willst, nageln die dich mit einem Schwall an Argumenten so lange an die Wand, bis du erzwungenermaßen einsiehst, wie doof deine Absicht war, dir anschließend aber nicht mal mehr das Bier schmeckt."

Sätze stimmlich mit aggressivem Nachhall. Und die Frage, die mir immer noch durch den Kopf geht: Warum packt er seine Äußerungen permanent in den Modus 3. Person Plural, und warum sagt er nicht „sie", sondern abwertend wirkend „die", wenn er von Frauen spricht? Gezielte Verallgemeinerung, damit die Freundin nicht zur Hauptfigur seiner Kritik wird? Oder ganz einfach: Ihm fehlt die Sprache für das komplizierte Leben.

Einige um ihn herum haben seine letzte Reflektion mal wieder mit einem Nicken quittiert, unklar ob auch so gemeint oder aus bloßer Freundlichkeit. Nur der Mann mit dem unschönen Gesichtsprofil schüttelt den Kopf. Wenn er es dabei wenigstens belassen würde, aber nein, er klatscht sich gleichzeitig mehrmals auf seine ausgeprägte Kalorienwampe.

„Da stecken viele Tiere drin, sehr viele sogar." Er witzelt es heraus und geht an die Adresse des Jägers gerichtet ins Volksakademische über.

„Du beschäftigst dich was viel mit Küchenpsychologie. Versuch nicht, überall große Phantome zu sehen, die Frauen haben einfach ne eigene Logik, mehr ist da nicht." Entspanntes Lachen.

Den Hinweis lässt der sichtbar herunter gekühlte Jäger an sich vorbeigleiten. Ein Blick ohne Ziel, kurzes Kopfnicken, die Hände auf den Oberschenkeln aufgestützt.

„Und meine Logik ist gerade, dass ich in zwei Stunden Smoothies toll finden muss und wir dann eine Hausbesichtigung haben. Wir gucken uns nach einem neuen schnuckeligen Zuhause um." Den Körper empor reckend, die halb geöffnete Tür in der Hand, wendet sich sein Blick dem anfänglichen Besteller eines Wildschweins zu.

„Ich muss auf die Straße, ruf mich an." Einen Zettel mit seiner Handynummer würde er unten am Check-in hinterlegen. Sagt es und dreht sich durch die Tür nach draußen. Das geht dem bayerischen Wampenspezi jetzt zu schnell, wenigstens noch ein provokantes Abschiedsstatement nachschieben.

„Sei ehrlich, du freust dich auf die Smoothies und die lustigen Frauen?" Kurze Kunstpause. „Ach nein, Weiber sind's ja." Fieser Grinsemund, beide Hände klatschen flach auf die schwitznassen Oberschenkel. Menschen wie er müsssen sich nicht mit dem Problem herumschlagen, zu sehr geliebt zu werden.

Die Tür geht wieder auf, des Jägers wippender Kopf ragt noch einmal mit überraschend fröhlichem Emoji-Gesicht herein, er will noch eine Information loswerden. An wen von uns gerichtet, ist in seinen Augen nicht abzulesen.

„Wenn alles klar läuft, werde ich morgen nochmal Papa. Geprüfte Eltern mit allem Drum und Dran sind wir schon, jetzt fehlt nur noch der Kleine. Sein Bettchen wartet schon auf ihn, ich freu mich.“

„Moment mal, sie hat morgen Termin im Kreissaal und macht heute mit ihren Mädels noch schnell Party? Herrlich, wie die sich durchs Leben tobt!“

Wessen Sprachorgan entleert sich gerade? Richtig, vom bauchigen Unsympathling konnte dieser Spruch nur kommen, sowieso ist es nur noch ein Dialog zwischen den beiden. Dessen Verwunderung über das Kontrastbild der vorherigen Unterdrücktseinsjammerei des Wildschweinjägers und seine dann plötzliche Freude auf die offensichtlich bevorstehende Geburt teile ich jedoch.

„Kein Kreissaal, auch keine Geburt, nein, wir haben einen kleinen arabischen Jungen adoptiert. Morgen kriegen wir ihn endgültig. Zwei Jahre alt, sehr neugierig und lebhaft, er reagiert wunderbar auf alle in unserer kleinen Familie.“

„Holla, das ist mal eine Ansage! Diese Verantwortung, habt ihr das gut überlegt?“ Der Dickbauchige scheint richtig erschrocken und verlässt darüber seine Haltung, alles um ihn herum grundsätzlich unernst zu nehmen.

„Deine Frau sicher die treibende Kraft, kriegst du das für dich auch hin?“

„Ganz falsch, meine Idee, ich habe sie damit angesteckt“, sagt der Jäger mit fröhlichen Augen. Ein Überraschungssieger.

Würmchen an der Angel

„Können doofe Menschen eigentlich mittels künstlicher Intelligenz schlau werden?" Interessante Frage, in ein paar Jahrzehnten vielleicht?

Sie schwingt mir entgegen, als ich in das Innere der Sauna trete. Die Bachelorette-Sendung vom Vorabend ist dort gerade das Thema. Oder besser: Es ist ein lautes kollektives Bashing, ungeniert gemein, so richtig die böse Schwester einer Feuilleton-Seite.

Bekanntlich buhlen in diesem TV-Format für das voyeuristische Publikum reichlich Jungs, genau schablonierte Kandidaten, um die Gefühle eines auserkorenen Mädels. Kaum jemand ohne aufgepumpte Muskeln vom Hals bis zur Hüfte, tiefer meist unorthodoxe Körperproportionen, weil es für Beine keine Hanteln gibt. Sie dürfen auch nicht gerne lesen, sich vor der Kamera nicht mit einem Buch erwischen lassen, ist vertraglich festgelegt. Auch ein Sonnenbrand während einer Staffel ist unter Strafe gestellt, das würde den perfekten Körperteint riskieren.

Genau darüber diskutiert gerade die Sauna.

„Intelligent wie ein ausgedienter Astra mit Kolbenschaden", höre ich von einem der Saunamenschen, er sieht Chuck Norris in seinen besten Jahren ähnlich. Nicht der gleiche wilde Charakterkopf, aber er hat einen Kopf. Und weil ihm seine gedankliche Bösartigkeit selbst gefällt, setzt er den nächsten Giftpfeil.

„Keiner von denen ist austherapiert."

Durch die Brille des Neids betrachtet passt die Einschätzung möglicherweise, einige lachen wohl am wenigsten über den Sinngehalt dieser Äußerung. Zumal er gerade auf die Szenen abzielt, in denen die Rosen verteilt werden. Also auf die Momente, in denen ein Typ nach dem anderen der Bachelorette seine Zustimmung zuschmeichelt. Küsschen rechts, Küsschen links, dann die dornige Rose als Trophäe hochhalten.

„Freikarte für eine weitere Runde, in der sie sich den eigenen Stolz weiter kleinhacken können."

Der mit dem Chuck Norris-Aussehen aalt sich in seinen kritischen Äußerungen, lustige Zustimmungsgeräusche spornen ihn noch mehr an. Jetzt hat er es mit den Rausfliegern, einer pro Runde ist in dem Format bekanntlich immer der Doofe. Der darf anschließend im Off-Ton sein Versagen begründen, der devote Akt ist ebenfalls vertraglich festgelegt. Beliebt dabei die Opferrolle, von anderen ein Bein gestellt bekommen zu haben. Wer die Weiterkommer auch noch schnell als gemeine Nebelleuchten tituliert, hält die Zuschauerlust auf Temperatur und kriegt ein zusätzliches Schulterklopfen vom Sender.

Unserem Bachelorette-Kommentator mangelt es aber auch nicht an ironischen Worten für die Verlierer.

„Manchmal läuft's einfach nicht, dafür war jeder von euch schon mal der Schnellste von dreihundert Millionen in der Spermiengruppe, außerdem noch richtig abgebogen." Ein Kenner der weiblichen Befruchtung, er erzählt uns auch, was die Kreisschwimmer sind. Nämlich erfolglose Spermien mit totaler Misserfolgsprognose, weil sie nur kreiseln und deshalb nicht von der Stelle kommen.

„Die kriegen auch nie eine Rose."

Breites Lachen von hinten heraus, seine dunkelweißen Zähne in ganzer Unschönheit präsentiert, er erfreut sich an giftigem Spaß. Und das motiviert einige aus dem weiteren Saunavolk, sich als kleine Sozialkritiker beweisen zu wollen. Erst mal der schon etwas ergraute Kerl auf der unteren Bank. Seine adrenalinisierte

Mimik sagt uns, er möchte beim schnöden Draufhauen auch gerne ein paar Pluspunkte sammeln.

„Zack, zack, kommst erst aus dem Nichts, prostituierst dich für ein bisschen Promi-Sein, dann fällt dein Ego wieder in sich zusammen wie ein kaputtes Schwimmflügelchen. Nichts mehr wert, wegwerfen." Auch er meint diejenigen, die in einer Runde ohne Rose dastehen.

Ihm fällt sein athletisch proportionierter Nebenmann ins Wort, geschätzt zwanzig Jahre jünger und damit auch ein potenzieller Kandidat für die Bachelorette. Erfrischendes Strahlemannface, Schönheit und Freundlichkeit in gutem Verhältnis.

„Wer nachher die Ausschnitte von sich sieht und ihm bewusst wird, wie viel Lächerlichkeit in seinem Rumgemache steckte, kriegt garantiert einen krassen Penisschock und will ins nächste Kloster flüchten."

Seine Beine wippen im Rhythmus der inneren Freude, er tastet uns mit seinen großen Augen ab und fummelt sich im Kopf die nächste kleine Diskriminierung zurecht.

„Ein Hund versaut dir vielleicht den Teppich, aber RTL das ganze Leben."

Davon angesteckt und weil es gerade so gut in die Stimmung passt, bringt sich auch noch ein schlankes Mädel gegen die Bachelorette-Jungs in Stellung. Dauerfröhlichkeit im Gesicht, sie fasziniert durch ihre Ocean Eyes.

„Alleine pinkeln können ist noch längst kein Intelligenznachweis."

Sie sitzt auf einem pinkfarbenen Mädchenbadetuch, streift ihre langen Haare mit den Fingern kammartig nach hinten und will es ihnen jetzt richtig geben.

„Nicht alles, was klein aussieht, ist ein Penis.“

Eine Anspielung auf einen Kandidaten, die muss sie uns erklären. Eine übermuskulöse Proletarier-Statur, im dauerhaften Stand-by-Modus ohne inneres Leben. Jemand, der wirklich glaubt, die Sonne am Malle-Strand würde ihn anbeten und nicht umgekehrt.

Der Macho, Frau Google nennt seinen Namen, kokettierte öffentlich mit der geringen Größe seines Wurms, sie sei ein spezifisches Kennzeichen der Bodybuilder. Und was sie noch erzählt, das Kinn dabei gesenkt und die Augen für den Geradeausblick weit hoch gezogen, das Bekenntnis des Kandidaten: Bei jeder Partnerentscheidung hätte sein Schwanz, obwohl nicht groß, das letzte Wort.

Scheinbar jemand, der sich im Leben ständig verläuft. Hat er überhaupt schon mal die AGBs für sein Dasein gelesen?

So schnell kann man seinen Kopf gar nicht schütteln, damit dieses Bild von der Penisjury wieder aus dem Hirn fällt. Immerhin wehren sich meine Gehirnströme dagegen, sich tiefer in eine Meinung über ihn hinein zu denken. Dabei hilft die Ruhe, die sich unerwartet über uns legt. Im Moment keine weiteren Bemerkungen, Cut des Shitstorms. Passt, denn meine Laune gibt nicht viel für eine Karnevalsstimmung her. Mein Toleranzkästchen leert sich heute recht schnell, hängt auch mit der fiebrigen Grippe bis vor zwei Tagen zusammen.

Doch zu früh gefreut, die aufgedrehte Stimmung kehrt schneller zurück als gedacht. Eine Frau unterbricht die angeheitert entspannte Stille. Sie will noch eine Bemerkung zu den bedauernswerten Konsequenzen für die rausgeflogenen Kandidaten machen.

„Falsche Romantik, einer ist immer der Schwächere, das ist Welt.“ Mehrmals nickender Kopf, der automatische Saunaaufguss zischt als Begleitmusik. „Wespen und Bienen leben auch nicht in Freundschaft.

Sie haben sogar ein brutales Verhältnis, die Wespen zerlegen ihre Opfer und füttern damit ihre Brut, im Sonnenlicht sieht das kein bisschen frevelhaft aus."

Ein willkürlicher oder zumindest krasser Zusammenhang, den sie da aufmacht. Andererseits passt er zu ihren ungewöhnlich proportionierten und deshalb eigenartig interessanten Gesichtszügen. Sie muss eine Wespenexpertin mit Wissen zu den stechlüsternen Tierchen sein, kann zwischen Good Guys und Bad Guys unterscheiden.

Doch ob uns so eine Analogie weiterbringt? Natürlich nicht, wir sind hier im Trash und da gilt: Einmal rausgekickt, ist's vorbei mit den Luxus-Locations und dem kribbelnden Gefühl, sich schon ein bisschen als neues TV-Sternchen aufgehen zu sehen. Der Preis: Lediglich mal in gescripteten Szenen das dümmliche Opfer von hinterhältigen Gerüchten zu geben oder mal ein paar Männertränen rauszudrücken, Frauenzuschauer lieben solche Szenen. Gehört alles zum Spiel.

Ich meine, Immanuel Kant war es, der sowas schon früher richtig zu bewerten wusste: Wer sich zum Wurm macht, darf nicht jammern, wenn er nachher mit Füßen getreten wird. Seinerzeit und im Trash-Geschäft sowieso, Bitch-Fights machen Quote, grinsende Doofheit ebenso.

Der Wespenexpertin reicht vorerst dieser eine allgemeine Satz, möglicherweise beschäftigt sie sich auch lieber mit dem Summen der stechbereiten Fliegetierchen. Dafür rafft sich jemand anders auf, ein Mann mit zotteligen Augenbrauen. Er gehört zu den Älteren unter den Online-Gamern, hat das Zocken seinem Sohn abgeguckt.

„In der Bachelor-Idee steckt ein kapitaler Konstruktionsfehler, der alle an der Nase herumführt, auch die Kandidaten", behauptet er mit leicht terroristischem Zwinkern. Das Eigenartige an diesem Spiel sei nämlich: Alle wären auf die gleiche Frau scharf, somit würden alle Kandidaten mit dem gleichen Beuteschema herumrennen, ganz anders als im richtigen Leben. Auch was ihre Intelligenzansprüche betrifft.

„Die Bachelorettes sind ja keine hellen Kerzen", wandelt er einen bekannten Satz zur Feststellung von Minderintelligenz ab.

Ich kann mich nicht drauf konzentrieren, weil wieder ein Bild aus der Google-Suche in meinen Kopf einzudringen versucht. Erfolgreiche Abwehr, die kluge Analyse des Online-Zockers hilft mir dabei: Nicht die große Liebessehnsucht der Kandidaten wäre das Thema, sondern sie würden mit dem Wettbalzen vor den Kameras nur Macho-Punkte sammeln wollen,, Beute nach Hause bringen.

„Die Bachelorette ahnt nicht, dass sie nur das Würmchen an der Angel ist, das vor der Nase der männlichen Kandidaten baumelt", resümiert der Mann, linkisches Grinsen im Gesicht. Lässt sich nicht besser beschreiben, für diese Erkenntnis hat er einen Bonus auf die Restlaufzeit seines Lebens verdient.

Das gleiche Muster sieht er beim Bachelor, das umgekehrte Format, wo die Weibchen für ein paar Pluspunkte keine Scheu haben, ungeniert ihre Intelligenzreste bis zum letzten tausendstel Gramm aus sich heraus zu quatschen.

„Alles Kandidatinnen mit Potenzial als Luder." Da entpuppt sich jemand als Dauergucker des Formats und wir sind in der Sauna wieder vollständig in der Mit-Dreck-werfen-Stimmung zurück.

„Aber es gilt zu beachten", meint der Mann mit den zotteligen Augenbrauen. Seine Tonlage hat etwas von der Ankündigung eines wertvollen Siegerpreises, die Lippen vor dem ersten Ton fest zusammengepresst.

„Luder sind bei den Jägern die toten Tiere, mit denen sie Raubtiere anlocken."

Also ran ihr Senioren, lasst den Euro-Charme spielen, die Bachelor-Mädels warten in engen Höschen auf faltige Geldschönheiten.

Eine mittelalte Frau mit Tattoo-Verzierungen und Chocoholic-Figur nimmt den Ball auf und resümiert in stelziger Ausdrucksweise.

„Ob das alles Luder sind und dies überhaupt einen sozial adäquaten Begriff darstellt, möchte ich mir gar nicht anmaßen zu beurteilen." Ihre Augen tanzen nachdenklich von einem Gesicht zum nächsten. „Allerdings können wir feststellen, dass wir nun immerhin das Bachelor-Prinzip für beide Geschlechter-Formate ermittelt haben."

Da bin ich jetzt mal gespannt, schaue sie erwartungsvoll an und bekomme einen kleinen Blumenstrauß an Lächeleien zurück.

„Niemand will den Hauptgewinn unbedingt. Nein, ihr Ego treibt sie dazu, möglichst viele Prinzen- oder Prinzessinnenpunkte für geheuchelte Romantik und erregende Ausstrahlung einzuheimsen."

Wieder eine kurze Pause, ihr Kopf bewegt sich selbstbestätigend hoch und runter, einige nicken ebenfalls.

„Das ist die ganze Story, mehr nicht, so dünn."

Der Frau, die ich als Wespenexpertin ausgemacht hatte, ist dieses Rauskicken nun auch noch mal einen Einwand wert. Jetzt doch mehr auf der Schiene verständnisvoller Empathie, eben wollte sie noch alles mit der Naturmacht des Stärkeren erklären.

„Was macht es mit uns, wenn wir immer beobachten, wie Menschen rausgeschmissen werden?"

Sie belässt es nicht bei der geschliffen formulierten Frage, sie zieht direkt mit Beispielen einen größeren Bogen. Zu Menschen, deren

Leben in einer Sackgasse landen. Die Einsamen und die, die auf der Straße leben, von der Gesellschaft aussortiert. Die Frauen, die jüngeren Mädels Platz machen müssten. Keine Ellenbogen, keine Chancen.

„Wir leben in einem gemeinen Selektionssystem, in allen Winkeln der Gesellschaft, darf man darüber Witze machen?"

Die Mitleidsethik bringt eine unerwartete Wendung. Es war doch viel unterhaltsamer, im Unsinnsbrei einer Fernsehsendung herumzurühren. Jeden treibt doch manchmal die Lust, sich unkorrekt zu entblößen. Seine Schattenseiten öffentlich hervorzukramen, sich daran zu ergötzen, ganz gewollt gemein zu sein und sich gegenseitig zu pushen. Die Minderheitenwitze leben davon.

Die mit dem Verständnis für die Bachelor-Verlierer wollte mit ihrer Bemerkung trotzdem den Spaßcrasher geben und findet auch noch einen Zustimmer. Was die Opfer irgendwelcher Lebensumstände mit den Bachelor-Figuren überhaupt gemeinsam hätten, fragt der Feuilleton-Leser, der mit dem Wort von den Angelwürmchen. Zwei ganz verschiedene Phänomene wären das, will er uns aufklären: Im realen Leben bedauerliche Schicksale und im Trash welche, deren Evolution schon länger eine Pause macht.

Liebes Tagebuch, mir ist heute aufgefallen, dass Schubladen zu den besten Erfindungen der Menschen gehören.

Erlogenes Glück auf dem Laufsteg

Ungeschickt aufgeplusterte Frau in preiswertem Schick, eine kurze und kaum nennenswerte Beobachtung vor der Tür des Sportstudios. Eine damenhafte Erscheinung sollte sie sein, doch dafür steckt eindeutig zu wenig Dame in ihren Klamotten.

Als Kontrast ihr Begleiter, ein Mann abseits jeglicher Modeambitionen und Eitelkeiten. Er erinnert mich an die Erscheinung eines alternden Losverkäufers, dessen Kirmesgeschäft schon lange nur noch dahin dümpelt, der sich davon jedoch nicht trennen kann oder bis zum bitteren Ende durchhalten muss. Kleidung ohne Passform, Wühltischstyle, einsilbige Gesichtssprache.

Ihre Augen kreisen, sie halten immer kurz bei einem Menschen, und wenn von ihm keine Reaktion erfolgt, ziehen sie zur nächsten Person. So gerne würde sie ein Gefühl von Zugewandtheit spüren oder wenigstens ein klein bisschen freundlichen Beifall aus einem Gesicht herauslesen können. Nichts dergleichen, sie fühlt sich hier als Fremdkörper platziert.

Er dagegen verhält sich beiläufig, wenig Interesse an dem, was um ihn herum passiert. Er drückt ihr dann die Hundeleine in die Hand.

„Setz dich irgendwo in den Schatten, aber schone dich beim Gehen, versuche nicht zu schnell zu sein", sagt er fürsorglich und öffnet ihr die schwergängige Glastür. Sie folgt ihm hüftsteif in kurzen unkoordinierten Schritten.

„Allerspätestens eine Stunde, dann bin ich wieder da, ich mach's heute kürzer. Warte im Vorraum auf mich, soll ich dir noch einen Kaffee bestellen?"

Eine übliche Rentnerbeziehung, denke ich. Sie vertraut sich ihm an, lässt sich steuern, eingespielter Seniorenalltag.

Wenn da nicht dieser auffällige optische Gegensatz wäre. Sie auffällig ausgemustert, ihr fliederfarbenes Kostüm lässt sich nicht anders als preiswert-glamourös bezeichnen. Das Oberteil endet genau an der breitesten Stelle ihres Körpers, sie wirkt dadurch unnötig breit, falsch proportioniert. Selbst die schlanker machenden horizontalen Längsstreifen. Die hochhackigen Schuhe passen ungefähr dazu, ihre silbergrau getönte Toupier-Frisur weniger, wenigstens hat sie nicht zu einem übermütigen Haarschnitt gegriffen. Auch auf einige der zudem ungeschickt im Gesicht verteilten Schminkzutaten hätte sie verzichten können. Verrutschter Kajalstift, ein viel zu dicker Lidstrich, der die Augen erdrückt und sie kleiner erscheinen lässt. Die dicke Perlenkette um den Hals passt gar nicht, sie gibt ihr einen altbackenen Touch. Aber tapfer lächelt sie ihre eigenen Aussehenszweifel weg.

Sie will sich über die Zeit retten, gelingt ohne neue Frische jedoch nie. Deshalb ist sie zur zotteligen Wildpflanze am Asphaltrand geworden, die sich verzweifelt gegen die niedermachenden Autoreifen zu wehren versucht.

Bei ihm das umgekehrte Bild, ein Fan des Anything Goes-Dresscodes. Halbwegs elegant in seinen Bewegungen, doch frei von Eitelkeiten. Zu große schlabberige Klamotten in tristen Tönen. Dazu eine Siebziger Jahre-Scheitelfrisur, offenbar mit der Absicht, sie noch in die übernächste Generation retten zu wollen. Genauso sein Gesicht, darin findet viel vergangenes Leben und wenig Lebensgenuss statt.

Beobachtet er seine Frau gerne, findet er sie noch attraktiv oder lässt er sie ihren Kampf für mehr Alterschic alleine kämpfen?

Diese Überlegung schwirrt durch meinen Kopf, als mich ein Studiokumpel begrüßt. Ich reiche meine Frage an ihn weiter, zeige auf das Rentnerehepaar, es steht immer noch im Eingangsbereich. Sie spricht gerade jemanden an, dessen fast schulterlange ausgedünnte Mähne ebenfalls aus einer anderen Epoche stammt. Ungepflegt und knochig in der Stimme erscheint er außerdem.

Jedes Alter dürfe man nur aus der Perspektive der jeweiligen Generation betrachten, meint mein Kumpel. Unabhängig davon wäre das Schön-sein-wollen nicht der eigentliche Maßstab älterer Frauen, glaubt er. Ihnen gehe es vor allem um das Zelebrieren, ein gutes Gefühl beim langatmigen Baden, Frisieren, Schminken und Parfümieren zu spüren, darin zu schweben. Die Effekte gegenüber anderen würden zwar einkalkuliert und gern gesehen, wären nur halt nicht der Kern der Beauty-Trips.

„Etwas für die eigene Wertschätzung tun, die Zeit als Geschenk an sich selbst erleben."

Das widerspricht etwas meiner Sicht, allerdings fehlt es mir an breiteren Erfahrungen als Versteher eitler Seniorinnen. Vielleicht der weitere Studiobekannte, der sich zwischenzeitlich zu uns gesellt hatte, zumindest wirkt er so.

„Die Frau will gewinnen, das wollen Frauen immer beim Aussehen. Andere ausstechen." Sein Mund zieht sich ob dieser eigenen und mitteilungswürdigen Erkenntnis über die ganze Breite seines Gesichts.

„Mit einem Attraktivitätsvorteil gegenüber ihrem Mann gewinnen sie eine größere Aufmerksamkeit als er." Das würde immerhin erklären, warum aufgetakelte Frauen ohne Grimmen eingehakt mit ihren nachlässig modischen Männern spazieren gehen können. Ältere Pärchen in dieser Konstellation wären häufiger zu beobachten. Mir ist das weiterhin egal.

Eine Stunde später sitze ich in der Sauna, kurz darauf kommt der seiner Rentnerklamotten entledigte Mann herein. Mir blitzt

schon wieder die Frage durch den Kopf, wie gerne seine aufgehübschte Frau ihn wohl anschauen mag. Diesmal meine ich seine
unbekleidete Ausstrahlung, er wirkt nämlich trotz alterstypisch
faltiger Haut überraschend athletisch, Muskeln und Sehnen ste-
chen deutlich hervor. Ein körperästhetisches Vorbild für so manchen seiner Gleichaltrigen.

In nackter Erscheinung bekommt sein Gesicht einen gegenüber
vorher etwas veränderten Ausdruck. Jetzt schimmert zusätzlich viel Dorf heraus, was ihm einen angenehm bodenständigen
Charme verleiht. Er gehört zu den Menschen, die unspektakulär unterhalb des Radars der öffentlichen Wahrnehmung leben,
sich für keine Schlagzeile wert halten, obwohl sie anderen Menschen Lebensstürme aushalten helfen.

Er heißt Heinz, wie ich der kumpelhaften Begrüßung durch einen hageren Senior entnehmen kann. Dessen Vorname wiederum höre ich aus der Antwort heraus, in nebensächlicher Tonlage
gesprochen. Sie drückt Traurigkeit und Niedergeschlagenheit aus.

„Grüß dich, Martin."

Weil ich Montagvormittags praktisch nie Zeit für den Besuch des
Sportstudios habe, sind fast alle hier herumkörpernden Gesichter fremd. Eine größere Gruppe aus dem Wassergymnastikkurs
hat die Sauna in Beschlag genommen, kommunikative Vielfar-
bigkeit, mehrere Gespräche laufen kreuz und quer. Über Erlebnisse am Wochenende, die Bundesligaergebnisse, über kleinere
persönliche Freuden und Ärgernisse, heiteres Lachen.

Einer drängt sich meiner Beobachtung auf, weil er überall hin-
einredet. Es ist der Langhaarige mit Wurzeln in der Woodstock-
Generation, vorhin im Eingangsbereich wahrgenommen. Laute
Stimme, besserwisserische Einwände und kühne Mutmaßun-
gen, ein dem kulinarischen Vergnügen sehr zugewandter Mann.

Wie entstehen eigentlich Menschen ohne soziale Sensoren? In die Babyklappe eines Data Centers gesteckt und dann eine Kindheit zwischen Servern, unverständlichen Algorithmen und sozialscheuen Programmierern? Vermutlich, auch die als digital interpretierbaren Laute in seinem Lachen sprechen dafür.

Er gehört nicht zu den Kursteilnehmern oder man mobbt ihn. Jedenfalls reagiert niemand auf ihn, seine Äußerungen werden zu Selbstgesprächen degradiert. Jetzt auch von den beiden nebeneinander sitzenden Männern, sie reden über eine gemeinsame Radtour im letzten Jahr. Sie hatten auf einer Etappe lustigerweise eine der Gattinnen verloren und dies erst kurz vor der Ankunft beim nächsten Gasthof bemerkt. Da sich ihr Handy im Rucksack ihres Mannes befand, konnte sie sich demnach nicht hilferufend melden.

Erwartbar grätscht der laute Einmischer mit Hinweisen zu bedenkenswerten Risiken des Radfahrens hinein. Sie ignorieren ihn, behalten ihre Augen betont stur aufeinander gerichtet.

Ich versuche ihn auszublenden, beobachte lieber das Gespräch zwischen Martin und Heinz. Einer fröhlich und kommunikationsinteressiert, wärmendes Licht in seiner Mischung aus zugewandtem Lächeln und warmer Sprache, Heinz mit dauerdunkler Miene. Dennoch lässt sich spüren, zwischen ihnen besteht über die Saunabekanntschaft hinaus eine persönliche Verbindung.

Sie sprechen über Heinz' Zwillingsschwester und für mich wird mit jedem Satz mehr klar, wer damit gemeint ist. Nämlich die Dame, die ich vor dem Eingang noch als seine Frau ausgemacht hatte.

Heinz erzählt, sie möchte sich noch einen lange gehegten Wunsch erfüllen, sie möchte als Senior-Model über einen Laufsteg gehen. In zwei Stunden sei ein Termin, da solle sie sich bei einer Agentur persönlich vorstellen, vielleicht würde es auch direkt ein

Foto-Shooting geben. Mehrere Bewerberinnen dort, auch Leute von dem Fashion Label, für das die Agentur castet.

Jetzt verstehe ich! Deshalb die hochgeföhnte Frisur, der Griff in die Schminktiegel und ihre Nervosität.

„Freu dich für sie“, kommt es mal wieder ungefragt von dem Langhaarigen. Unerwartet geht Heinz darauf ein, der Blick verfinstert sich noch weiter, seine Traurigkeit wird mit den Händen spürbar.

„Nein, ich kann mich überhaupt nicht freuen. Sie hat ein falsches Selbstbild, sie sieht sich wie mit fünfundzwanzig.“

Was ihr Äußeres betrifft, kann ich dem kaum widersprechen und werde durch seine weitere Erzählung bestätigt. Sie hat bereits sieben erfolglose Online-Castings hinter sich, nur in einem Fall gab es überhaupt eine Antwort auf ihre Fotos und selbstgefilmten Videos. Sie war abschmetternd, von allen anderen kam nicht mal eine Absage.

„Sie hat ein ganz falsches Bild von sich“, wiederholt Heinz, die Stimme klingt ausgelaugt und dürr. So verzweifelt, dass noch mehr um ihn herum, die eben noch ein anderes Gespräch hatten, kurz innehalten. Selbst der Mann mit der angedichteten Nerd-Sozialisierung lässt nur still die Augenbrauen hochzucken.

Wer mit einer derart erfassenden Stimme leer auf einen bedeutungslosen Punkt schaut und den nicht mehr loslassen kann, den sorgt mehr als nur ein weiterer Casting-Flop.

Martin ergreift für ihn das Wort und erklärt uns den Hintergrund, jetzt wird es endgültig unser aller Thema. Sie habe Krebs, schon recht weit fortgeschritten mit Metastasen überall im Körper. Sie würde kämpfen, jeden Tag wenigstens eine Stunde draußen sein, wolle mit einem kleinen Engagement als Model ein allerletztes

Glück erleben. Wenigstens mal ganz kurz in Kameras hineinlächeln und selbst die Bilder bewundern.

„Das Casting wird sie endgültig zerbrechen."

Heinz wirkt bis in die letzte Nervenzelle voller Gefühlsgewitter, ein resigniertes Kopfschütteln begleitet jedes seiner Worte.

„Sie ist zu krank, sie hat keinen Gang mehr, kann nicht ruhig stehen, sie hat keinen Ausdruck mehr, aber sie war mal schön." Er bemüht sich, seine Stimme zu kontrollieren, schafft es nicht.

„Sie wird dabei verlieren, das reißt ihr völlig den Boden unter den Füßen weg."

Aus seinem Mund entspringt ein Wehklagen, das den feuchthitzigen Raum mit einem Schrei nach Mitfühlenmüssen ausfüllt.

„Das sind nur noch fünfundvierzig Kilo Elend, am Körper schlecht verteilt. Da gibt es nichts mehr, was ihr nachher hilft, mit ihrem gebrochenen Stolz zurecht zu kommen."

Das Casting sei ein Wettbewerb, erzählt Heinz, nur eine der Kandidatinnen dürfe sich auf ein Model-Engagement freuen. Er wartet nicht mehr auf Reaktionen, er spricht nur noch für sich selbst.

„Wieso kämpft sie am Ende nochmal so verzweifelt um Anerkennung für ihr Aussehen? Wieso hängt sie an so etwas Überflüssigem, während der Tod schon nach ihr greift?"

Seine Verzweiflungsgefühle lassen die Sätze hilferufend aus ihm heraus rattern. Nicht nur ich bin mir bange, ein Wort von mir könnte falsch sein statt zu besänftigen. Ich bleibe still, obwohl ich gerne trösten würde. Alle bleiben still, er klagt das Schicksal weiter an.

„Wenn sie nicht wenigstens noch einmal die Anerkennung bekommen könnte, immer noch eine schöne Frau zu sein. Wenn sie nicht auf einen Laufsteg darf, dann verliert ihr Herz die Lust zu pumpen, dann geht alles ganz schnell zu Ende, ganz schnell. Nur diesen einzigen Wunsch noch erfüllen, ich würde es ihr so sehr gönnen.“

Dicke Tränen erfüllen jetzt seine Augen, sie irren im Nichts herum. Freundschaftlich legt Martin einen Arm über seine Schulter, versucht beruhigende Körperwärme zu übertragen. Hilft nicht mehr, Heinz beginnt enthemmt zu weinen. Noch ein sichtbarer Versuch sich zu beruhigen funktioniert nicht, die Traurigkeit fließt unkontrolliert aus ihm heraus. Noch ein kräftiges Seelenschluchzen, dann reckt er seinen Körper hastig hoch, öffnet die Tür und flüchtet hinaus. Der Langhaarige hinter ihm her, erfasst ihn mit beiden Armen und drückt ihn an sich.

Stille in der Sauna, in zwei Gesichtern sehe ich Tränen, statt zu reden mitfühlendes Kopfschütteln.

Einige Wochen später erfahre ich, dass das Casting abgebrochen werden musste. Der schwächelnde Körper hatte alle Absichten ausgebremst, das Schicksal wollte unbedingt hart mit ihr sein.

Doch Heinz kämpfte weiter, ihm fiel eine Idee ein, die in jedem Fall funktionieren würde: Einen Fotografen mit Studio anheuern und ein Shooting inszenieren. Pompös durchgezogen, mit Versprechungen für mehrere Model-Jobs. Sommer-Fashion, Abendgarderobe, Parfüm bestimmt auch. Würde sie ihre Angst vor dem Fliegen besiegen, vielleicht sogar ein Catwalk-Ausflug nach Amerika, erzählte er ihr. Gekauftes, erlogenes Glück.

Vier wunderbare Tage lebte sie noch in ihrer Wunschwelt, dann war der Krebs doch schneller als der Laufsteg.

Sonne strahlt durch mehlige Knochen

Kontraste eröffnen neue Blicke.

Gestern saß ich draußen vor meinem Lieblingscafé in der Fußgängerzone, wegen der schönen Luft und trotz kühler Temperaturen. Ein geruhsamer Nachmittag, die Menschen schlenderten gemütlich an den Schaufensterauslagen vorbei, die meisten gegenseitig zugewandte Pärchen, auffallend viele Töchter mit ihren Müttern.

Unterbrochen wurde der angenehme Pegel von Lebensgeräuschen plötzlich durch ein Aufstöhnen links gegenüber. Nur ganz kurz und gedämpft. Ich sah, dass eine alte Frau über die ausladende Bodenkonstruktion eines Werbeaufstellers gestürzt war und nun mit dem Vorderkörper flach auf dem Boden lag. Sie war auf dem Weg zu ihrer Schwester, es passierte nicht einmal hundert Meter vor ihrem Ziel.

Unverzüglich kümmerten sich gleich mehrere jüngere Migranten um sie, solche, denen manche Menschen nicht einmal die Frage nach der Uhrzeit ohne Vorbehalte beantworten würden. Doch sie halfen ihr hoch, fragten, ob und wo es schmerzt, riefen dem Café zugewandt gestikulierend nach einem Stuhl für die alte Dame. Ich brachte ihn.

Massiv verletzt schien sie nicht zu sein, meinte sie, doch das linke Knie knicke nun im Stehen weg. Sie sprach kontrolliert, unaufgeregt und fast schon unterhaltsam, von Drama keine Spur. Ob wir, die ebenfalls herbei geeilte Verkäuferin eines Schmuckgeschäfts und ich, sich um sie kümmern würden, wollten die Spontanhelfer nach einigen Minuten wissen. Sonst würden sie noch bleiben, bis richtige Hilfe da sei.

Natürlich erklärten wir uns dazu bereit. Gegen den Ruf eines Krankenwagens wehrte sie sich jedoch, nicht so viel Aufhebens erzeugen. Nur für einen Moment sitzen bleiben, gleich werde es schon besser werden, ihre Stimme blieb weiterhin souverän entspannt. Besserung stellte sich allerdings nicht ein, also versuchte ich sie zu überreden, doch einen Krankenwagen zu bestellen. Dem willigte sie nach noch längeren Verhandlungen auch endlich ein, ich wählte die Notrufnummer.

Während des Wartens vertraute sie mir, einem völlig fremden Menschen, dann die Schlüssel zur Wohnung ihrer Schwester an, um ihr Bescheid zu geben. Sie sei schwerhörig, der Fernseher würde den ganzen Tag äußerst laut vor sich hin brabbeln, die Türklingel käme nicht dagegen an. Und ja, war kein bisschen übertrieben. Schon beim Eintreten in den Hausflur schallten mir laute und widerhallende Stimmen irgendeines Fernsehprogramms entgegen. Ich konnte sehen, dass eine Etage höher ihre Wohnungstür geöffnet war. Jeder der sonstigen Hausbewohner könnte hineingehen, aber Ängste kennt sie wohl nicht. Ich fand sie in der Küche, rief ihr zu, ich würde von ihrer Schwester kommen, sie sei kurz vor dem Haus gestolpert. Die alte Dame reagierte nicht, sieht mich auch nicht, ich schaltete die Lautstärke meiner Stimme deutlich höher. Jetzt endlich, eine langsame Kopfbewegung und ihre Augen erfassen mich.

Frei von jeglicher Überraschung stand sie in ihrem ganz persönlichen und mit übermäßigem Klimbim ausgestatteten Wohnbereich einem fremden Mann gegenüber. Auch keine Frage von ihr, wer ich sei oder wieso ich den Schlüssel zum Haus habe, sie ließ einfach alles auf sich zukommen. Stattdessen nur ein verschlackter Blick, vielleicht erlebt sie solche Besuche immer wieder und immer waren sie irgendwie in Ordnung.

Ich erklärte ihr kurz die Situation mit ihrer Schwester, und sie kam mit. Erst völlig anteilslos, dann endlich begannen ihre Nerven zu arbeiten, zunehmend hektischere Gesichtsbewegungen, ihr wurde

der Grund meines Eindringens immer klarer, jetzt musste sie zu
ihrer Schwester. Aufgelöst folgte sie mir in holprig unkoordinierten Schritten erst die alte Holztreppe herab und dann die Straße
entlang. Dabei immer wieder aufgeregte Kurzfragen. Ältere Menschen brauchen für ihre Verständigung mit gewohnten Menschen
häufig keine langen Sätze mehr. Ihr Code sind kleine Wortkombi-
nationen, die so normal werden, dass sie sie auch bei allen anderen
Menschen verwenden, aber von denen nicht verstanden werden.

Ich versuchte gar nicht erst, ihren Sprachcode zu knacken, sondern
redete positiv auf sie ein. Es wäre nur ein kleines Hinfallen gewesen, sie müsse sich keine Sorgen machen. Genauso die Botschaft der
gestürzten Frau, worauf wechselseitig Worte und Halbsätze ausge-
tauscht wurden. Hier die Entspannte, alles nur ein kleines Missge-
schick, ihr gegenüber die Schwester, die in ihrer Verwirrtheit nicht
mal ein Wort des Mitleids herausbrachte. Sie kam einfach nicht in
die Situation hinein, wendete sich dann auch ganz schnell wieder
ab und schlurfte mit aufgeregtem Schritt zu ihrem Haus zurück.

Trotz der kühlen Temperatur mit nur wenigen Grad über null
und ihres offenen Mantels fror die gestürzte Frau nicht. Sagte
sie jedenfalls, wegen der Wollsachen, die man im Alter brauche.

„Die halten mich warm.“

Weiterhin ganz entspanntes Gesicht. Sie erzählte von ihrer Kindheit in kärglichen Verhältnissen auf einem Bauernhof, erst spät
habe sie das Schreiben gelernt und mit einundsechzig im Urlaub
das erste Mal ein Meer gesehen. Dass sie nie in einem Krankenhaus gelegen habe, auch sonst sei wenig Aufregendes in ihren
achtundachtzig Jahren passiert. Und wenn es mit ihren Knochen
nicht mehr ginge, wäre das Altersheim ok für sie.

„Ich habe viele schöne Zeiten gehabt, bestimmt mehr als andere. Für den Rest geht ein Pflegeheim auch, das macht mich
nicht traurig.“

Genügsamkeit blinzelte in jedem Satz von ihr durch, irgendwann käme für jeden der Moment des endgültigen Abschieds. Genau an ihrem achtzigsten Geburtstag habe sie ihren Mann ins Pflegeheim bringen müssen, kurz darauf habe ihn der Himmel geholt, sein Rollstuhl stehe noch in ihrem Keller. Für sie vielleicht mal.

„Meine Knochen sind mehlig geworden, aber mein Herz funktioniert immer noch. Jeden Tag geht die Sonne in mir neu auf." Sie sagte das mit einer Zufriedenheit, dass sich die Sonnenstrahlen in ihr fühlen ließen.

Erinnert werde ich an die gestrige Situation durch eine Frauenstimme. Kenne ich sie? Bei Gesichtern versagt mein Erinnerungsvermögen grandios, dabei soll es im Gehirn sogar eine Region geben, die für das Erkennen von Gesichtern zuständig ist. Wurde bei mir scheinbar vergessen, noch schlimmer geht es mir bei Namen, für sie soll angeblich niemand im Hirn zuständig sein. Ich muss sie häufiger hören, bevor sie eine Chance haben, vom Kurzzeitgedächtnis gespeichert zu werden. Das führt zwangsläufig zu peinlichen Ereignissen, aus denen ich mich mit einem lächelnden Verweis auf das Brad-Pitt-Syndrom herauszuwinden versuche. Dieses Symptom entspringt meiner Phantasie, aber dieser Schauspieler hat die gleichen Erinnerungsschwächen wie ich, deshalb fallen für mich wenigstens ein paar Mitleidspunkte ab.

Anders sieht es aus bei Stimmen, was sie betrifft bin ich durch eine gute Gabe geprägt. Stimmen sind für mich die Gesichter, sie speichert mein Kopf hervorragend und über Jahre hinweg, vermutlich könnte ich sie im Halbschlaf zuordnen und detaillierte Stories zu diesen Menschen erzählen.

Beide Frauen, die von gestern und die Dame eine Reihe tiefer sitzend, haben eine fast identische erfreuende Melodie. Als würde das Material jeder Silbe aus Lächeln bestehen, schweben ihre Worte äußerst sanft dahin. Nicht als leise Federn, sondern sehr mit einem besonderen hellen Überklang, ihre Stimme erzeugt ein Gefühl von weichem Bett.

Sie hat sich ihrem Sitznachbarn zugewandt, beide Hände auf der Sitzbank aufgestützt, und erzählt ihm von ihrer Tochter, deren Persönlichkeit würde völlig von ihrer abweichen. „Oft niedergeschlagen und schauriges Aufflammen in den Augen, Kontakte zu Menschen als Qual empfunden, auf andere kleine Mädchen reagierte sie aggressiv, sie vermeidet Begegnungen mit sich selbst."

Das sei schon immer so gewesen, die Ursachen wären vielleicht schon in der Schwangerschaft entstanden, vielleicht habe sie Schuld daran.

„Sobald sie als Baby gelernt hatte, nach etwas greifen zu können, versuchte sie sich immer wieder Bänder oder Schnüre um den Hals zu wickeln und sich zu strangulieren. Lange Zeit lang mussten wir nachts nach ihr schauen und sie manchmal retten, weil sie zu ersticken drohte. Noch als sie vier war passierte das."

Über zwanzig Jahre später, nach einer missglückten Ehe, sei die Tochter dann nicht mehr zu ihr gekommen. Plötzlich völlig von der Bildfläche verschwunden, ohne irgendeine Verabschiedung, bis heute kein Lebenszeichen mehr von ihr.

„Ich habe nur zwei Kinderbilder, worauf sie ein schönes Lachen zeigt. Vielleicht lacht sie heute viel mehr, bestimmt sogar, das wird sie, ich weiß das." Sie sagt es mit der großen Kraft einer Frau, für die Schicksal ein mühsamer Weg hoch zu einem Berggipfel ist, sie in dieser Mühe aber die Chance sieht, oben zu unbekannten Horizonten mit neuen Glücksperspektiven eingeladen zu werden.

„Ja, meine Tochter wird die Sprache des Sonnenscheins gelernt haben, um ihn zu verstehen." Sie macht sich nichts vor, ihr Gesicht strahlt die Überzeugung aus, wirklich daran glauben zu können.

„Bestimmt klingelt es irgendwann bei uns und sie lässt uns dann mitfreuen.“

Ein zustimmendes Nicken begleitet ihre Worte, intensiv hoch und runter, für sich selbst vor allem, aber auch für den schräg seitlich von ihr sitzenden Mann, dem sie das alles erzählt. Sie nimmt uns andere mit in ihrem Optimismus, doch der Mann nickt nur beiläufig. Er dürfte vermutlich deutlich jünger sein als allgemein geschätzt, ich taxiere ihn auf höchstens Ende fünfzig. Seine Gesichtshaut zeigt Stempel vieler Krisen, er gehört nicht zu den Menschen, die schon beim Aufstehen gute Gedanken mit der Welt teilen. Immer wieder legt er sein Gesicht in seine ausgebreiteten Hände. Diese Körperhaltung und sein Gesicht mit lautlos zorniger Ausstrahlung waren mir schon bei meinem ersten Blick durch die Glasscheibe zu den Saunabänken aufgefallen.

Keine Ahnung, was der Ausgangspunkt ihres Gesprächs war, und ich habe auch nicht erfahren, warum sie sich öffentlich so persönlich unterhalten, obwohl sie sich andererseits siezen.

„Nicht alle kommen da hoch, verstehen Sie?“, sagt er und setzt zu einer längeren Erzählung an. Er beschreibt mit halb flüsternder Stimme den Lebenslauf seiner Schwester, ein einziger Scherbenhaufen. Er und sie hätten mit Anfang zwanzig durch einen Autounfall die Eltern verloren, verursacht durch einen Geisterfahrer. Vor allem für seine Schwester der Beginn einer schicksalhaften Abwärtsspirale, immer neue Tiefschläge. Irgendwann geheiratet, erst eine Fehlgeburt, dann zwei Kinder bekommen, der älteste Sohn starb schon mit sieben an Leukämie. Zwei Jahre später erhängte sich ihr Mann, Zwangsversteigerung des Hauses, sie versank in Schulden, Alkohol kam ins Spiel, erfolglose Entzugstherapien, der Sohn entdeckte sie bei einem Suizidversuch gerade noch rechtzeitig. Und der starb ein dreiviertel Jahr nachher auf dem Fahrrad, ein Linienbus hatte ihn gegen ein parkendes Auto gequetscht.

„Ihr Leben hatte nur dunkle Wolken am Himmel, ständig bekam sie vom Leben eins in die Fresse."

Wie schrecklich, selbst die lebensfröhliche Frau schluckt für einen längeren Moment ergriffen, wir anderen starren uns an. Stille kann weh tun. „Kann ein einziger Mensch überhaupt so viel Leid aushalten?", fragt sie in die Runde. „Fand sie keine Liebe, in der man sich reparieren kann?"

Doch es dauert nicht lange, bis sie ihre zeitweilige Irritation wieder ablegt und in ihren Ursprungsmodus zurückfindet.

„Wir alle reizen die Welt ständig, wundert es da, dass sie manchmal auch schlechte Launen entwickelt, die dann irgendwelche Menschen, oft nicht einmal ihr Verursacher, aushalten müssen? Trotzdem, die Tage sind länger hell als die Nächte dunkel sind."

Ihr Blick bleibt kurz bei dem Mann haften, dessen Schwester diese schlimme Biografie durchleben musste. Ihre Augen wollen ihn in Hoffnung untertauchen, seine Schicksalszweifel wehren sich jedoch dagegen. Noch ein Versuch von ihr. Eigentlich muss ein solcher Blick mit prall gefülltem Optimismus jeden skeptischen Widerstand erweichen, doch es klappt nicht. Stattdessen wandern ihre Augen durch die restliche Runde der Nackten und setzen erneut dazu an, uns mit ihrer lebensbejahenden Gestimmtheit zu bestäuben.

Kurze Unterbrechung in ihren Kopfbewegungen, nur ein paar Sekunden, die jedoch durch die über uns wabernde Spannung viel länger erscheint. Bis sie beginnt, von einer Beobachtung im Wartezimmer ihres Orthopäden zu erzählen. Ein älterer Herr mit Gehhilfe, in seinen Bewegungsmöglichkeiten deutlich eingeschränkt, habe ständig nach der Hand seiner ähnlich alten Frau gegriffen und immer wieder die Wangen gestreichelt, gelebte Seniorenliebe. Irgendwann habe er plötzlich gesagt: „Ein toller Arsch." Damit hätte er das Heck einer Sportwagenabbildung in einer Autozeitschrift gemeint, aber der Spruch war raus, von jedem falsch verstanden, weshalb er schnell mit schwungvoller Stimme ergänzt und damit alles nur noch schlimmer gemacht habe: „Natürlich nicht so schön wie deiner."

In ihrem Gesicht wäre aber keine Röte entstanden, sondern sie hätte seine öffentlichen Gefühlsregungen und ihre eigenen Peinlichkeitsempfindungen souverän weggelächelt. Es sei dieses bei Frauen typische Lächeln gewesen, wenn sie ihren Mann vor zu viel öffentliche Einblicke schützen wollen, sich aber genauso über solche intimen Komplimente freuen. Zumal sich sein erotische Liebesgeständnis kein bisschen missraten anfühlte, eher charmant kindisch und ungelenk aus dem Mund eines alten faltigen Gesichts.

„Sein Genuss besteht darin, seine Frau und vermutlich auch andere Menschen mit seiner Sonne zu überschwemmen", sagt die Beobachterin aus dem Wartezimmer kopfnickend.

Pause. Sie streift mit ihren Augen den deprimierten Mann, wartet auf seine Reaktion, es kommt keine. Ihre Stirn ist entspannt, die Nasenflügel sind auseinander gezogen, ihre Mundwinkel zeigen nach oben, sie demonstriert Entschlossenheit.

„Noch ein Beispiel." Ihre linke Hand hebt ihre tief hängende rechte Brust hoch, zeigt eine tiefe Narbe. „Ich war bereits einmal tot, neun Jahre ist das her."

Bei einer Lungenoperation hatte sie während der Narkose plötzlich in der Dimension eines völlig unbekannten und eigenartigen Gefühls großen Stress gespürt, unwach und dennoch sehr eindeutig. Eine nach ihren heutigen sprachlichen Beschreibungsmöglichkeiten helle Gestalt habe massiv auf sie eingewirkt, sich mit aller Kraft zu wehren und zu kämpfen. Kurz nach der Aufwachphase, noch als sie damit beschäftigt war, ihr Bewusstsein wieder zu ordnen, sei der Oberarzt zu ihr gekommen und hätte sich mit ernster Miene auf ihre Bettkante gesetzt. Sie wäre ihnen während der Operation fast verloren gegangen, es hätte da einen äußerst kritischen Moment gegeben.

„Doch plötzlich ging eine Art Ruck durch meinen gesamten Organismus", es wäre ein Neustart ihrer eben noch schlingernden Lebenslust gewesen.

Der Mann, der die Schicksalsgeschichte seiner Schwester erzählte, hat seit seiner letzten Äußerung die Körperhaltung nicht verändert, das Gesicht liegt nach unten gerichtet in beiden Händen. Aber er bringt ein zustimmend klingendes Geräusch hervor, ein kräftiges Ausatmen. Immerhin.

Unterschätze keinen herumlungernden Politikerpenis

Schon mal einen Politikerpenis gesehen? Schamfrei nackt in krummer Natur, durchschnittlich proportioniert, mit unbeschnittener Eichel und gar nicht sensationell?

Ich jetzt schon. Es ist ein unbekümmert nackter Schwanz, der einfach nur auf der Holzbank rumlungern oder andere bestaunen will. Inmitten des halbwegs repräsentativen Abbildes des Volkes, mitten drin vegane Comic-Allergiker, militante Fröhlichkeitsverweigerer und, der Balance wegen, dauerlächelnde Freiheitsoptimisten. Genauso pensionierte Vorschriftenverwalter, haargegelte Investmentbanker und adipöse Wegducker, alle mit ihrem ganz eigenen Sinn, sich dieses Glied anzuschauen oder auch nicht.

Es gehört einem Politiker, dessen Gesicht uns seit einigen Jahren aus Tageszeitungen und Nachrichtensendungen entgegen schaut, einschließlich seiner auffällig herunterhängenden Schultern. Ein weit bekannter Parlamentarier, vor einigen Jahren als Nachwuchstalent für Spitzenämter gehandelt, aber es läuft nicht immer alles nach Plan. Mal eine kleine Ungeschicklichkeit, Karriere gebremst, wieder in die hintere Reihe durchgereicht worden.

Ihm sitze ich jetzt gegenüber, unsere Bauchnabel könnten miteinander flirten. Er bekommt ein Pseudonym von mir, ich möchte ein Politikergenital nicht outen. Mustermann wäre überschätzend, Müller ist zu verbreitet und deshalb gefährlich. Adam Sapfel, dafür entscheide ich mich. Stimmgewaltig, es steckt eine Spur Oberwisserisches drin, wie er sich früher gerne präsentiert hat. Optisch steht ihm das Pseudonym sogar besser als sein tatsächlicher Name, zumindest hier im schummerigen Licht der Sauna mit rundlich ernährtem Körper. Wer sich für einen neuen Karriereschub hochessen will, braucht ein großes Kalorienengagement.

Ich hatte schon zweimal fast atemnahen Kontakt mit ihm, erinnere ich mich, wir saßen im gleichen Flugzeug. Einmal als er in legerer Kleidung mit Frau und Tochter auf dem Weg nach Rom war, vorher mal hockte er mit einer offensichtlichen Assistentin zwei Sitzreihen vor mir, sie diskutierten über einige Akten auf dem Schoß.

Sapfel nun vor mir sitzen zu sehen, löst direkt völlig andere Erwartungen bei mir aus als bei unseren zufälligen Begegnungen im Flieger. Da hatte ich ihn lediglich als bekanntes Gesicht zur Kenntnis genommen, mehr nicht, diesmal ein Hauch persönlicher Nähe in der nackt-intimen Saunaatmosphäre.

Gerne würde ich ein paar Gedanken austauschen, mit ihm als jemand, der deutlich tiefer im politischen Geschehen steckt als ich. Doch will er in der für ihn recht verletzungsgefährdenden Umgebung überhaupt reden? Und wenn ja, auf welche Themen würde er sich fruchtbar einlassen und einlassen wollen?

Noch ist er still und sitzt einfach nur da. Ich sehe den durchschnittsgroßen Pimmel eines Politikpromis mit teilrasierter Schambehaarung vor mir, wäre brauchbares Material für Trash-TV. Und plötzlich stellt sich mir die Frage: Ist mir wegen seiner Nacktheit der typische Respektreflex abhandengekommen, den jeder beim Aufeinandertreffen mit einem Promi kennt?

Kann ich nicht beantworten, und in meinem Kopf wird es sogar noch schlimmer. Weil mir sein Blick von irgendwo her auf meinen Fernseher fehlt und diese wertsteigernde Distanz wegfällt, verwandelt sich der Mangel an Respekt sogar in ein Gefühl der Überlegenheit meinerseits. Ich schaue ihn möglichst beiläufig wirkend an, versuche meinen Kopf zu sortieren, aber habe bereits verloren: In mir entstehen Comic-Phantasien, ganz gemeine Vorstellungen. Er als Penisfigur in der Hauptrolle meines Kopfkinos.

Die Handlungssequenzen entstehen völlig automatisch in verselbstständigt schwebenden Vorstellungen, keine Ahnung, durch welchen Impuls ausgelöst. Aus subversiven Bildern entsteht ein kleines Filmchen mit zugegebenermaßen sprunghaften und brüchig zusammengehefteten Szenen. Am Rednerpult bezieht Säpfelchen doppeldeutige Positionen gegen die angeblich überzogene MeToo-Debatte, er muss sich deshalb wilden Zwischenrufen erwehren, maßregelt weit vorgebeugt und rotköpfig einige Zwischenrufer, zieht sich irgendwann beleidigt zurück und wandert wieder hinter seine schützenden Hände.

Immerhin, stubenrein ist er wohl.

Mein Gehirnspuk ist dann auch schon wieder vorbei. Die fließenden Gedankenbilder werden wieder sachlicher, ich bekomme kein Urteil hin, ob ich diese Phantasiemomente genossen habe oder unangemessen fand.

Warum sitzt Sapfel hier überhaupt? Stand nicht kürzlich irgendwo zu lesen, es hätte ihn wegen eines neuen politischen Jobs in den Norden Deutschlands verschlagen? Wahlkampf im Endspurt wird jedenfalls nicht sein, es steht nichts an.

Wobei: Wäre es kein cleveres Wahlwerbemarketing, sich für ein parteipolitisches Zwangsbeglücken der Leute in Saunen zu hocken? In solch einer kumpeligen Atmosphäre ließe sich wunderbar ein Wir-sind-doch-alle-Freunde-Getue aufbauen, reihum auf die nassen Schenkel klatschen und Vertrauen erschleichen.

Macht er nicht. Er sitzt einfach nur da, presst sich wie alle anderen den Schweiß aus den Poren, die Augen recht entspannt gesenkt. Es juckt immer stärker in mir, ein Gespräch zu initiieren, nur fehlt mir der Schneid dazu. Promieffekt, eben ein kurzes Überlegenheitsgefühl bei mir, jetzt nicht mal mehr gleiche Augenhöhe. Möglicherweise möchte er gar nicht, dass ihn jemand nackt erkennt, gute Ausrede für meine Schüchternheit. Ich beobachte ihn unverändert im Augenwinkel und rätsle über einen möglichen Anlass, ihn souverän ansprechen zu können.

Doch dann, eine junge Frau zeigt Mut und übernimmt diesen Part. Sie hat ihn ebenfalls erkannt, ebenso wie noch zwei, drei weitere, deren schüchterne Tastblicke in seine Richtung lassen es vermuten.

„Möchten Sie Ihre Ruhe haben?", bewusste Vorsichtspause, ausgesprochen mit einem typisch weiblichen Offensivlächeln. Sie dürfte ein paar Jahre unter dreißig sein, hellblonde Strähnen in den hochgebundenen mittelbraunen Haaren. Sehr edle Gesichtszüge, wenn sie beobachtet und nicht gerade im Redefluss ist. „Oder darf ich Sie ansprechen?"

„Natürlich, gerne, selbstverständlich dürfen Sie das. Warum nicht?" Sapfel richtet den Kopf hoch und faltet in seinem Gesicht einen zufriedenen Ausdruck auf.

„Danke." Und dann noch einmal hektisch nachgeschoben: „Dankeschön." Ihre Augen winden sich etwas, bevor sie weiter spricht.

„Ich habe Sie erkannt, will Sie aber ungern stören, wahrscheinlich werden Sie ständig zu Unzeiten von Kreuzchenmachern angesprochen."

Erstens hat sie ihn jetzt für all jene indirekt geoutet, die ihn bislang noch nicht erkannt hatten. Zweitens passt ihre witzhafte Übersetzung des Wahlvolks wenig zu ihren noch vorsichtig schüchternen Gesichtszügen.

Noch etwas fällt mir direkt auf: In ihrem Stimmenklang höre ich die tönende Musikalität einer Freundin von mir heraus. Kati, ein total liebevolles und äußerst temperamentvolles Wesen, aber schlecht in der Koordination von Gedanken und Sprache. Sie spricht häufig in einer zu schnellen Abfolge der Silben, eindringlich mit fast gleichbleibender Betonung mit eigenartigen Höhen und Tiefen.

Mitleidsäußerungen kommen dann so ungelenk wie der autoritäre Anpfiff eines übel gelaunten Hausmeisters rüber. Bis heute hat sie nicht verstanden, warum andere am liebsten ihre Hände schützend vor das Gesicht nehmen möchten, wenn ihre komprimierten Wörter die Atmosphäre eines Trommelfeuers erzeugen.

Auch die junge Outerin provoziert in der Art von Kati: Mit einem vermeintlich empathischen Vorspiel beginnen und einen Atemzug später abrupt zum Friendly fire übergehen. Eine eigenwillige Sprachweise, rote Haare würden besser dazu passen.

„Treffen Sie öfter auf meckernde Menschen, wenn Sie privat mal ohne Politikeranzug unterwegs sind? Lassen Sie sich dann ehrlich auf sie ein, kriegen Sie deren Unzufriedenheit mit?"

Gleich mehrere Fragen auf einmal, alle Worte dicht hintereinander gedrängt dahin getrommelt. Aus welchem Grund schießt sie direkt Giftpfeile auf ihn ab? Eben die brave Bitte nach einem Gespräch, wenige Sekunden später schon konfrontativ. Doch Sapfel wehrt in milder Souveränität ab.

„Ich habe immer ein offenes Ohr, wenn es die Situation erlaubt, dann rede ich wirklich sehr gerne mit ihnen. Die spannenden Menschen, denen ich ständig begegne, sind mit ihren Themen die interessantesten und wichtigsten Informationsquellen. Sie erzählen mir aus ihrem Leben und ich habe für Lösungen zu sorgen, wenn sie etwas auf dem Herzen haben."

Natürlich musste er so antworten, war zu erwarten.

„Sie stoßen bestimmt auf viele Ressentiments, richtig? Und welche Widerstände spüren Sie hauptsächlich?"

Nichts sieht gerade nach entspannter Saunaplauderei aus, die Wortwahl spricht dagegen und die zupackende Kati-Stimme genauso. Verfolgt ihn da jemand mit investigativem Intervieweifer bis in die Sauna?

Sapfel reagiert clever und schickt sie ins Leere. PR-Berater bringen Politikern bei, negative Botschaften zu vermeiden. Sie trichtern ihnen ein, geschickte Gegenfragen zu stellen statt zu antworten, um die Gesprächshoheit zu behalten. Er hat gut aufgepasst.

„Höre ich in Ihrem Unterton gewisse Vorbehalte gegenüber Politikern?" Schulbuchmäßige Gegenattacke, sie geht nicht drauf ein, sondern fragt weiter irgendeine Checkliste ab.

„Wie handhaben Sie es mit der Toleranz gegenüber denjenigen, die Sie kritisch hinterfragen und mit denen es sich nicht so bequem reden lässt? Wenn Sie ehrlich sind, machen Ihnen diese Leute keine Freude, oder?"

„Keineswegs", antwortet er, die Stirn etwas gefaltet, die Mundwinkel leicht herunter gezogen, sein Kopf verneint in leichten Bewegungen. „Ohne Kontroverse gibt es keinen Fortschritt in der Demokratie, mal unterstellt, dass der andere ernsthafte Vorstellungen verfolgt, die nicht der Realität entrückt sind. Mich kennt man als jemand, der für neue Ideen zu begeistern ist, egal aus welchem politischen Lager sie kommen. Bequem oder unbequem spielt für mich dabei keine Rolle."

Sie überlegt, ihr Augenspiel drückt es aus.

„Warum sehen Politiker eigentlich alle ein bisschen langweilig und so gleich aus?"

„Hm, tun sie das wirklich?" Desinteressiertes Schulterzucken, den Kopf dabei leicht nach rechts angewinkelt. Sein Glied bleibt unbekümmert.

„Finde ich schon. Außerdem zeigen sie sich so mutlos, auch mal richtige Gefühlsregungen zu zeigen. Keine ehrliche Empörung, nie mal ein unflätiger Wutanfall, ohne herzhaftes Lachen."

„Sie bekommen uns nur in der Öffentlichkeit mit, Sachlichkeit wird da von uns verlangt. Vielleicht haben Sie aber mal die Chance, Politiker untereinander zu erleben, viele von uns würden Sie nicht wiedererkennen. Entrüstung, Süffisanz, geschliffene Messer, die ganze Tonleiter der Emotionalität ist dabei. Nicht immer natürlich, aber auch nicht selten."

„Sie laden mich ein?"

„Zuschauer sind in solchen Arbeitsgruppen in der Regel nicht erlaubt."

„War es nur eine leere Phrase, die Möglichkeit, dem mal beiwohnen zu können?" Sie glaubt gepunktet zu haben, sein flüchtiges Grinsen als Antwort sagt das Gegenteil. Was immer sie vor hat, ihr fehlt noch die Gebrauchsanweisung für ihn. Viel Aufdringlichkeit im Klang, aber wenig Fesselndes in ihren Gedanken. Szenen mit Kati kommen mir wieder in den Sinn: Hauptsache reden, irgendein Ziel wird sich dabei schon finden, so geht's auch weiter.

„Politiker sind nicht meine Best friends, so ganz grundsätzlich nicht und besonders nicht, weil Politik von den Älteren dominiert wird, für die die Zukunft eine völlig andere Dimension hat als für die in meinem Alter."

Wahrscheinlich meint sie das nicht mal als große Kritik, es hat aber eine solche Wirkung. Ob es noch mehr Ressentiments gäbe, fragt er sie und liefert gleich seine Einschätzung mit.

„Vermutlich geben sich in Ihrem Kopf zahlreiche Vorbehalte die Hand, alle für sich in starker Dosierung und gemeinsam bilden sie eine hohe Mauer zwischen Ihnen und den Politikern."

Sapfel spricht den Satz mit breit geformtem Mund, lachend und trotzdem konzentriert aus. Er aalt sich in Entspanntheit und möchte in dem Plausch die Oberhand behalten.

So pauschal könne sie das gar nicht sagen, ihre Antwort fällt trotz der Attacke sehr nachdenklich aus. Ihr Patenonkel habe sich jahrelang in der Lokalpolitik eine blutige Nase geholt und wenig Dank dafür erfahren. Sogar angefeindet worden sei er und habe dann schließlich, mit zerrissenen Überzeugungen und als Opfer vermeintlich falscher politischer Wegbegleiter, irgendwann in einen Nachbarort flüchten müssen. Sie erzählt es mit etwas reduzierter Stimme.

„Ich schwanke zwischen Respekt und Teufelsgefühl. Man schaut respektvoll zu Politikern auf, gleichzeitig finde ich sie offen gesprochen überbewertet bis scheiße. Ist generell gemeint, überhaupt nicht gegen Sie oder eine bestimmte Person gerichtet." Zack, zack, zack, sie artikuliert diese Relativierung im Trommelrhythmus, gut, wer als Politiker eine Schutzweste gegen persönlich verletzende Kritik trägt.

Sapfel beispielsweise. Es lässt nicht erkennen, ob er als Profi bei solchen Worten einen Griff an den Hals spürt, keine erkennbare Reaktion von ihm.

Politiker, so spiegelt sie in nun wachsender Sprechgeschwindigkeit vorgeprägte Bildungsbürgermeinung wieder, könnten in ihrer exponierten Position potenziell unheimlich viele Hebel umlegen, würden ihre Füße aber permanent still halten und ihre Energie für gegenseitigen Parteienzank und persönliche Machtfehden verschwenden.

„Statt mit interessanten Ideen zu glänzen, konzentrieren sie sich lieber darauf, engagierte Köpfe mit Tritten dorthin, wo es richtig weh tut, zum Straucheln zu bringen."

Stimmt sicher alles, aber auch schon seit Jahrzehnten ergebnislos durchdiskutiert.

„Mir fehlt schon länger eine Vision mit einem gesellschaftlichen Konsens, wie wir halbwegs zukunftssicher auf unserem zerrütteten Planeten leben können. Da ist aber niemand. Wir brauchen keine Problemverwalter und keine Erste-Hilfe-Politiker, was fehlt sind richtige Menschenversteher und kreative Antreiber für sowas wie eine Gesamtperspektive mit Weitblick. Für einen Masterplan für die vielen neuen Themen, von denen manche uns bald die Luft zum Atmen nehmen werden und manche jetzt gerade aufpoppen. Alles zu einer Zukunftsstory vereint, die auch nicht davor wegduckt, uns alle mit in die Pflicht zu nehmen."

Wow, so ein Statement beeindruckt mich, sie ist auf Geschwindigkeit gekommen! Durchdacht und pointiert, der formschwache Einstieg eben hatte mich etwas ganz anders vermuten lassen. Eben hätte ich noch schwören können, dass es auf ein plattes Politiker-Bashing hinauslaufen würde. Voller Argumente aus der Restekiste und einem Nachplappern abgenutzter Headlines. Stattdessen schießt sie nun mit eigener Munition und ist offenbar gerade erst am Anfang.

„Wie wollen wir denn in einer völlig arithmetisierten Welt mal leben, wo digital die neue Volkssucht ist, uns der Kleiderschrank morgens Outfits vorschlägt, die Klamotten nachts von dem Schrank mit digitalem Hirn bestellt und zwei Stunden später von einer Amazon-Drohne vor die Tür gelegt werden? Wo sich Roboter vielleicht irgendwann mal Menschenmasken aufsetzen können? Alles wird demnächst nicht nur auf den Kopf gestellt, sondern wird völlig anders. Ich frage: Welche Ideen haben Sie dazu, die Entwicklungen einfach sich selbst überlassen?"

Ihr Revoluzzer-Level steigt konstant, während seine Miene auf geduldiges Zuhören geschaltet bleibt.

„Füttern Politiker die Diskussion mit irgendetwas, das nach einem Plan aussieht? Nein, machen sie nicht, keine einzige Partei! Wie kriegen wir auf Dauer eine bessere soziale Balance hin, nicht nur bei uns, sondern auch weit weg von unserem bequemen Couchgefühl, in entfernteren Regionen? Wie verhindern wir, dass die ökologischen Bedingungen völlig kippen? Alle sind ganz klasse darin, sich fröhlich grinsend bei den Klimazielen zu überbieten, aber das können Sie auch ins Klo spülen, weil null und nichts passiert."

Tja, da rast nun etwas mit durchgetretenem Gaspedal auf Sapfel zu. Sich ihr in den Weg stellen zu wollen könnte blutigen Asphalt erzeugen. Was er wohl auch zu erkennen scheint, jedenfalls lässt er sie erst mal widerstandslos gewähren.

„Wie geht Europa mit den vermutlich wachsenden Strömen an Menschen um, wenn der Klimawandel erst mal so richtig spürbar wird und das Leben in anderen Teilen der Erde katastrophal macht? Gibt's dann Zoll auf Menschen, um uns vor Eindringlingen abzuschotten und nur reinzulassen, wer genug Geld in der Tasche hat? Wie kriegen wir Generationengerechtigkeit hin? Gar nicht, endlich mal Schluss machen mit der Methode: Überall nur ein bisschen Shi-shi drüberstreuen und schon sieht Dreck wie Gold aus!"

Tiefes, hastiges Atmen von der ersten bis zur letzten Silbe, ihre Augen fuchteln unruhig umher, versucht sie jetzt den finalen Treffer?

„Keine Politik hat bitteschön das Recht, Menschen schwach zu machen, sondern umgekehrt muss es sein, das ist Ihre Pflicht! Also machen Sie das auch gefälligst!"

Mehrmals fährt sie sich aufgeregt mit den Händen rechts und links durch ihre Strähnchenhaare, ihr fixierender Blick ragt tief in seine Augen hinein. Ihr Blick ist bestens geeignet, Sapfel an die Wand zu tackern, um das hilflose Geschöpf anschließend genüsslich auszuweiden.

Will sie aber nicht, auch nicht einfach nur nörgeln, sie will ganz einfach nur die Chance nutzen, sich mit mehr als über kleine Kreuzchen mit Kugelschreiber bemerkbar zu machen.

„Wähler sind die Kunden der Politik, es Ihre Pflicht, Ihren Kunden gute Angebote für eine gute Gesellschaftsgestaltung zu machen."

Und dann etwas überklug nachformuliert, sie fixiert ihn weiterhin mit starrem Augenspiel.

„Wie lautet Ihre Schlussfolgerung daraus, dass die Menschen keine Lust mehr auf Politik haben? Klare Analyse, klare Erkenntnis: Sie machen ihnen nicht nur keine guten Angebote, Sie machen ihnen sogar schlechte Angebote."

Während einige um sie herum Spaß an ihrer Angriffsgier gegen den tapfer lächelnden statt sich energisch wehrenden Sapfel gewinnen, versucht sie noch einen draufzusetzen. Es kommt mir dem Klang eines resignierenden Jammerns gleich.

„Das Politiksystem kann sich auch ohne die Wähler selbst regieren, es hat sich ein Eigenleben eingenistet, lediglich die Parteifarben ganz oben ändern sich mal."
Sapfel streicht sich den Schweiß von der Brust und den Oberschenkeln nach unten. Ihr kritisches Plädoyer, überwiegend im Stakkato-Klang, hat er weitgehend mit der Mimik eines nicht sonderlich interessierten, aber folgsamen Schülers aufgenommen. In diesem Ausdruck verharrt er auch weiterhin, bis sich seine Gesichtszüge langsam verändern. Er ist endlich wieder an der Reihe, lese ich heraus. Noch ein tiefes Einatmen, kurzes Schulterlockern, sein Gesicht bekommt einen entspannten Ausdruck und wieder mehr Farbe. Er weiß, wie gegnerischen Angriffswellen die Energie genommen werden kann.

„Erst mal Applaus, mit ihren Zukunftsthemen haben Sie durchaus recht. Sie stimmen alle, man könnte sogar noch einige mehr hinzuzählen. Da könnten wir sehr schnell zusammenkommen. Auch dass Politik an vielen Stellen natürlich besser werden kann und muss. Doch in einem Punkt dürften wir keinen Konsens bekommen, nämlich bei Ihrer Ansicht, den Bürger als Kunde der

Politiker zu betrachten. Das riecht mir zu sehr nach bequemer Konsumentenhaltung."

Er baut sichtlich mehr Körperspannung auf, fühlt sich nicht mehr in ihrer Umklammerung. Er hat sich gelenkig befreit, indem er ihr auf die Schulter klopft, sie mit seiner Zustimmung weich macht, was es ihm einfacher macht, sie anschließend in Zweifel zu ziehen. Eine geübte Methode.

„Wie stellen Sie sich das vor, jedem Bürger all das, was er alles wünscht, auf dem Silbertablett zu servieren? Sobald etwas nicht nach seinen persönlichen Bedürfnissen funktioniert, bedient er sich auf der Couch irgendeines bösen Online-Votings, um irgendjemand von den Politikern auf Trab zu bringen?"

Ihr Widerspruch kommt sofort. „So ist das überhaupt nicht gemeint, und das wissen Sie auch genau."

„Das ist meine logische Schlussfolgerung aus dem, was Sie gesagt haben: Für den Pizza-Service gibt es irgendeinen Delivery-Dienst und für die Wohlstandsbedürfnisse jedes Bürgers einen Politik-Support, dann hätten die Politiker auch Wertschätzung verdient. Vielleicht mit 24-Stunden-Service und gesetzlich garantierter Reaktionszeit?"

Ruckartig hatte er für diesen Kommentar sein Gesicht in einen höheren Ernsthaftigkeitsmodus gebracht. Warum, weiß nur er, und zusammen mit seinem Griff in die populäre Sprachkiste wirkt er für einige Momente so, als wäre er bei seinem Denken gerade mit zwei linken Händen zugange. So künstlich selbstüberzeugt gibt sich sonst nur der Trigema-Chef in seiner Affen-Werbung, Sekunden vor der Tagesschau. Dann, als hätte er sich innerlich kurz geschüttelt, wieder eine neue Kehrtwende in seiner Anmutung.

„Da ist mir zu wenig eigene Teilhabe und Menschengerechtigkeit drin."

Klingt reichlich nach dem Vokabular eines Sozialarbeiters. Er wandert durch die Augen um sich herum, versucht einen Link zu ihnen zu finden, erntet wenn überhaupt Stirnrunzeln und ändert erneut seine Diktion. Mit überdosierter Provokation, die abgrenzt, dabei möchte er eigentlich der Jedermannsnah sein.

„Sie erwarten, dass andere Ihnen einen komfortablen Lebensservice bereitstellen sollten, gesetzlich verbrieft. Nur, wenn sich alle zurücklehnen und nach Services klingeln: Wer soll nach diesen idealistischen Theorien eigentlich die Arbeit machen?"

Bedingte Zustimmung von mir, seine Kontrahentin hört etwas anderes aus seinen Worten heraus, sie geht wieder in die Offensive.

„Natürlich sind Sie gut darin, in pauschalen Bildern zu reden. Einfache Logik demonstrieren, ohne dass es wirklich stimmt. Vor allem lenkt es von dem ab, was ich rüber gebracht habe." Ihr energisches Dahintrommeln der Silben, wieder ganz Kati, löst bei Sapfel immer breiter werdende Mundwinkel aus. Gesten sollen dagegen halten, wirkt bei ihr allerdings nicht.

„Was haben wir jetzt bitteschön? Klar, wir dürfen bei Wahlen Politikernamen auf einer langen Liste markieren, die wir nicht besser kennen als die Kassiererin beim Discounter. Und dann? Dann werden wir wieder zurück nach Hause geschickt und kriegen nur noch in den Tagesthemen mit, was Sie entschieden haben. Nichts Teilhabe, nicht mittendrin sein."

„Glauben Sie mir, nichts gegen Ihr jugendliches Aufbegehren, sowas braucht es immer, um gesellschaftliche Verhältnisse lebendig zu halten. Nur helfen idealisierte Träume nie, und sagen Sie: Wo lebt es sich tatsächlich ökonomisch und gesellschaftlich besser als bei uns? Da dürfte Ihnen vermutlich nicht viel einfallen."

Er kriegt sie nicht mit seinen schmusigen Politikersätzen gebannt. Ganz im Gegenteil, sie schlägt mit der rechten Handfläche auf den Oberschenkel, schüttelt den Kopf in rhythmisch zuckenden Bewegungen und zielt dabei mit ihrer Blickrichtung demonstrativ an ihm vorbei. Ihre Geringschätzung lässt sich wie ein Brennen auf der Haut spüren.

„Das wird nichts mit Ihrer weichgespülten Realitätswahrnehmung. Sie sind gefangen in Ihrem verkrusteten Horizont", presst sie in ihrer nun noch stärker triggernden Sprache hervor. „Ob Sie es hören wollen oder nicht wollen oder Sie in einem anderen Kosmos segeln: Wähler sind keine politischen Grundschüler mit Betreuungsbedarf, sie können rot von kariert unterscheiden und brauchen keinen politischen Helikopterpapa. Wir brauchen intelligente Köpfe mit Eiern in der Hose, die sich nicht einfach nur in vorhandene Strukturen einnisten wollen."

Spannung in der Luft, sie atmet tief ein, versucht sich emotional neu zu ordnen, klingt plötzlich fast sachlich, jetzt gerade gar nicht mehr in der Tonlage von Kati.

„Vielleicht sollte man Sie alle mal bei uns Jüngeren regelmäßig Sozialstunden ableisten lassen, vielleicht hilft sowas."

Hat sie ihn nun umzingelt? Nein, Sapfel ist nie still, er wehrt sich immer und muss immer sprechen, gefragt oder ungefragt. Er griffelt routiniert eine universell passende Formel für den Umgang mit Kritik heraus.

„Sie haben durchaus recht, natürlich ist nicht alles in der Politik in Ordnung. Ist es nie gewesen und wird es nie sein, weil alles unglaublich kompliziert und verdammt schwer verständlich zu machen ist. Unsere Gesellschaft ist sehr facettenreich, die völlig verschiedenen Menschengruppen haben ganz unterschiedliche Bedürfnisse. Deshalb muss immer alles aus folgender Perspektive heraus betrachtet werden: Was der eine bekommen will, muss man dem anderen abnehmen. Prügel kriegt man demnach sowieso, entweder von der einen oder der anderen Seite, verstehen

Sie das Kernproblem der Politiker? Überzeugen Sie mich, wie eine solche Kundenorientierung der Politik überhaupt funktionieren soll, wenn die Interessen der Politikkunden völlig gegensätzlich sind.“

Hm. Wenn jemand viel redet, dürfte es eigentlich kaum möglich sein, nur Scheiße zu erzählen. Dachte ich bis eben.

Seine Sicht ist eine ganz andere, er glaubt sie in die Mitleidsfalle locken zu können und lässt wieder seinen nach Zustimmung suchenden Blick durch die Sauna kreisen. Bei einigen Gesichtern wird er fündig, gnädiges Zunicken, die Sympathien liegen jedoch deutlich auf ihrer Seite. Was sie auch spürt. Und bevor er einen neuen Versuch starten kann, die Diskussion wieder stärker selbst zu bestimmen, übernimmt sie schon wieder die Initiative. Mit logisch sortierten Argumenten, was ich ihr anfangs nicht zugetraut hatte.

„Konsumieren Menschen das, was ein Unternehmen anbietet, nicht mehr, weil es nicht mehr zu ihren Bedürfnissen passt, geht’s mit der Firma schnurstracks bergab. Erst kommt die Krise und werden dann die richtigen Schlussfolgerungen nicht schnell genug gezogen, geht’s noch tiefer, bis irgendwann die Pleite folgt. Verständlich, oder?“

„Keine Arme, keine Schokolade, ohne Schokolade keine Kunden, ohne Kunden keine Euros, das war’s dann.“ Ihre Hände falten sich dabei auf, die Handflächen seitlich nach oben gerichtet, soll heißen: Da ist nichts mehr zu holen. Sie bringt sich mit Katis eigenwilliger Stimme wegen der Anleihe aus einem bekannten Kinofilm selbst zum Schmunzeln, aber nur für ein paar Sekunden.

„Genau an dieser Stelle verharren wir jetzt mit der Politik.“

Ihre bissige Terriersprache verstärkt den Eindruck, er wäre wehrlos und sie könnte ihn anpinkeln, er der Baum.

„Die Politik ist nicht mehr mit den Menschen richtig connected, verliert ihre Kunden und strudelt nach unten und erkennt kein bisschen, dass sie neue Ideen mit neuem Kundenverständnis braucht. Wäre Politik ein Unternehmen, müsste sie schon längst Insolvenz anmelden."

Diese Sätze begleitet sie mit einem düsteren Grinsen. Es drückt Resignation aus, hilfloses Anrennen gegen Beton, obwohl sie sich in ihren Argumenten überlegen fühlt. Er wiederum erkennt durchaus, dass in ihrem Lächeln keine Fröhlichkeit steckt. Seine Chance, mit einem plötzlichen Mundzucken schließt er sich ihrem Grinsen an, mehr mechanisch. Er versteht es, Kritik zu übergrinsen und sich Konfetti ins Leben zu pusten. Wie auch immer, sie senden sich gegenseitig ein Lächeln zu, sie ein enttäuschtes und er eines mit einem verkleideten Teufel in der Pupille.

„Natürlich gibt es die schwindende Zustimmung bei den Wählern, das sehen wir auch. Nur kommen wir in der Ursachenanalyse zu völlig anderen Erkenntnissen. Was wäre denn Ihre Lösung, um die Akzeptanzkrise zu beseitigen, denn davon sprechen Sie doch, oder?"

Das war jetzt gar nichts, seine Uneindeutigkeit in der Gegenwehr ähnelt einem hilflos paddelnden Menschen in Schwimmflügelchen. Offensichtlicher kann man nicht dazu einladen, ihn doch extra noch einmal unter Wasser zu drücken. Macht sie aber nicht, sie bleibt brav.

„Die Lösung kann ganz einfach sein. Sorgen Sie dafür, dass wir Jüngeren in den politischen Entscheidungen ganz unmittelbar vorkommen, sofern sie uns betreffen. Sorgen Sie dafür, mehr wollen wir gar nicht. Wir wollen mitreden, ohne das enge Korsett von Parteien, ihren Denkvorschriften und Machtgezoffe."

Er geht in einen langweiligen Lehrermodus. „Als Einzelner lässt sich nie etwas bewirken, das ist das eine. Und das andere: Ohne

Parteien würden Demokratien in einem heillosen Chaos versinken, weil Meinungen nicht mehr organisiert werden könnten."

Kommt aus der Phrasenkiste, staubtrocken. Aber ich verstehe, der Konjunktiv soll ihm jetzt helfen. Mit dem als Schwert lässt sich notfalls jeder Fakt zerschlagen, genauso hilft er umgekehrt, jede unsinnige These spekulativ zu begründen. Doch bei ihr läuft er damit ins Leere.

„Mir geht es doch nicht gegen die Existenz von Parteien, sondern darum, dass es daneben auch organisierte politische Mitwirkungsmöglichkeiten geben sollte. Und zwar als etablierte Strukturen von der Politik und den Parteien gern gesehen und aktiv unterstützt. Ja, richtig, viel mehr Mitsprache durch uns Jüngere."

Wieder hat sie die Sätze überschnell heraus getaktet. Möglich, dass sich hinter ihrer hektischen Sprachweise die Absicht verbirgt, das Denken des Gegenübers und mögliche Widersprüche einfach wegtrommeln zu wollen, die bessere Meinung würde schließlich für beide reichen.

„Niemand will doch an Ihre Schalthebel, warum kommen bei Ihnen direkt Revolutionsängste hoch, Herr Schschsch …!"

Schnell noch verknotet sie ihre Stimmbänder, fast wäre ihr seine Name herausgerutscht. Ein beherrschter und guter Zug.

Er lächelt daraufhin nur, zuckt die Schultern mehrmals dezent hoch. Ablehnend. Sie hingegen streckt ihren Oberkörper nach oben, legt den Kopf etwas weiter vor, macht sich präsenter. Aus ihren Augenpartien ist etwas der negative Schatten gewichen.

„Ich denke an sowas wie ein Jugendkabinett, mehr nicht. Beispielsweise, dass alle Jugendlichen, sagen wir mal zwischen sechzehn und fünfundzwanzig Jahren und die sich dafür registriert haben, bei neuen Gesetzesvorhaben online zustimmen oder ablehnen können. Oder ein festes Jugendgremium wählen lassen, das dann Einfluss auf geplante Gesetze nimmt und sie stoppen kann.“

Seine Reaktion? Er nimmt’s lustig, ruckartig hochschnellende Arme, überschlagende Stimme. So lachen Gelegenheitskostümierte auf Karnevalssitzungen, nachdem sie sich vorher schlechte Witze lustig trinken mussten.

„Ein Aufpassergremium, das wollen Sie?“

Sapfel ahmt den Takt ihrer Stimme nach, prustet nochmal los, jetzt lauter und in künstlich belustigter Tonlage. Als würde ihn eine Hitzewelle ergreifen, verfärbt sich seine Gesichtshaut, sein Blick tanzt einen ekstatischen Beat.

„Ich bitte Sie, bleiben Sie auf dem Teppich, bitte! Was fordern Sie denn, etwa Kinderpolitiker? Wollen Sie aus der gesellschaftsbestimmenden Politik ein pädagogisches Lernfeld machen? Alle mal mit der Hand auf die heiße Herdplatte fassen, damit gelernt wird, zukünftig gefälligst die Finger davon zu lassen?“

„Nicht so respektlos denken, in dem Alter ist man kein Kind mehr!“ Die Lautstärke ihrer Stimme steigt kontinuierlich.

„Einfach mal was mehr Demut gegenüber der jüngeren Generation zeigen und aufhören mit dieser unbescheidenen Art, Sie wüssten immer und überall sehr genau, was gut für uns ist.“

Ihre sowieso schon beträchtliche Wortgeschwindigkeit hatte bei den letzten Sätzen noch etwas zugenommen, trotzdem blieb jede ihrer eng zusammengepressten Silben verständlich. Nur das notwendigerweise noch schnellere Einatmen während des Sprechens klang bei den letzten Sätzen etwas lauter. Auch ihre Handbewegungen wirken fuchteliger, alles Zeugnis innerer Erregung. Sie schäumt und auch Sapfels Emotionsspiegel erreicht ein neues Level. Unwirsche Gestik und unruhige Muskelbewegungen in seinen Gesichtszügen, die Tonlage wird böser, ein gegenseitiges Pushen vom Feinsten. In der Weise hatte auch mein früherer Geschichtslehrer agiert, um sich sekundenschnell durchzusetzen, was richtig ist.

„Es geht um den Sachverstand, an dem es den Jüngeren zwangsläufig mangelt. Reales Leben gestalten wollen hat so gar nichts mit lustigen Pfadfinderlagern oder dem Heldentum in Streaming-Serien zu tun."

Feindseligkeit zwischen Menschen hat einen großen Unterhaltungsfaktor, einige um die beiden herum fühlen sich gut unterhalten. Sie kontert.

„Wie vorurteilsbehaftet, uns in einem blinden Rundumschlag sachliches Verständnis für unser Dasein abzusprechen. Darf ich Sie mal fragen, woher ein Politiker eigentlich ständig neuen Sachverstand hernimmt, wenn Sie nacheinander verkehrspolitischer Sprecher, dann Entwicklungsminister, irgendwann Spezi für die Außenpolitik und plötzlich haushaltspolitischer Sprecher sind? Morgens ein Wundermüsli für Politiker reinlöffeln und ruckzuck ist man fit für den neuen Job?"

„Gilt nicht für mich", süffisantes Grinsen. „Mein politischer Weg lief ganz anders."

Ein Mann amüsiert sich, ohne Partei zu ergreifen. „Bei Zoff eine Rettungsgasse bilden." Ohne Resonanz, die junge Frau blickt böse in Sapfels Gesicht.

„Sehr wohl haben Sie verstanden, was ich meine!"

Natürlich hat er das, er will trotzdem nicht darauf eingehen. Den gesamten Körper leicht nach links gedreht, knotet Sapfel seinen Blick an sie und lässt ihn vorerst nicht mehr von ihr ab. Er hat seinen Erscheinungsmodus geändert und schaut sie freundlich-desinteressiert an, etwas gedankliche Abwesenheit suggerierend.

„Ich nehme unseren Disput sportlich, ehrlich. Sie imponieren mir, in der Theorie hat Ihre Idee bestimmt viel Charme. Theoretisch könnten alle Menschen auf der Welt glücklich leben, außerhalb der Theorie beißt es aber halt überall.“

Solche Formulierungen versprechen nichts Gutes, diese kleine Krönung im Nebensatz hat etwas von einer Kröte. Und tatsächlich, wer noch nie die Geschmacksreaktion auf eine Schokoladen-Mayonnaise-Creme mit untergemischten Fruchtfliegen durchstehen musste, erlebt sie in diesem Moment: Aus dem Nichts heraus betoniert sich ein fettes Ausrufungszeichen in ihr Gesicht, weit aufgerissene Pupillen, alles in allem eine seltsam düstere, aus den Tiefen der Psyche heraus geschossene Erschrockenheitsmiene.

„Wie empörend und arrogant, sich so in seinem Ego zu aalen! Das ist sehr unterschlau. Und gerade Sie wollen mit so einer deprimierenden Wertschätzung der Jüngeren Politik für sie machen?“

Eben hatte ich durch irgendeinen möglicherweise nicht ganz logischen Gefühlsimpuls noch den Eindruck, sie würde sich kurz vor dem Ziel wähnen. Ihn geknackt zu haben, dass er wenigstens einen Schritt auf sie zukommen oder vielleicht sogar heimlich eine Spur von kapitulierenden Gesten zublinzeln würde. Nichts dergleichen, falsch kalkuliert, souverän lächelnd steht er auf. Alles scheint kalkuliert, sein letztes Statement genauso wie sein Ausstieg jetzt.

„Entschuldigung, ich muss mich verabschieden.“ Selten habe er so lange in einer Sauna verharrt, natürlich der fesselnden Diskussion wegen. Halt diese Schleimfreundlichkeiten, wenn man möglichst würdevoll einer Situation entfliehen möchte. Noch schnell in unsere Runde lächeln, einen verbalen Blumenstrauß als artiges Dankeschön an seine Widersacherin.

Weicht er aus oder ist er tatsächlich durch die Saunahitze über-
glüht? Die blond gesträhnte Frau muss den plötzlichen Cut erst
einmal kapieren. Mit zusammengefalteter Gesichtshaut schüttelt
sie den Kopf, gibt ihm aber trotzdem ein respektvolles „Tschüss"
auf den Weg mit. Das erste Mal in sehr langsamer Buchstaben-
folge gesprochen.

Wir bleiben im riechenden Saunaschweiß zurück, eine entkräfte-
te Stille entsteht. Der Jemand von eben versucht die atmosphäri-
sche Spannung zu durchbrechen. Er war im Verlauf der Diskussion hinzugekommen und hatte anschließend die Äußerungen
sowohl von Sapfel als auch von ihr nickend begleitet. Egal was
gesagt wurde.

„Sie wollen einfach zu viel auf einmal", sagt er, seine Schultern
hüpfen dabei bedauernd hoch. Ich liebe Menschen mit doppel-
deutigem Dackelblick, nur gibt es keine bessere Verwendung für
sie? Von ihr kommt keinerlei Reaktion, in der feuchtwarmen
Luft bleibt eine Leere.

Dass Sapfel aus der Sauna heraus nicht unter die Dusche, sondern
durch die Tür in Richtung Schwimmbad gegangen ist, lässt in
meinem Kopf wieder den Penis-Comic entstehen. Eine kleine
Sequenz als Fortsetzung. Sie zeigt, wie Sapfel unter Wasser ge-
taucht ist und sein Atem in kleinen Luftbläschen nach oben steigt.
Sie ploppen an der Oberfläche auf und verschwinden dann sofort zum Nichts. Auch seine Widersacherin rennt plötzlich an
den Beckenrand und springt ihm hinterher.

Es vergehen ein paar Momente, die Wasseroberfläche wird ruhiger, irgendetwas passiert in der Tiefe. Dann schießen sie wieder
heraus. Synchron und nicht in der gleichen Erscheinung, wie sie
eingetaucht sind. Sondern sie schießen als lesbische Meerjung-
frauen aus dem Wasser hoch empor, die eine Flosse in kräftigem
Türkis und die andere in hellerem Rosa. Ihre Körper umarmen,
verschlingen und küssen sich. Wer welche Meerjungfrau ist,

lässt sich nicht erkennen, weil sich sein Hosenwurm hinter den Schuppen versteckt hält, vielleicht auch nicht mehr vorhanden ist.

Wie wandlungsfähig Sapfel dann doch sein kann.

Telefon-Flat klingt zu Englisch

Mittags ist Rentnerzeit, Männlein und Weiblein gemischt, alterstypische Witze. Den meisten fehlt es an einem innigen Liebesverhältnis zu den Sportgeräten, deshalb streunen sie mehr um sie herum als sich an ihnen abzumühen. Hier und dort ein paar kurze ehrgeizlose Versuche, auch das gibt schon ein bisschen das Gefühl, etwas für ein bisschen fitteres Leben getan zu haben.

Vor allem wollen sie sich einfach treffen.

Eine gut zusammengesetzte Clique, der man nebenbei gesagt mehrheitlich durchaus ansieht, wo die jährlich in Deutschland über eine Milliarde geschleckten Eiskalorien gelandet sind. Ansonsten ähnliche Freundlichkeit, ähnliche Stolpersteine im Rentneralltag, viele gemeinsame Meckergründe bei ihren Lebenswehwehchen. Dass sich der Körper immer mehr Stellen sucht, wo er listig darauf hinweisen kann, wie viel Bewegungen er schon auf seinem Tacho hat. Auch die überfüllten Busse und unpünktlichen Handwerker. Oder dass befürchtet wird, beim Kofferpacken für den Urlaubsflug an der zwanzig-Kilo-Grenze zu scheitern und man sich deshalb noch schnell bei Aldi eine Kofferwaage besorgt hat. Dort gerade billig in einer Sonderaktion, glücklicherweise im Prospekt gesehen.

Sowieso eignet sich in dieser Truppe alles, was die Discounter-Prospekte frisch hergeben, für amüsante Gespräche. Hochkonjunktur haben immer gegenseitige Einkauftipps, gerne mit dem Hinweis verbunden, gegenüber den Geschäften immer schön skeptisch zu bleiben. „Ich wiege abgepacktes Fleisch zuhause immer nach, Obst und Gemüse genauso", machte zuletzt mal einer sein Misstrauen deutlich.

Heute hat sich als Kontrast ein junger Mann unter sie gemischt. Wuschelbärtig, talgige Haut, Körper mit gewissen Schönheitsfehlern in den Proportionen, Brille in zweckmäßigem Schick, schüchterne Augen. Eigentlich alles, was die Klischeeschublade zu Nerds zu bieten hat. Dann hat er sicherlich Siri als hauptsächliche Kommunikationspartnerin, das flotte Mädel für Kontaktscheue. Er könnte beim Schwitzen natürlich auch über technische Allerweltsthemen sinnieren, beispielsweise über das Cross Domain Login Handling über Ajax mit Credentials. Wissen wir nicht, will hier auch niemand unbedingt wissen. Genauso die Frage, was passiert sein mag, dass er statt in Algorithmen zu wühlen sich ganz ins Gym verirrt. Dazu noch nackt, Nerds sind bekanntlich eher prüde.

Sein optischer Kontrast aus der Rentner-Community nennt sich Johann, sportlich und einer der Aktivsten. Lässt sich kaum übersehen, seine Brust zeigt infolge der kräftigeren Durchblutung eine deutliche Wölbung, wenn er aus der Schwimmhalle direkt in die Sauna kommt und vor dem Entkleiden der Badehose beide Händen synchron am Oberkörper herunter gleiten lässt. Er möchte seinen Trainingseffekt erfühlen und sich innerlich ein bisschen Lob zusprechen. Kann er zu Recht mit seiner drahtigen Figur, er hat sich mal als Achtundsechzigjähriger geoutet.

Sonderlich viel Begrüßung gibt es meist nicht, wenn einer nach dem anderen aus dieser Gruppe die Sauna betritt. Kopfnicken und ein bisschen Bewegung in der Mimik reicht in dem eingespielten Kreis. Im Alter müssen die Sprachenergie geschont und die wenigen Themen gestreckt werden. Doch diese Gesprächseinstimmung wartet Johann diesmal nicht ab, er hat Druck auf der Seele. Seine Mutter, rechnerisch über neunzig, habe ihn eben noch angerufen, erzählt er.

„Johann, ich muss ans Festgeld", hätte sie erregt gesagt. Was ihn verwunderte, da im Moment keine besonderen Ausgaben anstünden.

„Die Polin telefoniert so viel nach Hause, manchmal eine ganze Stunde oder sogar länger. Bis nach Polen!", zitiert er seine Mutter und schildert dann den weiteren Dialog.

„Sag nicht immer Polin“, hätte er darauf geantwortet und versucht, bei ihr Verständnis für die Pflegekraft zu entwickeln. „Du weißt doch, dass ihr Mann krank ist, natürlich möchte sie deshalb öfter mit ihm telefonieren. Und sei froh, dass wir sie für Vater haben, sie macht doch alles wunderbar.“

Klingt nachvollziehbar, nicht so für seine Mutter. „Aber was das kostet, was das kostet. Du weißt ja nicht, was das kostet!“ Ihre Worte seien sehr eindringlich geworden, erzählt er und lässt aus seinem Gesicht herauslesen, mit welchen Mühen er manchmal bei ihr zu kämpfen hat.

„Mama, darüber haben wir doch schon mehrmals ausführlich gesprochen. Ich habe dir eine Flatrate eingerichtet, die kostet im Monat doch nur 25 Euro, ganz egal wie lange sie telefoniert. Das habe ich dir doch auf den Kontoauszügen gezeigt, es werden jeden Monat nur diese 25 Euro abgebucht, kein Cent mehr.“

Das können Fakten sein, ihre Logik beruhigen sie jedoch nicht. Im Gegenteil, schildert Johann ihre Einwände weiter.

„Das glaubst du doch selbst nicht, irgendwann kommt das böse Erwachen. Telefonate waren immer teuer, die schenken doch keinem was“, hätte sie sich in ihren Ängsten nicht ernst genommen gefühlt. „Du hast ja noch nicht mitgemacht, was ich schon alles mitgemacht habe, was haben wir nicht alles bei der Währungsreform verloren.“

Und dann in mütterlich-erzieherischem Ton, so Johanns Schilderung, der wie gesagt selbst schon Rente bezieht: „Mach du erst mal meine Erfahrungen, keiner auf der Welt gibt was umsonst, das wirst du noch merken.“

Ein vorläufig letzter Versuch, seine Mutter zu beruhigen: „Früher gab es keine Flatrates, Mama. Das ist ein Pauschalbetrag, der felsenfest ist, egal wie lange du telefonierst. Ich habe dir doch erklärt, wie solche Flatrates funktionieren.“

„Ja, aber das ist was Englisches, dafür bin ich zu alt.“

Er hätte noch weitere Überzeugungsversuche gestartet, irgendwann sei ihm seine Mutter in der unmissverständlichen Art selbstbewusster Kriegsfrauen ins Wort gefallen.

„Wir müssen Schluss machen, wird zu teuer!“

Jetzt prustet der Siri-Flirter, eine Tonmischung aus wieherndem Pferd und verrosteter Sirene. Ein überraschender Dopamin-Überschuss könnte der Grund sein.

„Kollege, lebt ihr zurück?“ Seine ungeübten Lachlaute flammen erneut auf.

„Flatrates? Die sind vorbei, nimm ne App. Da zahlste für’s Telen nix, die kleine Tomatenscheibe auf dem Burger kostet mehr.“ Für ihn begann die Weltgeschichte scheinbar an dem Tag, als seine kleinen Kinderhände beim Surfen das erste Mal bunte Sachen auf einen Bildschirm zauberten.

Jetzt müsste ich ihm helfen, Zusammenhänge herzustellen. Dass die Apps möglicherweise irgendwann genauso wie das Wählscheibentelefon oder der Walkman einen seligen Tod sterben werden, die Tomaten dann immer noch an Pflanzen wachsen werden, genauso wie sie schon immer an Pflanzen wuchsen.

Ich lasse es, er würde sich über Vergangenheit doch nur lustig machen.

Hot Dogs beißen doch

Karl hat mir meinen Tag versaut. Er hätte doch einfach früher, später oder gar nicht da sein müssen. Zur gleichen Zeit andere sinnvolle Sachen machen, Bankbelege sortieren oder Frauen im Altersheim wüste Geschichten vorlesen. Aber nein, er wühlt in meiner Vergangenheit herum und treibt Erinnerungen an Verzweifelungstränen in mir hoch.

Zwei Damen sprechen den Mann mit „Karl" an, seine Mundwinkel permanent auf Halbmast, die Zähne nikotingefärbt. Sie flankieren ihn auf der mittleren Sitzebene der Sauna, völlig gegensätzliche Figuren. Die Frau auf der linken Seite, übermenschlich groß gewachsen, eher Typ Truckerin als verschmustes Modepüppchen, sie besitzt immer vier Katzen. Stirbt eine oder geht jemand bei nächtlichen Katzenkämpfen verloren, wird die Gruppe wieder aufgefüllt. Vier müssen es immer sein, warum diese Marotte, erfahre ich nicht.

Ganz anders die zweite und etwas ältere Dame, in ihrem Alltag gibt es keinen Platz für Tiere. Nach ihrer vorzeitigen Pensionierung und Scheidung will sie unabhängig bleiben, bitte auch keine Enkelkinder. Die Freiheit genießen, jederzeit Freundinnen treffen können, kulturell interessante Fernreisen und vor allem viele Theaterbesuche. Sie lässt in ihrem ganzen Ausdruck positive Kraft herausquellen: Selbsterfülltes Zufriedenheitsleben, gut situierte Frisur, entspannte Körperbewegungen, feines Saunatuch einer Beauty-Marke, für ihr Alter eine Schönheit.

Karl wiederum ist in Kummerspeck gekleidet und hat, so entnehme ich seinen Erzählungen, einen Hund. Ähnlich betagt wie sein Herrchen. Ein vierbeiniger Dackel-Opa mit fast vierzehn Jahren auf dem Buckel, er frisst nur noch kalorienreduziertes Futter, irgendwas stimmt gesundheitlich schon länger bei ihm nicht. Der Mann zählt eine lange Liste an Symptomen auf, die die Katzenbesitzerin allesamt als typische

Alterserscheinungen identifiziert: Immer wieder eigenartiges Husten, sehr matt zwischendurch, hört schlechter, Tendenzen von Inkontinenz, will nicht mehr gerne nach draußen, stolpert auf Treppen.

So kurze Beine können stolpern?

„Gestern hatte Waldi einen ganz schlechten Tag, heute Morgen war er wieder deutlich besser drauf."

Aufmunternde Worte der Katzenbesitzerin. Die Bewegungen seiner Mundwinkel zeigen für einen Moment einen Anflug leichter Freude, bei mir jedoch ein leichter Erinnerungsschock. Durch den Namen „Waldi", mein Trauma. Zunächst entstehen im Kopf diffuse Bilderfetzen, die sich dann recht schnell zu längeren Filmsequenzen zusammensetzen und genau auf die angsterfülltesten Vergangenheitsmomente zusteuern.

Verursacher war vor Jahren ein gleichnamiger Allerweltsdackel. Statt wie andere Exemplare dieser Gattung mit häufiger Überfütterung, die deswegen mit durchhängendem Bauch den Bürgersteig schrubben, bekam dieser Köter plötzlich Lust, mir von hinten kommend in die rechte Wade zu beißen. Was schon ärgerlich genug, aber keineswegs erschütternd war. Sondern das Dramatische entstand dadurch, dass sich nach dem Biss nur schwer klären ließ, ob er frei von Tollwut ist.

Meine durch das Wort Waldi erweckten Erinnerungsemotionen sind sehr stark, so heftig, dass mein Kopf unverzüglich nach einem Ventil schreit. Etwas muss raus, ich muss meine Geschichte in das Gespräch dieses Saunatrios einbringen.

„Oh oh", reagieren die beiden Damen hintereinander. Freundliche Betroffenheit, unverbindlich.

Der Mann dagegen: „Bestimmt kein richtiger Biss, nur ein kleines Zwicken." Vorsorglich nimmt er seinen und alle anderen Dackel in Schutz, ohne Zusammenhänge zu kennen.

Ich erzähle, dass der Ausgangspunkt in unserem Wohnviertel war. Ein Spaziergang, mein damals drei Monate alter Sohn Tim schlummerte in einem Brustbeutel an mir. Eher zufällig wirkend näherte sich ein Waldi, er hüpfte zunächst wie beiläufig bellend um uns herum. Kaum hoch, wie sollte er auch ohne spezielles Hundetrampolin (Kurzbeiner sind sie übrigens wegen eines Gendefekts)? Er hatte uns als Opfer seiner schlechten Laune auserkoren, startete immer wieder Versuche, mit sprungartigen Bewegungen an die kleinen Füßchen von Tim zu gelangen.

„Ihr Dackel, passen Sie auf ihn auf“, signalisierte ich seinem Besitzer, er möge doch bitte seinen penetranten Hund zurückrufen. Ein älterer Mann mit einer Statur von nur gut 160 cm, zuhause in einer der nahen Häuser. Keine Reaktion, auch nicht, als ich ihn zum zweiten Mal aufforderte, seine inzwischen nervende Kreatur zu sich zu rufen. Hört er schlecht, altersbedingt? Macht er auf stur, seiner Hunderasse wird ein starrsinniges Verhalten nachgesagt. Und gerüchteweise werden ältere Dackel mit ihren älteren Herrchen und Frauchen gerne mal zu einer Symbiose.

Mir blieb also nichts anderes übrig, als mich dem Hund energisch zuzuwenden.

„Kusch dich!“, wie man das üblicherweise dann so sagt. Keine erkennbare Reaktion, als hätten er und sein Leinenträger die gleiche Taktik. Erneute Ansage, jetzt deutlich schärfer.

„Kusch dich, sonst bekommen wir zwei richtig Ärger.“ Mein rechter Fuß zuckte drohend in seine Richtung.

Jetzt endlich schien er mich ernster zu nehmen, glaubte ich. Jedenfalls trollte er sich tatsächlich zur Seite und verschwand aus meinem Blickfeld.

Was ich nicht ahnte: Er hatte nur seine Nervtaktik geändert. Nicht mehr nur aggressiv tun, auch aggressiv sein. Das zeigte mir ein plötzlicher Schmerz in der rechten Wade. Dieses Luder hatte mich tatsächlich gebissen! Feige von hinten aus dem Hinterhalt. Warum?

„Der Dackel hatte eine Mission!" Die adrett frisierte Dame wirft schmunzelnd eine Erklärung in die Runde.

Vielleicht. Den heimlichen Traum leben, mal für ein paar Momente nicht mehr diese deprimierend langweilige Hundekreation spielen zu müssen, von Omas und Rentnern hinter sich her gezerrt zu werden, mit Frauchen im Partnerlook umher rennen müssen, durch verschlossene Wohnungstüren sinnlos bellen zu müssen. Sondern sich auch mal von dem Gedanken treiben lassen, der Welt zu zeigen, wie viel Krawallbruder sich in so einer Wurst mit Ohren verbergen kann.

Welt, du wirst uns fürchten lernen. Schluss mit dem Schicksal der selbstlaufenden Verlängerung von Hundeleinen, mag ihm durch den Kopf geschossen sein. Nicht mehr zum Schutz vor größeren Kötern auf den Arm genommen werden, lieber mal etwas Jagdhund sein, der Ferrari unter den wurstartigen Kläffern.

Wer kennt sie schon, die Wirrungen im Hirn eines Dackels?

Verärgert fauchte ich ihn an, rief im nächsten Atemzug seinem kleinen Besitzer zu, sein Hund habe mich gebissen. Er solle ihn endlich zu sich rufen, ich würde dem kurzbeinigen Kläffer sonst die Beine lang machen.

Interessanterweise hörte mich der Mann nun doch. „Waldi", rief er, einmal, zweimal, dreimal. Endlich trollte sich der Hund in seine Richtung. Seine Mission war eh beendet.

Die beiden Frauen kichern die ganze Zeit. Selbst ihr Saunabekannter, Auslöser meiner Erinnerung, amüsiert sich.

„Das könnte meiner gewesen sein, original. Der hat sogar taube Ohren, wenn er in Kampfhaltung eine Bulldogge provoziert."

Soweit mag die Geschichte auch noch recht lustig gewesen sein, die Probleme kamen erst später. Ich erzähle weiter, dass der wirklich auch nur kleine Biss eigentlich längst vergessen gewesen wäre, hätte nicht abends ein Freund nach meiner Tetanusimpfung gefragt. Hatte ich schon länger keine, also sicherheitshalber ins Krankenhaus gefahren. Und dort fragte der Arzt nach der Tollwutimpfung des Beißköters. Keine Ahnung, woher sollte ich das auch wissen?

„Sollte man in Erfahrung bringen. Man stirbt innerhalb weniger Tage, sobald Symptome erkennbar sind", klärte mich der Doktor auf. Das Virus vermehre sich an der Beißstelle und wandere dann über die Nerven durch den gesamten Körper.

„Dann gibt's keine Chance mehr zum Entrinnen, bestenfalls noch Zeit fürs Testament. Man stirbt dann automatisch durch Lähmung der Atemmuskulatur."

Panikmache, ich hatte den Hinweis zunächst wenig ernsthaft empfunden. Solche Themen waren weit weg von meinem gerade sehr gut laufenden Leben. Geheiratet, süßer Nachwuchs, neues Haus, gerade ein guter Karriereschritt, demnächst Urlaub an der Südsee, dann nächstes Kind geplant.

Mein Denken änderte sich jedoch, sicherheitshalber doch mal bei Waldis Rentner-Herrchen wegen der Tollwutimpfung nachfragen. Was sich jedoch erstens äußerst kompliziert und zweitens wenig amüsant gestaltete. Die Kurzfassung: Seine Telefonnummer herausgefunden und ihn angerufen. Er legte sofort wieder auf, als er vernahm, von welchem Vorfall ich spreche. Mehrmals erneut seine Nummer gewählt, immer das gleiche Ergebnis. Die kleine und nur oberflächliche Bisswunde störte mich nicht, ich wollte lediglich eine Information zur Tollwutimpfung.

Warum wollte er nicht mit mir sprechen?

Als nächster Versuch ein Einschreibebrief, der kam ein paar Tage später mit dem Vermerk „Annahme verweigert" zurück. Die Polizei angerufen, was ich tun könne. Eine Anzeige erstatten und gleichzeitig einen Anwalt einschalten, riet man mir. Machte ich, auf das Schreiben der Anwältin auch keine Reaktion.

Warum blockt er? Ist der Hund nicht geimpft? Gibt es sogar Tollwutsymptome?

Meine drei Zuhörer und ein zwischenzeitlich weiterer Mann rotten sich zusammen und erklären sich solidarisch mit mir.

„Big dislikes", versucht sich die aufgehübschte Dame in Englisch. Die Katzenfrau schlägt noch härter drauf, sie zitiert einen Spruch ihrer Tochter vom gestrigen Tag: „Umhäkelte Klopapierrolle hinten auf der Ablage, Charakter wie ein abgefahrener Reifen."

Sogar der Dackelbesitzer in der Sauna nimmt seinen vermeintlichen, aber ihm unbekannten Kumpel in der Waldi-Community ein kleines bisschen ins Visier.

„Das gehört sich nicht", dann jedoch einschränkend: „Aber wer weiß, welche Gründe er gehabt hat, eigentlich untypisch so etwas."

Eigentlich, war trotzdem so.

Fast vier Wochen waren seit diesem Vorfall bereits vergangen, ich immer noch unwissend. Die Zeit lief mir langsam davon, mein Kopf spuckte immer häufiger fürchterliche Phantasien aus. Nachts wildes Schwitzen, auch mal panische Angstattacken, ständiges Druckgefühl unter meiner Schädeldecke: Dieser Jagdhund hat Tollwut, er hatte Jagd auf mich gemacht und ich werde daran zugrunde gehen. Andere Gedanken ließ mein Kopf in solchen Momenten nicht mehr zu.

Deshalb musste ich die Reißleine ziehen. Google gab es seinerzeit noch nicht, hätte mir aber auch nicht geholfen, deshalb hin zu meiner Hausärztin. Mit ihr über welche Behandlung bei welchem Szenario reden, irgendetwas musste ich tun. Symptome spürte ich noch keine, aber mein Kopf sagte mir immer lauter, bald würden sie kommen, garantiert.

Auch die Ärztin wälzte erst einmal medizinische Fachliteratur, mit Tollwut-Infektionen hätte sie sich damals im Studium beschäftigen müssen, seitdem nie etwas damit zu tun gehabt. Nicht gerade ein Mutmacher. Sie würde sich später telefonisch bei einem Tropeninstitut schlaumachen.

Ihre Erkenntnisse am nächsten Tag, die mich umzuhauen drohten: „Wir sind eigentlich schon viel zu spät dran."

Sofort mit einer Immunisierung beginnen, wäre der einzige Weg, in zwei Wochen könnte alles schon zu Ende sein. Nur dauert allein die Lieferung des Gegenmittels etwa eine Woche, gibt es keine bessere Alternative?

Mit Tränen in den Augen hockte ich vor der Hausärztin. Dunkle Angstphantasien dieser Art hatte ich vorher schon ständig gehabt, ja. Aber anschließend obsiegte immer das Vertrauen in mein Lebensglück, das rettende Gefühl, einfach nur das Opfer einer selbst eingeredeten Panik zu sein. Die nächtlichen Albträume mit beißwütigen Dackeln überall um mich herum, ich spürte die vielen geträumten Bisse sogar physisch. In meinem Hirn spukt es vor Waldis, aus jedem Türspalt und hinter jeder Mülltonne springen sie hervor, wild kläffend mit beißender Fratze.

Im Arztzimmer sitzend spürte ich die Dackelbisse wieder. „Game over", klang es durch meinen Kopf, pure Angst durchzog meinen gesamten Körper. Am liebsten hätte ich der Ärztin meine Panik wild entgegen geschrien, es kam nur ein wirres Stammeln heraus. Immerhin, die Ärztin nahm mich in den Arm und streichelte mir wie eine enge Freundin über den Kopf. Dankbar saugte ich ihr wärmendes Körpergefühl auf.

Während ich diese Episode erzähle, spüre ich ein eigenartiges Kältezittern. Es zieht sich durch den ganzen Körper, auch durch meine Stimme. Die Angst ist zurück. Das Trio und der vierte Mann spüren meine kaum zu übersehende Gemütsbewegung, die kräftige Dame kommt zu mir herüber und nimmt mich beruhigend in den Arm, ähnlich wie die Ärztin.

„Das ist doch Vergangenheit, alles ist gut."

Natürlich war nichts gut, sogar mit viel Zeitabstand nicht. Ich rede mit stockenden Worten weiter, erzähle, dass der Ärztin mit einem Mal eine ganz andere Idee kam, als das Serum zu bestellen.

„Ich hab's", habe sie kopfnickend mit leicht nachdenklichem Blick gesagt, löste die Umarmung, drehte sich vor mich und streckte mir ihre Hände zum Anfassen entgegen.

„Ein Tag mehr rettet uns jetzt auch nicht, wir gehen die Sache anders herum an."

„Ja?" Viel Mut erzeugte sie bei mir durch diese Äußerung noch nicht, aber wenn man sich vor eine Wand gestellt fühlt, bekommt jede kleinste Hoffnung eine Chance.

„Ich werde den Hundebesitzer selbst einmal anrufen und versuchen ihn zu bewegen, mit seinem Hund sofort zum Amtsarzt zu gehen. Möglich, dass ich ihm deutlich machen kann, dass es nun auf ihn ankommt."

Sie ließ sich von mir seine Telefonnummer geben und bat mich hinauszugehen. Ungefähr eine lange Viertelstunde später durfte ich wieder zu ihr ins Sprechzimmer.

Ihre Lachaugen machten mir sofort neue Hoffnung, grenzenlose Hoffnung sogar.

„Kurz zusammengefasst: Der alte Herr wusste nicht mehr, wann die letzte Tollwutimpfung vorgenommen worden ist, wahrscheinlich schon länger her." Dann eine Spannungspause, an die ich mich noch gut erinnere, vielleicht weil sie sich so quälend in mein Hirn marterte und explosionsartig neue Existenzängste hochkommen ließ.

„Jetzt das Positive: Ich konnte ihm unser Problem verständlich machen. Morgen wird er mit dem Hund zum Amtsarzt gehen und das Testat anschließend direkt zu mir in die Praxis bringen. Er hat mir das ganz fest versprochen, und ich vertraue ihm auch."

Wenigstens das, wie klasse! Drei Ausrufungszeichen.

Schon zum zweiten Mal streckte sie mir dann ihre Hände entgegen, wie begeisternd dieses plötzliche Gefühl. Ihre Worte klangen auch deshalb aufmunternd, weil sie von „unserem" Problem sprach. Allein das tat gut.

Erwärmender Mut stieg in mir hoch, wie bei einem kräftigen Schluck Alkohol in einen unterkühlten Körper. Einen winzigen Augenblick später klopfte wieder mein Hirn an die Schädeldecke und mahnte: Einen Sonnenstrahl darfst du dir vorstellen, nur nicht die ganze Sonne. Denn das Ergebnis der Untersuchung kann immer noch sehr erschütternd sein, die Skepsis begann erneut meine Gemütslage zu regieren.

„Ob es ein gutes Ende nimmt?", fragte ich sie in einer bittenden Tonlage. Meine Ängste zeigten wieder ihre fiese Grimasse, nun durch sie mit ein paar Hoffnungspünktchen geziert. Ihre Gesichtszüge bekamen nochmal etwas Mütterliches, sie zog mich an sich heran, legte ihre Hand auf meine Schulter und beruhigte mich mit streichelnden Bewegungen.

„Er hat mir sehr glaubwürdig versichert, an seinem Hund seien bisher keinerlei auffällige Symptome zu erkennen gewesen." Noch mal ein paar Pluspünktchen für meine Zuversicht. Am Ende doch großes Glück gehabt?

„Genau so kam es."

Ich lasse an der Saunaclique wuchtvoll meine Freude aus. Sie lässt sich nur von jemandem erspüren, der eine zunächst lebensbedrohende und dann glückliche Situation nochmals innerlich bis in die letzten Sequenzen durchlebt hat.

Die kulturbegeisterte Dame schickt mir ein warmes Lächeln, sie küsst mich innig mit ihren Augen. „Wie haben Sie das Ergebnis erfahren?"

Aus dem Mund meiner Ärztin, in dem Moment eine Heldin für mich. Der Waldi-Besitzer hatte am nächsten Tag tatsächlich das Testat des Amtsarztes in ihre Praxis gebracht, Befund positiv für mich. Totale Erleichterung nach einer weitgehend schlaflos-verschwitzten Nacht. In fiebrigen Momenten hatte ich versucht mir vorzustellen, wie sich eigenes Denken anfühlt, wenn man gar nicht mehr denken kann. Verworrene Vorstellungen dazu, wie man sein Denken ein Stückchen in die Zeit des Nichts hinüberretten kann. Absurde Hochseiltänze im Hirn, den vermuteten Tod quasi schon zu fühlen und sich an eine Balancierstange zu klammern, als könnte sie den Absturz verhindern.

Auch die andere Dame mit dem breiten Kreuz und den vier Katzen lässt mich angenehm spüren, wie gut sie sich in meine seinerzeitige Gefühlswelt hineinprojizieren kann. Und den Waldi-Besitzer müsse man auch etwas verstehen, meint sie. Im Alter würde sich nicht immer alles klar verstehen lassen oder es würde einfach weggedacht werden, falls es große Unruhe erzeugt.

Kann man so entschuldigen, mir war nicht danach, auch wegen des anschließenden Streits vor Gericht.

Denn weil ich ursprünglich Anzeige erstattet hatte, jedoch nicht auf den Anwaltskosten sitzen bleiben wollte und vor allem das unbegreifliche Widerstreben des Waldi-Besitzers als charakterliche Sauerei empfunden hatte, landete alles vor einem Richter. Ich wollte einen gerechten Abschluss bekommen, keine Rache üben.

Auch daraus wurde nichts, der Richter hatte zu meiner Überraschung keinerlei kritische Würdigung des Verhaltens vorgenommen. Mehr noch, ich verlor diesen Prozess sogar, Klage abgeschmettert. Wohl bestätigte der Krankenhausarzt als Zeuge den Hundebiss, aber ich konnte die durchgebissene Jeans nach einem Jahr nicht mehr als Beweismittel vorlegen. Des Richters Chance, die Geschichte formal abgesichert für seine Gesinnungsentscheidung. Denn seiner Ansicht nach, in schwarzer Robe erzählt, würde diese Hunderasse nie aus eigenem Antrieb beißen. Lebendiger Beweis für diese These wäre sein eigener elf Jahre alter Dackel, sogar mit dem gleichen Namen Waldi.

„Eine völlig an den Haaren herbei gezogene Begründung!" Meine seinerzeitige Erregung aus dem Gerichtssaal ist zurück. Solidarität durch den Hundebesitzer in unserer Runde, nach eigenem Bekunden selbst ein Dackel-Experte.

„Ein Waldi-Zombie." Irgendwie ja.

„Hättest drauf achten sollen, ob er auch sehr kurze Beine hat."

Gleichzeitig lässt uns Karl wissen, er hätte erst vor einigen Wochen gelesen, im amerikanischen Bundesstaat Oklahoma wäre eine mittelalte Frau durch Dackelbisse zerfleischt und getötet worden. Und zwar mit der Besonderheit, dass sich da gleich sieben Dackel zu einer Gang zusammengerottet hätten und gemeinsam über die Frau hergefallen wären.

„Ändert aber nichts daran, dass wohl jeder Hund auch schon mal eine gewisse Beißlust bekommt, mindestens wenn er sich subjektiv in Gefahr sieht." Die ehrlich gemeinte Solidarität von Karl lässt meinen ursprünglichen Ärger über ihn als Initiator der intensiven Erinnerungen an meine seinerzeitige Todesangst deutlich sinken.

Er baut mir gerade sogar den Link zu einem Gedanken, der das Richterurteil erklären könnte: Heißt diese Hunderasse vielleicht gar nicht Dackel, sondern heißt sie in Wirklichkeit Waldi, Dackel ist nur der Tarnname? Und gibt es vielleicht einen Geheimbund der Waldiisten, Richter und Rentner hauptsächliche Mitglieder? Hätte der Köter Fips, Fiffi oder Balu geheißen, wäre das Urteil zu meinen Gunsten ausgefallen. Denn dann wäre die Gattung der Dackel nicht in Verruf geraten.

Mein Saunatrio, der zwischenzeitlich Hinzugekommene ist schon wieder raus, schüttelt in unterschiedlicher Geschwindigkeit den Kopf. Karl tippt sich mit der Hand über die rechte Augenbraue, und wie zur Bestätigung meiner Erklärungsidee gesteht er ein, in seinem persönlichen Umfeld noch zwei andere Dackel zu kennen, die auf „Waldi" hören. Außerdem noch eine Tante in Bayern. Zugelaufener Hund, sie wussten nicht, wie sie ihn rufen sollten. Also wurde er nach dem DIN-Namen der Dackelchen benannt.

„Die Waldis streben eine Weltherrschaft an, alles spricht dafür." Karl lacht mich aus.

„Keine Chance, die können sich gar nicht so schnell vermehren, wie sie die Amerikaner verschlingen."

Fragezeichen? Sein Gesicht wartet darauf, die Erklärung eingefordert zu bekommen. Wir geben sie ihm.

„Namensgeber für die Hot Dogs war der Dackel, seines wurstförmigen Körpers wegen."

Stimmt, und jeden dritten Mittwoch im Juli ist Fresstag für die als Würstchen verkleideten Waldis, denn da feiern die Amerikaner ihren Tag des Hot Dogs. Macht Hoffnung für die Zukunft.

Der Autor

Gegensätze erzeugen positive Spannungen.
Beruflich widmete sich Wilfried Heinrich
bislang als Wirtschafts- und IT-Journalist sowie
Autor mehrerer Fachbücher den sachlichen
Stories, dies auch mit seiner Agentur für
Kommunikationsberatung. Sein privates Interesse
hingegen gilt seit jeher den Miteinander-
Themen. Blicke auf die soziale Koordination
zu werfen, die Besonderheiten von Menschen
herauszukristallisieren und in erkenntnisstarken
Worten darzustellen, diese Fähigkeiten des Autors
machen die Stärke der „Nacktgespräche" aus, die
auch sein erstes veröffentlichtes Werk abseits von
Fachbüchern im novum Verlag darstellen.

Der Verlag

*Wer aufhört
besser zu werden,
hat aufgehört
gut zu sein!*

Basierend auf diesem Motto ist es dem novum Verlag
ein Anliegen neue Manuskripte aufzuspüren, zu ver-
öffentlichen und deren Autoren langfristig zu fördern.
Mittlerweile gilt der 1997 gegründete und mehrfach
prämierte Verlag als Spezialist für Neuautoren in
Deutschland, Österreich und der Schweiz.

**Für jedes neue Manuskript wird innerhalb
weniger Wochen eine kostenfreie, unverbind-
liche Lektorats-Prüfung erstellt.**

Weitere Informationen zum Verlag und
seinen Büchern finden Sie im Internet unter:

www.novumverlag.com